JN248464

規格外スキルの持ち主ですが、聖女になんてなりませんっ！

～チート聖女はちびっこと平穏に暮らしたいので実力をひた隠す～

沙夜

目次

規格外スキルの持ち主ですが、
聖女になんてなりませんっ！
チート聖女はちびっこと平穏に暮らしたいので実力をひた隠す
クールな第二騎士団団長
レオンハルト
ラピスラズリ
カタブツで冷徹と噂されているが家族想い。姪っ子のリーナを大切にしている。彼女が信頼を寄せ、さらに自分の命を救ってくれたルリに興味を持つようになる。
癒やしの聖女
和泉瑠璃
（ルリ）
ある日家で晩酌していたところ聖女として異世界に召喚される。リーナの家庭教師になるが、癒やしの魔法や鑑定スキルがチートすぎてあちこちから引っ張りだこに…!?
人見知りの侯爵令嬢
リリアナ
ラピスラズリ
みんなからはリーナと呼ばれている。大人しく極度の人見知りだが、ルリだけは特別のようで一目見て心を開く。人の悪意に敏感なようで…？
CHARACTER

ラピスラズリ家

エレオノーラ
ラピスラズリ

リーナとレイモンドの母。たおやかな美人で社交界の華。

エドワード
ラピスラズリ

侯爵家当主。妻と子供たちを深い愛で見守る。

おませな
侯爵家嫡男

レイモンド
ラピスラズリ

リーナの兄。子供ながら聡明で明晰な頭脳を持つ。妹を大事にしている。

リーナの乳母

マリア

ラピスラズリ家に仕えている。アリス同様食べることが大好き。

リーナのお友達

アリス

マリアの3歳の娘。元気いっぱいで食いしん坊。

母娘

王宮&騎士団

若き国王

カイン
アレキサンドライト

威圧感があり冷徹な風貌だが優しい心の持ち主。

ルリの護衛騎士

アルフレッド
サファイア

理知的でクール。「青の聖女」ことルリの過保護な護衛。

王宮料理長

ベアトリス
ルビー

元騎士団所属で男性を圧倒する女傑だった。ルリの画期的な料理に興味津々。

祝福の聖女

東雲黄華

召喚された聖女のひとり。おっとりしているが人をからかうのが好き。

粛清の聖女

日暮紅緒

黄華と王宮で暮らす三人目の聖女。ハツラツとした元気な女子高生。

プロローグ

その日、アレキサンドライト王国では、聖女召喚《せいじょしょうかん》の儀式を行っていた。

前王の急逝《きゅうせい》により、突如王位を継ぐこととなった青年王カイン・アレキサンドライトの地盤を固めるためである。

――前王は、賢王だった。民から慕われ、家臣からも敬われていた。当然、その突然の崩御《ほうぎょ》の知らせは、瞬く間に国中に知れ渡り、深い悲しみに包まれた。

そして継がれた王位。

まだ年若い王への期待と不安は半々だった。なにぶん、前王とは性質が違う。威厳はあるが、どちらかというと穏やかな雰囲気で聡明だった前王に対し、今代は冷静というよりもどこか冷ややかな印象で、なにより武に長けていた。

魔物退治で多大な功績をあげていたため、ある程度家臣や国民からの支持や人気はあったが、それと国を治めることは別だ。

それに、人間とは急な変化を不安に思う生き物だ。慣れてしまった穏やかな生活が変わってしまうのではないかと思い、国民が不安を抱いてしまうのも、仕方のないことである。

加えて、このところ瘴気《しょうき》が濃くなったことにより魔物が増えたことも、人々の不安を煽った。

プロローグ

国が傾く前兆なのでは――と。

そんな中、提案され行われた聖女召喚の儀式。

古来より、幾度となく行われた儀式により喚《よ》び出された聖女は、国を安寧へと導いた。時にはその知略で。時にはその癒《い》やしの力で。

家臣たちがそれにすがるのも、また仕方のないことだった。前王が残したこの国を、民を、守りたかったのだから。

だが当事者である王、カインは儀式を行うことを固辞していた。そんな王に、家臣たちはそれこそ三日三晩、嘆願した。

そして王は、静かに告げる。儀式の準備をするように、と。

予期せぬ新天地は異世界に

「はぁ……今日もお疲れさま、私！」

プシュッと缶チューハイの蓋《ふた》を開けてまずひと口。仕事を終え帰宅し、夕食を前にして飲むこの一杯は、最高の贅沢だ。

和泉瑠璃《いずみるり》、二十六歳。短大を卒業し、保育士として就職。かわいいだけじゃない子どもたちの成長を伸ばすためにがんばってきて、六年目。

やっと一人前らしくなってきたと、先輩たちに認めてもらえるようになった。

さてそろそろ自分の子どものことも考えようね？って親には言われるけども。

……できるものなら産みたいさ、そりゃ。でもね、その前に恋愛して、結婚しなきゃでしょ？

特に偏見はないつもりだけど、自分は順序踏んで出産までいきたい派だ。

ただ、この業界、持ち帰りの仕事なんてあたり前なのよ。行事前なんて特に。

そしてね？　一年のうち、行事ってどれくらいあると思います？　……なにもない暇な期間なんて、ほとんどないわけよ。

独り暮らししてれば、家事もしなくちゃいけないわけで。

新人だから、今は日々の生活と仕事に集中！　……って思ってたら、いつの間にかアラサーです。

みんないつ恋愛してるんだろう？

「ま、まあだいぶ仕事にも余裕持てるようになったし、これからよね、これから！」

そう誰に言うでもなく、言い訳をこぼしてアルコール度数の低い缶チューハイを飲む。

そんなにお酒に強いわけじゃないんだけどね。

独り暮らしで料理にハマったら、それに合わせて、少量だけ飲むのが好きになったのだ。

「今日は作って冷凍しておいた餃子《ぎょうざ》！　そろそろ焼けたかな～？」

ワクワクしながらフライパンの蓋を開ける。

すると、突然足もとから強い光が発せられた。

「えっ!?　な、なに!?」

さらに光は広がり、私の体を包み込む。そのあまりのまぶしさに、目をつぶると蓋を落としてしまった。

しまった、足もとに！

だが、予想していた熱さが感じられなかったことを不思議に思い、恐る恐る目を開くと、まばゆい光は消えていた。

――というか、目の前にあった餃子も、フライパンも、なんならキッチンすら、消えていた。

そして周りを見渡すと――。

「……ここ、どこ？」

――とりあえず落ち着こう。

これでも私は、職場の先生方から年のわりに周りをよく見て冷静に判断ができるとお褒《ほ》めいただいている。

辺りを見渡すと、そこには見事な花が咲き乱れる庭園が広がっていた。

「ふた口しか飲んでないけど……酔ったかな？」

目をつぶって十数える。

そっと目を開けると……暖かな日差しの中咲く、色とりどりの花たちと、それにふさわしい豪邸が少し先に見えた。

なぜだ。

さっきまでいたキッチンは庭園になり、夜が朝もしくは昼になっている。

クラクラする頭を押さえながらあれこれ考えていると、不意に近くで物音がした。

反射的に音のした方を見ると、そこには、お人形のような美少女がいた。

ふわふわと波打つ、肩口で切り揃《そろ》えられた金髪。ぱっちりとした大きな目、その瞳は澄んだ空のような明るい青。——恐らく、日本人ではない。

「えっ⁉　えくすきゅーずみー？」

とりあえず英語で話しかけてみる。

というか、よく考えれば私ってば、不法侵入じゃない⁉

「あ、怪しい者じゃ、アリまセーン！」

どうして咄嗟《とっさ》の時にこうなっちゃうんだろうね……。怪しさ満点な上に、英語まで崩れた。

だらだらと冷や汗が流れるのを感じながら固まると、美少女が口を開いた。

「おねぇちゃん、だれ?」

まさかの日本語。

そうか、バイリンガルか！　言葉が通じるならなんとかなるかもしれない！

勇気が湧《わ》いた私は、怖がらせないよう少しだけ距離を縮め、しゃがんで目線を合わせる。

「えーっと、私は、和泉瑠璃といいます。ちょっと迷子になっちゃったみたいで……。ここ、あなたのおうち?」

笑顔だって忘れない。

「まいご……」

女の子はそう私の言葉を繰り返すと、くるりとうしろを向いて指をさす。

「あっち。きて」

誘われるがままに手を取り、つないで歩いていくと、女の子の家と見られる豪邸が近づいてきた。

すると、玄関から少年が駆け寄ってきた。

「リーナ！　捜したよ、どこに行って……」

少年は焦った様子だったが、手をつなぐ私たちを見て目を丸くして立ち止まった。

「あ、ごめんなさい。私、道に迷ってしまって……。この子、妹さん?　案内してもらったの」

なぜか私の話を聞いてさらに固まった。

……それにしても、この子もすごい美少年。六、七歳くらいだろうか?

女の子と同じような色合いの金髪で、瞳は紺碧《こんぺき》だ。利発そうな顔をしている。

そしてこちらもバイリンガル。将来は間違いなくモテモテだろう。

まあ、もうすでに、かもしれないが。

「いえ、こちらこそ妹と一緒にいてくださって、ありがとうございました。……あの、あなたは……」

のんきなことを考えていると、ニコリと人好きのする笑顔で少年が話しかけてくれた。

愛想もいいとは、ますます有望である。

「和泉瑠璃といいます。リーナちゃん、だっけ。ありがとうね、ここまで連れてきてくれて」

「ううん。なか、はいる?」

うっ、美少女の上目遣いの破壊力よ!!

慌てて目を逸《そ》らすと、少年は先ほど以上に目を見開いていた。

「お……どろいたな。まさかリーナがこんなに……」

こんなに? 無防備、とか?

「改めまして、僕はレイモンド・ラピスラズリ。ラピスラズリ侯爵家《こうしゃくけ》の嫡男《ちゃくなん》です。どうぞレイ、と呼んでください。イズミ様とお呼びしても?」

「あ、どうもご丁寧に……。あの、様なんていりませんよ? あと、和泉は姓なので、ルリでいいです」

「では、ルリ様と」

わー、いらないって言ってるのに丁寧だわー。そして笑顔がまぶしい。

って、ちょっと待って。今、侯爵家って言った？

そんなの、現代の日本にはない身分制度よね？

しかもなに、この内装……まるで中世のヨーロッパみたい。

よく見れば、リーナちゃんとレイ君も、シンプルだが高そうなドレスと、シャツにパンツ姿だ。

どう考えても、現代日本ではない気がする。もしかして、過去のヨーロッパ？

それか現代だけど、私が知らないだけで、まだ身分制度のある国のどこか？　でも言葉は通じてるし……。

「あの、ちなみになんだけど……ここはどこかな？　東京《とうきょう》？　大阪《おおさか》？　あ、名古屋《なごや》とか？　もしかして、ヨーロッパのどこか？」

「？　あの……不勉強ですみません。聞いたことのない地名？　国名？　ばかりで……。ここは、アレキサンドライト王国の王都にある、ラピスラズリ邸です」

これは、間違いない。私ってば……異世界転移、しちゃってるー!?


とりあえず屋敷の中にどうぞと言われ、レイ君とリーナちゃんに連れられ侯爵邸にたどり着くと、執事さんらしき人に応接室に通された。

なるほど、この世界の言葉が理解できるのは、いわゆるチートってやつね。そういう小説とかアニメが流行《はや》ってるから、なんとなくだけど想像がつく。

でもまあ、とりあえず異世界から来たらしいことは、この場では黙っておこう。

というか、信じてもらえるわけがない。

いや、子どもならキラキラした目ですっげー‼とか言うのかもしれない。

でも、ここには私以外にも大人がいる。ドア付近に佇《たたず》む、三人の人たち。

ふたりは、たぶんメイドさん。お揃いの制服を着ていて、四十代くらいのベテランっぽい人と、私と同じくらいの年頃のかわいらしい人で、お茶とお菓子を用意してくれた。

そしてもうひとりは、先ほどここに案内してくれた執事さんらしき初老の男性。レイ君たちに連れられてエントランスに入った際、怪しい以外の何物でもない私に、彼は少し眉間に皺《しわ》を寄せたが、リーナちゃんが私の手をぎゅっと掴《つか》んで離れないのを見ると、表情を緩めてくれたのだった。

そんなリーナちゃんは、いまだに私の隣にピッタリくっついている。なぜだか懐《なつ》かれてしまったようだ。

「それにしても、本当に驚きです。リーナが初対面の人にこんなに心を開くのは。普段は家族と、何人かの使用人としか話さないのに」

レイ君が苦笑してリーナちゃんを見つめる。

少し困ったような表情だが、その目は間違いなく妹をかわいく思っているものだった。

ちらりと隣のリーナちゃんを見ると、わずかだが微笑《ほほえ》んでくれた。ガタッ‼

「「「お、お嬢様が、笑った⁉」」」

……いや、笑うくらいするでしょう？

どうやら、リーナちゃんの人見知りはかなりひどいらしく、笑顔なんて自分たちにもなかなか見せてくれないと三人は言った。

そのぶん、それが見られた時は言いようがないほどに癒やされるらしい。

わかる。

美少女の微笑み、プライスレス。

うなずき合っている大人たちの心は今、ひとつだ。

「とりあえず、イズミ様がラピスラズリ家に悪意ある者でないことは間違いないようで、安心いたしました。リリアナお嬢様がこれほど懐いてらっしゃるので、大丈夫だとは思っていましたが」

そうか、リーナは愛称で本当はリリアナちゃんというのね。どちらにしろ、かわいい。

「うん。それにルリ様の話を聞くと、外国からの旅の方みたいで、特に急いで帰らないといけないとか、そんなことはないみたいだね。なら、お願いしてみるのもいいかと僕は思うんだけど、どう思う？　セバス」

外国どころかたぶん異世界から来たし、帰る場所ももちろんないけど、嘘は言っていない。てか、執事さん、セバスさんっていうのね。予想通りでびっくりする。

ところで、レイ君のお願いとはなんだろう。

「はい、私どももそう思っております。旦那様は公務が立て込んでいるためお戻りが遅くなりますが、奥様はもうじきお帰りになるはずです。まずは私からお伝えしてみます」

「頼んだ。ルリ様、よろしければ今日はこちらにお泊まりになってください。父や母にも紹介したいですし」

なんのことやらわからないが、一泊でも安心して過ごせる場所が確保できたのは大変ありがたい。

「はい、迷惑でなければぜひ。ご両親にも挨拶《あいさつ》させていただきたいです」

「迷惑だなんて。こちらがお願いしているのですから、そんなにかしこまらないでください。それに、リーナも喜びます」

レイ君の言葉に、リーナちゃんがきゅっと私の袖《そで》を引っ張る。

「るり……いる？」

「うん、今日一日よろしくね。……あれ？　ひょっとして、眠くなってきた？」

よく見ると、リーナちゃんの目がとろんとしている。

「ああ、そろそろお昼寝のお時間ですね。お嬢様、マーサと一緒にお部屋にまいりましょう？」

「や。るりと、はなれたくない」

うーん、なぜこんなに懐かれてしまったのか。

私の袖をしっかり握って上目遣いで見つめられては、かわいすぎて断れないじゃないか。

「じゃあ、私と行こうか？」

「るり、いっしょ？」

「うん、一緒」

コクリとうなずいて、今度は袖ではなく、私の手をきゅっと握ってきた。

手をつないでいこうってことなのかな？

小さな手で私の指をしっかり握る仕草もすごくかわいい。

「ではイズミ様も一緒に。どうぞこちらへ」

「リーナ、おやすみ」

「おやすみなさいませ」

「ん、おやすみ……」

ふたりのお母様が帰宅したら呼んでくれるとのことで、マーサと名乗ったベテランのメイドさんに案内されてリーナちゃんの部屋へと向かう。

予想通りの豪華な部屋で、しかも遊ぶ部屋と寝室が別になっていた。

その上ベッドは天蓋《てんがい》付きとなっており、いかにもお姫様！という感じの部屋に心の中で興奮した。

リーナちゃんが私の手を放さないので、ベッドのそばに椅子《いす》を持ってきて、優しく髪をなでながら子守歌《こもりうた》を歌う。

すると、ほどなくしてすうすうと寝息が聞こえてきて、手を握る力も緩んできた。

そっと手を抜いて、ほっと息をつく。

子どもが無事に寝ると、やった……！って思うのは私だけじゃないはず。

「ありがとうございます、イズミ様。こんなにスムーズにお嬢様がお休みになるのは、とても珍しいです」

そっと寝室のドアを閉めると、マーサさんが感心したように言う。

「それに、あの歌……。聞いたことのない曲でしたが、とても安らぐメロディですね」

まあ、日本の子守歌なんて知らないに決まってるよね。

「はい、私の故郷《ふるさと》の歌で、子どもを寝かしつける時に歌うんです」

「そうでしたか。では、私はお茶をご用意します。じきに奥様がお戻りと思いますが、お着替え等ありますので、しばらくここでお待ちください」

「あ、それならお借りしたいものがあるんですけど。これくらいの大きさの、できれば厚めの紙とペン、お願いできますか？」

指でだいたいの大きさを示しながら伝えると、一瞬マーサさんは戸惑いの表情を浮かべたが、お願いを快諾してくれた。

そしてテキパキと温かいお茶を淹《い》れ、頼んだものを持ってきてくれると、にこりと微笑んで退出していく。

うーん、さすが貴族、外出から戻っても着替えに時間がかかるのね。さて、ではしばらく集中しようかな！

＊＊＊

「――どう思う？」

「あきらかにアレキサンドライト王国とは国交のない国の方ですね。あのようなお召し物は見たことがございません。それに、貴族の方でもない。……ですが、所作を見ると粗暴というわけでもなく、お話を聞いている限りでは良識もおありですね」

「うん。なにより、リーナがまったくと言ってよいほど警戒していない」

ラピスラズリ侯爵邸の応接室、リリアナたちが退出した後、レイモンドはセバスと瑠璃について話し合っていた。

リリアナは、極度の人見知りだった。厳密にいえば、人の悪意に敏感で警戒心が強い。雇われて日の浅い者の中には、その声すらまだ聞いたことがないという者もいるが、家族や生まれた頃からの使用人には受け答えをする。人を選びはするが、話せないわけでも、感情がないわけでもないので、皆それほど気にはしていなかった。

だが、問題もあった。

リリアナは侯爵家の令嬢だ。幼い頃からの教育が必要である。

そのため、家庭教師が派遣されたのだが、これがまったく慣れなかった。何度も人を替えてみたが、結果は全員お断り。

それはそうだろう、まず会話が成立しないのだから。

しかし、リリアナのその警戒心が功を奏した例もある。

彼女が『あのひと、へん』と言って敬遠した教師が、のちに問題のある人間だと判明したことがあった。

そのため、一方的にリリアナに、先生に早く慣れて勉強しなさいと言い聞かせることもできなかった。

そんな時に現れたのが、瑠璃だ。

彼女は突然侯爵邸の庭に迷い込んできた、どう考えても怪しい人物だ。

それなのに、彼女はリリアナと会話することができた。それも、レイモンドやセバスなど、近しい者がいない状況で。

これは今までに考えられないことであった。

初めはレイモンドやセバスも瑠璃を警戒していたが、彼女の言動は礼儀正しく、服装は変だが清潔感があったため、気を許し始めていた。

なにより注目すべきは、リリアナが『はなれたくない』と言った、家族以外で初めての相手だということ。

レイモンドが、彼女をリリアナの家庭教師にと思うのも、当然である。

「ですが、イズミ様にお嬢様の教育をすべてお任せするのはいかがかと」

「うん……まずはルリ様がどれだけ教養のある方か、確かめないとね。足りないところは、ルリ様にも学んでもらって、それをリーナに教えたらどうだろう？　それか、ルリ様と一緒に講義を受けてもらうとか？　あの様子ならリーナ側には問題ないだろう」

「なるほど。さすが坊っちゃまですね」

「……その呼び方はやめてって言ってるのに」

レイモンドは、いわゆる天才だった。

子どもらしくない、とも言うが、ラピスラズリ家の大きな愛情により、ひねくれてはいなかった。

リリアナのことも大切に思っており、家庭教師の問題に悩んでいたひとりだ。瑠璃のことを全面的に信用したわけではないが、期待は持っている。

「あとは、父上と母上だな……」

その時、ラピスラズリ侯爵夫人であるエレオノーラの帰宅を告げる鐘《かね》が鳴った。

ほどなくして、レイモンドは剣術指南を受けるため、応接室を後にした。侯爵家の後継ぎだ、それはもう忙しい。


帰宅後、着替えを済ませたエレオノーラは、セバスとマーサと共に、自室にいた。

セバスから瑠璃のことをひと通り聞くと、その形のよい口を開いた。

「ふうん？　私が茶会に出かけている間に、おもしろいことになったみたいね」

見事な金色の髪にエメラルドグリーンの瞳を持つ儚《はかな》い容姿とは裏腹に、エレオノーラはなかなかの性格の持ち主だった。

しかし、お茶会用のドレスを脱ぎ、簡素なものに着替えても、そのたおやかな美しさは損なわれておらず、さすが社交界を彩る華のひとりであることを感じさせられる。

「で、レイもこの件には賛成しているのね？」

「はい、私もマーサも、そしてお嬢様の乳母であるマリアも、ルリ様にお願いできたらと思っております」

「わかったわ。とりあえず、本人にお会いしてみないとね」

エレオノーラの顔に浮かんでいるのは、まるで女神かのような微笑《びしょう》だが、その目の奥に、おもしろがっている光があることが、わかる者にはわかる。

「あと、もうひとつお耳に入れたいことが……」

マーサが遠慮がちにエレオノーラに声をかける。

「たいしたことではないのですが――」

瑠璃が欲しがったというものの報告に、エレオノーラも訝《いぶか》しむ。

「……そんなもの、どうするのかしら?」

「はい、私も不思議に思ったのですが、なにぶん奥様が帰宅されるまでに少し時間がありましたので、恐らくお待ちになる間の退屈しのぎに、なにかをお描きになっているのかと……。一応お嬢様のお部屋の前にはマリアが控えておりますし、おかしなことがあれば、すぐに駆け込むでしょう」

乳母であるマリアは普段からリリアナのそばについているし、とてもかわいがっている。

リリアナを案じて、扉の前から離れたりはしないだろう。

「そうね。でも、いったいなにをしているのかしら」

ふたりがセバスに目を向けたが、彼も首をかしげるだけであった。

「……まあいいわ。後で本人から聞く。リーナが目覚めると厄介だから、そろそろ行きましょう」

たしかに、あの懐きようでは、目覚めて瑠璃がいないとリリアナがうろたえそうだ。

そう考えた三人は、瑠璃と話をするため、応接室へと向かうのであった。

＊　＊　＊

「失礼します。お待たせいたしました、奥様の用意が調いましたので、どうぞ応接室に」

リーナちゃんの部屋で絵を描いていると、ノックして入ってきたのは、マリアさんというリーナちゃんの乳母さんだ。

そう、乳母だ。すなわち、子持ち。リーナちゃんが三歳らしいので、少なくとも三年前には結婚しているのだろう。

私と同じくらいか年下に見えたのに……。

い、いや異世界だもの、現代日本と比べて結婚適齢期が早いのかもしれない！

「お若いのに、もうお子さんがいるんですね。あ、こっちの世……じゃなくて、この国は二十歳くらいで結婚するのが普通とか？」

「いえ、この国は女性もあらゆる分野で活躍しておりますので、結婚・初産は二十代の半ばの方が多いですわね」

……なんてこった。

ただの勝ち組、リア充か。ちなみにマリアさんは私と同い年だった。

その後も、気になったことをいろいろ聞きながら廊下を歩いていくと、先ほどの応接室の前まで来た。

ここに、侯爵夫人がいるのね……。あ、ちょっと緊張してきた。

忘れてたけど、侯爵って貴族の中でもかなり上位の家よね？　そんなところの当主夫人……今さらだけど、私大丈夫かしら。

「失礼します。ルリ・イズミ様をお連れしました」

私の心の準備が整う前に、非情にもマリアさんが扉を開いた。はっとしてささっと居住まいを正すと、そこには――。

「はじめまして。レイモンドとリリアナの母、エレオノーラ・ラピスラズリと申します。どうぞゆっくりしていらしてね」

女神がいた。

うわーっ、うわーっ‼　見たこともない美人！

こんなに若くて綺麗《きれい》なのに、ふたりの子持ち⁉

「あ、和泉、瑠璃です……。ええっと、その……」

名乗るので精いっぱいで、言葉が出ないよーー！

「……どうかした？」

「はっ！　い、いえあまりにお綺麗なので見とれてしまいまして……」

「あら」

まんざらでもない様子でエレオノーラさんが笑う。

その表情は、先ほどまでの侯爵夫人の微笑みとは違って、少し幼く見えた。

「ふふっ、少し脅《おど》そうかと思ってたのに、すっかり毒気抜かれちゃったわぁ。いいわね、あなた。

気に入っちゃった！」

「お、おどっ⁉　〝驚かす〟じゃなくて⁉」

まずい。この人、怒らせちゃいけない人だ。

途端に顔が青くなるのが、自分でもわかる。

「嫌だわ、そんなに警戒しないでちょうだい。大丈夫、もうほとんどクリアしたようなものだから」

「えっと、なにをでしょう……？」

「まあまあ、とりあえずお座りなさいな」

機嫌よさげにコロコロ笑っていらっしゃるのも若干怖いが、一応気に入られたようだ。

失礼しますと会釈してから、先ほどレイ君と話していた時と同じソファに腰を下ろす。

緊張具合はさっきの比ではないけどね……。

「さあ、遠慮せずに召し上がって」

「い、いただきます」

着座してすぐにマーサさんが用意してくれた紅茶をいただく。

温かくて優しい香りが、少しだけ気持ちを和《やわ》らげてくれる。

貴族のマナーなど知るわけもないが、失礼がないように、できるだけ丁寧な所作を心がけた。飲む時も置く時も音は立てない、とか。

「それにしても、ラピスラズリ家の皆さんは、揃って綺麗な金色の髪ですね。お子様方は、お母様から受け継がれたんですね」

相手を褒めることも忘れない。それに嘘ではない。

黒髪の私としてはうらやましいほどに、見事な金髪なのだ。

「あら、お上手ね。でも、私としてはあなたの青みがかった銀髪も、とても綺麗だと思うわ」

「……え？」

私はもともと髪の色素が薄い方だった。でも、一般的に見たら黒髪だし、間違っても銀色になんて間違われるはずがない。

そんなまさかと思いながらヘアクリップでまとめていた長い髪を下ろしてみる。

癖がついて少し波打った髪が、肩へ胸もとへと落ちてきた。そしてその色は。

「……なに、これ」

銀色だった。

まさか、でも異世界転移なんてしたんだもの、髪の色が変わるのも、ありなのかもしれない。

じゃあ、目は？　顔は？

「あ、の……。お話の途中に申し訳ないのですが、鏡を貸していただけませんか？」

胸が早鐘を打つ。

まったくの別人になっていたらと思うと、怖い。

「……ええ、かまわないわ。マーサ」

エレオノーラさんが指示を出すと、マーサさんがすぐに手鏡を持ってきてくれた。

お礼を言って受け取ったが、やはり確かめるのには勇気がいる。それでもと決意し、鏡の中を覗《のぞ》くと――。

見慣れた自分の顔があった。ただし、瞳は濃紺になっていた。

でも、黒と濃紺ならさほど変わらない。それに相貌は自分のものなのだ。

最悪の事態は免《まぬが》れたと、安堵からほっと息をつく。

「……少し落ち着いたかしら？」

麗《うるわ》しい声に、はっとする。

「あ、はい！　すみません、急に変なこと言いだして……」

「いいのよ。……ああ、顔色も戻ってきたわね。手鏡を渡された時、蒼白だったのよ？　私、なにかあなたを傷つけるようなこと言ったかしら。ごめんなさいね」

「いえ！　謝らないでください！　なんでもないんです」

侯爵夫人に頭なんて下げさせたらいけないだろう。

冷静さを取り戻した私は、咄嗟になんでもないと言った。

異世界から来たら瞳と髪の色が変わっていました、なんて正直に言えたらどれだけ楽だろう。

でも、そんな非現実的なことは言えない。

私は、心の動揺を表に出さないように努めて笑顔をつくった。

「なんでもないと言われてしまうと、もうなにも言えないわね。でもこれだけは聞かせて？　体は大丈夫なの？」

「……はい、大丈夫です」

嘘じゃない。さっきよりは鼓動も落ち着いてきた。

とりあえず、みっともなく倒れたりはしないはずだ。

「そう、ならばもう聞かないわ」

母性を感じさせる温かい声は、じんわりと私の心に滲《にじ》んだ。

「それと、本当はこれが本題だったのだけれど……。あなた、いつまでこの国にいる予定なの?」

「帰る予定は特に決まっていなくて……」

「行く所はあるの? 泊まる所は?」

「……いえ」

「……家族は?」

「離れて暮らす両親と、弟がひとり。……でも、ずっと、遠くにいるんです」

こんな話をしていると、もとの世界に二度と帰れないんじゃないかと不安になる。

やっと気分も落ち着いてきたところだったのに、また逆戻りだ。

「そう。当分の間この国にいるということね。では、リーナのことはどう思う?」

「え……? あ、えっと、とてもかわいらしくて、先が楽しみな子だと思います」

「すると、期待の持てる子だと?」

「はい。人見知りのようですが、用心深いのは貴族のご令嬢としては必要なことですし、周りもよく見ていると思います。それに、理知的な目をしていらっしゃいます」

急に質問の方向が変わって驚く。

私としては心を乱されずに済んでありがたいことだが、いまいちその意図がわからない。

とにかく聞かれたことに誠実に答えていくと、満足したように微笑まれた。

「素晴らしいわ、我が家の目の肥えた連中が推すだけのことはあるわね」

なにもわからず、曖昧に微笑み返すと、エレオノーラさんは身を乗り出してきた。

「ぜひ、リーナの家庭教師になってくださらないかしら？」

＊＊＊

瑠璃が退出した後の応接室でエレオノーラが紅茶を飲んでいると、バタバタと普段なら聞こえるはずのない、騒がしい足音が聞こえてきた。

そしてバタン！と乱暴に扉が開くと、そこには慌てた様子のレイモンドがいた。

「母上！　なぜ父上に相談する前にルリ様に伝えてしまったんですか⁉」

「あら、レイ。お疲れさま。この時間は、剣術の訓練だったかしら？」

息子の焦りには答えず、エレオノーラはのほほんと手にした茶器を傾ける。

「母上‼」

「嫌ねぇ。あなた一応、〝いつも穏やかで笑みを絶やさない、魅惑の侯爵令息〟を売りにしているのでしょう？　冷静におなりなさいな」

普段天才扱いされているとはいえ、まだまだ子どもねぇと、ため息までついた。

「……声を荒らげて申し訳ありません。ですが――」

「大丈夫よ。エドには伝えてある」

そこでレイモンドは、この夫婦が特別な手段――通信魔法を用いているのを思い出し、ほっと息をつく。

「……私も初めは、品定めするだけの予定だったのだけれど。ちょっと事情が変わって、ね」

「品定め……」

本当にこの母親は見た目に反して口が悪いと、レイモンドは心の中だけでつぶやく。

「なにか文句でも？　……ああ、そろそろリーナが目を覚ますわ。レイ、様子を見てきてくれる？」

「わかりました。まあ、どうせ起きてすぐにルリ様にくっついてると思いますよ」

「そんなに懐いたのね」

「それはもう。夕食の際にでも、リーナの様子を見れば納得しますよ」

エレオノーラは苦笑して、「楽しみだわ」とだけ返した。

レイモンドが退出すると、エレオノーラは少し冷めた紅茶を手に取り、難しい顔をする。

「あの様子だと、少し心配だけれど……。でも、子どもたちのことは本当にかわいがっているみたいだったわね」

子どもたちのことを語るルリの姿を思い出し、表情を和らげ、ふっと笑みをこぼした。

「それに、あれも、なかなかうれしい話だったわ。ふふっ。あの子、気に入ったわ」

侯爵夫人の笑みを見て、扉に控えていたマーサは、またなにか悪いことを考えているなとため息をついた。

＊　＊　＊

「るり、おはよう」

「おはよう、リーナちゃん。よく眠れた？」

エレオノーラさんとの話を終えリーナちゃんの部屋に戻ると、ちょうど彼女は目覚めたところだった。

ちなみにご本人から〝さん付け〟でいいわよと言われ、エレオノーラさんと呼ばせていただくことになった。

侯爵夫人のわりに、気さくな人だと思う。

「ん、なんか、すごくよくねむれた」

「今日はいつもよりもグッスリでしたね。目覚めもよろしいみたいで」

マリアさんが驚きつつもうれしそうに言った。

あー寝起きに泣き叫ぶ子っているよね。リーナちゃん、そのタイプなのね。

「さあ、夕食まではまだ時間あるし、私と一緒に遊ぼう？　それか、お散歩する？」

「！　おそと、おはな、みにいきたい！」

「うん、素敵！　立派な庭園だったし、リーナちゃんに案内してほしいな。どんなお花が咲いてるか、教えてくれる？」

「うんっ！」

花が好きなのか。

天使のような外見で花好きなんて乙女力高いわー。

私なんて、子どもたちとオオバコで草相撲したり、アサガオで色水遊びしたりがせいぜいだわ。

男の人から花束をもらったこともないしね……。

リーナちゃんとマリアさんと一緒に庭園に出ると、一度見たとはいえ、その広大な土地と種類の豊富な花々に圧倒される。

リーナちゃんは本当に花が好きなようで、名前だけでなく、ハチミツになるだとか、薬に使われるだとか、そんな知識も見せてくれて驚かされた。

庭師のおじいちゃんとも仲良しで、まるでかわいがられている孫のようだった。

リーナちゃんが毎日のように庭園に通ってくるのを見て、おじいちゃんが少しずつ距離を近づけたらしい。

粘り勝ちだね。

それにしても、異世界とはいえ、意外と見知ったものや聞いたことのある花が多い。名前もほとんど同じ。

リーナちゃんを見習って、少しは花の名前でも覚えようかしら。もとの世界に戻った時、その違いを比べてみるのも楽しいかもね。

庭園を散策させてもらった後、夕食までしばらくリーナちゃんとはお別れ。急だったにもかかわらず、エレオノーラさんは私のために客室を調えてくれ、今はそこでひと息ついたところだ。

半日でいろいろあった。まさかの異世界。

幸運だったのは、転移した先がこのお屋敷だったことだ。いい人ばかりで、本当に助かった。

リーナちゃんとレイ君も素直でかわいいし、仲よくやれそう。でも、家庭教師か……。

『家庭教師といっても、あの子はまだ三歳だし、あなたもこの国のことをまだそんなに知らないでしょう？　そんなに気負う必要はないの。ただ、ほら、今までの先生とは気が合わなかったみたいで……。あなたとなら、いい関係を築きながらお勉強してくれそうだなと思って』

私を気遣いながら提案してくれたエレオノーラさんの言葉を思い出す。

『最初は遊び相手みたいに思ってくれてもいいわ。専門的なこととかは、ほかに先生を呼んで一緒に学んでくれてもいいかもしれないと、レイも言っていたみたいよ。もちろん、嫌でなければこの屋敷に住んでもらっていいし、食事も用意するわ。しばらくこの国に留《とど》まるつもりなら、考えてもらえないかしら？』

正直、すぐにもとの世界に帰れるのなら、断るしかない。

だけど、いつ帰れるのかわからないのなら、住み込みで働けることはありがたい。それに、もとの職業に近いからそこまで戸惑うことはなさそう。

——どうしよう。

ひとしきり悩んでいると、なんだか表が賑やかなことに気づく。なんだろうと、窓からそっと外の様子をうかがう。

どうやらメイドさんたちが集まって、おしゃべりしているようだ。女子はどの世界でも同じね。

井戸端会議ってやつ？

『ねぇ！　――――？　異世界――――女――――たって!!』

……え？

窓から離れようとした時、『異世界』という単語が聞こえた気がして、耳を澄ます。

『え!?　王宮に喚び出された聖女様ってひとりじゃなかったの!?』

『そうらしいわよ。詳しくは発表されてないけど、おふたりなのは間違いないみたい』

『でも、異世界からいらっしゃったんだもの、心細いでしょうし……おふたりいるなら、助け合えていいわよね』

『でも〝聖女召喚の儀式〟なんて本当にあったのね。我が国の魔術師団の優秀さがわかるわ』

『うーん、でもちょっとお気の毒よね。だって、喚ぶことはできても、その……今まで帰った方はいらっしゃらないんでしょう？』

――え？

『まあ、ね。だからこそ、聖女様には心からお仕えしないといけないんでしょ。この国で、幸せになってもらうために！』

どくん。

動悸が、止まらない。

今、なんの話をしてた？　聖女召喚？　魔術師団？　……もう、帰れない？

どういうことだろう……魔術師団というのが、聖女とされる誰かを王宮に喚び出した、ということ？

それも、異世界からふたり。

異世界って……もしかして日本？　だとしたら、私がこの屋敷に転移してきたのもなにか関係があるのだろうか――。


どれだけ窓の下でぼんやりしていたのだろう。気づけば外は夕焼けだ。

寝て起きたらもと通り、には……きっとならない。みんな、心配してるかな。

家族、友達、職場の先生たち、クラスの子どもたち。

ごめんね、先生帰れないみたい。

みんなが卒園するところ、見たかったなぁ……その時、頬を冷たい雫《しずく》が流れた。

そうやってしばらくうずくまっていると、控えめなノックの音がした。

「イズミ様、じきにお夕食となります。それで、もしよろしければお召し替えをお手伝いしても？」

マーサさんの声――ああ、そうだ。エレオノーラさんやレイ君、リーナちゃんと夕食の約束をしたんだった。

こんな姿を誰かに見られたら、心配かけちゃうよね。

部屋着で夕食をご一緒するわけにはいかない。

ひとつ、深呼吸をすると、平静を装って返事をする。

「ぜひお願いします」


「先ほどの変わったお召し物もよかったですが、用意させていただいたドレスも、よくお似合いですよ。……少々、シンプルすぎな気もしますが」

マーサさんが髪をブラシでとかしながらそう言ってくれた。

数多くの中からなんとか私が着られそうなものを選んだ結果、このドレスになった。

庶民の私が、普段の夕食のためにきらびやかで派手なドレスなんて着られるわけがない。

「それに、この青みがかった銀色の髪も、本当にお綺麗。ああ、そうだわ。旦那様の弟君もこんな色合いの髪をしていらっしゃるんですよ」

「ええと……レイ君とリーナちゃんの叔父様《おじ》？」

「はい、騎士団に所属していて、とても人気のある美男子ですのよ。残念ながら、この屋敷にはいらっしゃらず、騎士団の寮に入っていらっしゃいますが」

「へえ……レイ君とリーナちゃんの親戚なら、すごく綺麗な人なんでしょうね」

イケメンに興味はあるが、そんな人とどうこうなりたいとは思わない。私は平和主義者なのだ。

「ええ、それはもう。……さあ、できましたよ。とてもお綺麗です」

完成を告げられ鏡を見ると、そこに映っているのは間違いなく私の顔だったが、日本人であることを忘れてしまったかのような見た目だった。

瑠璃でいられた時は黒目黒髪なんてつまらない、なんて思ってたのにね。

「……ありがとう」

「いいえ。まだ少しお時間がありますね」

私がシンプルな装いをお願いしたので、時間もさほどかからなかったようだ。

「そうだ、マーサさんよろしければ、ちょっと付き合ってもらえませんか？」

感傷的になってはいけないと思い、別の話をすることにした。

「ええ、もちろん。なんですか？」

「実は、さっきこんなものを作ってみたんですが……リーナちゃんの寝かしつけの前にどうかなと思って。ちょっとお試し版なので白黒なんですけど」

「……これは」

マーサさんは見たことがないようで、少し驚いていた。

リーナちゃんに喜んでもらえるかどうか確かめようと、まずはマーサさんの前でそれを披露してみた。

「すごいです！　お嬢様が寝ている間に作っていたのは、これだったのですね‼」

「リーナちゃん、気に入ると思いますか？」

「もちろんです！　すごく喜ぶと思いますよ」

ベテランメイドのマーサさんがこんなに驚いているのを見ると、ちょっとうれしくなる。

うん。

いろいろ考えてしまうけど、私は、私のやれることからがんばっていこう。

「！　とってもおいしいです‼」

「お口に合って、よかったわ」

夕食の時間となり、今私はエレオノーラさん、レイ君、リーナちゃんと一緒に豪華フレンチ？のようなフルコースをいただいている。

異世界転移っていうと、食事が口に合わなかったりするかもと、ちょっと不安だったのよね。

でも、そんな心配杞憂でよかった！

パンはふかふか、お肉もやわらかくてソースが薄かったり脂が浮いてたりもしていない。

それにいい意味で予想通りのメニューだ。

これでお好み焼きなんか出てきたら、違和感ありまくりよね。でも、正直に言うと子どもには塩分過多かな？

チラリとお子様ふたりを見る。

レイ君は好き嫌いもせずに食べているが、リーナちゃんはお野菜のほとんどを避《よ》けていた。

パンやスープは進んでいるようだったが、お肉も今ひとつだった。

デザートのフルーツはしっかり食べていたけどね。うーんでも、これって栄養学的にどうなのかなぁ？

いや、しかし人様の家のことだしなぁ……。

うんうん悩んでいると、そんな私の様子に気づいたのか、エレオノーラさんが声をかけてきた。

「ルリ、どうかした？」

エレオノーラさんが私のことは名前で呼びたいと言うので、そうしてもらうことにした。

麗しい声に、すぐに我に返る。

「あ、いえ、私も料理をするので、このお肉はどんなふうに味付けしているのかなと考えていたんです。こんな豪華なお料理は滅多に食べられないので、つい」

それらしいことを言ってごまかす。

さすがに小さい子どもには塩分が多いんじゃないかとか、素直に口出しなんてできない。

「あら、そうなのね。ルリが作ったお料理も食べてみたいわ」

「僕も、興味あります」

「わたしも！」

いやいやいや、こんなものを食べ慣れている貴族の皆様に、庶民の料理を振る舞う勇気なんてないですよ。

社交辞令だと思って、さらっと受け流そう。

「料理もそうですけど、作る、という作業が好きで。絵を描いたり、工作とかも好きですね」

話も逸らしちゃう。

「ああ、そういえば私の支度を待っている間に、ルリがなにか作っていたようだと聞いたのだけれど……。なにを作っていたのか、聞いてもいいかしら？」

「あ、そうなんです。でも、そんなたいしたものじゃないですよ？　お試しで作っただけなので」

あれのことか。エレオノーラさんの耳にまで入っているとは。

「ルリ様、ぜひ見せてほしいです！」

「わたしも！」

なぜかレイ君やリーナちゃんまで食いついてきた。本当にたいしたものじゃないのに……。

「あ、ええと、今は用意していただいた部屋にあるので見せられないのですが、紙芝居を作ってみたんです」

「「「カミシバイ？」」」

オウム返しだ。

この世界にはない言葉なのだろう、マーサさんも知らないみたいだったし。

「はい、リーナちゃんを寝かしつける前、絵本がないかなと思ったんですけど、文字が多い本ばかりで。なら、作ってみようかなと」

「「「エホン？」」」

親子三人の声が重なる。

なんてこった。

なんとなくそうかなとは思っていたけれど、絵本までないとは！　日本では寝かしつけの定番なのに。

リーナちゃんの部屋には、本はあったけれど、それは全部マリアさんたちが読んで聞かせる用のもので、子どもが絵を眺めながら楽しむこともできる絵本とは違った。

しかも、少し見てみたけど、三歳の子に対しては難しいかな?と思う長さと内容だった。

子どもには、想像力や思考力の成長が大切だ。物語を読んだり、絵を見たりしてそれを育む。

絵本や紙芝居は、まさにうってつけのものだといえる。

リーナちゃんに喜んでもらいたくて作った紙芝居だったけれど――。

「リーナ、楽しみだね?」

「うん!」

「本当! なにが始まるのかしら~?」

「奥様、落ち着いてくださいませ」

「私もワクワクしてきました!」

こんな予期せぬ全員集合となった。

夕食を終えた後、リーナちゃんの入浴を済ませ、彼女の寝室に集まったラピスラズリ家の皆様。

なぜか夕食の場にいなかったセバスさんとマリアさんまでいる。先に体験していたマーサさんも苦笑いだ。

ちなみにリーナちゃんはエレオノーラさんの膝にのせられて、うれしいような恥ずかしいような表情をしている。

普段はあんまりこんなふうに甘えたりしないのかな？

慣れていないのかちょっぴりぎこちなさはあるものの、お母さんの温もりがうれしいのはみんな一緒だよね。

そんなはにかんでちょっぴり顔を赤くしているところもかわいい。

なぜこんな体勢になっているのかというと、紙芝居を親子で見るなら、ぜひこの体勢で！と私がゴリ押ししたからだ。

せっかくなら、親子のスキンシップも楽しんでもらいたい。

「はい、では……はじまりはじまり～」

お話は単純。

いつもひとりで遊んでいた女の子が、お友達をつくって、一緒に遊んだり、ケンカをしたりしながら絆《きずな》を育むものだ。

人見知りのリーナちゃんに、人と関わることに興味を持ってもらいたくて、この題材にした。

白黒だし即席のものなので、現代人には物足りないかもしれない。

でもまあ、お試しだし？

気に入ってもらえそうなら、ほかの話もしっかりつくってみたい。

「――こうして、女の子は毎日お友達と楽しく過ごしましたとさ。おしまい」

定番の台詞で終えると、はあーっと息をついた後に、皆が大きな拍手を送ってくれた。

「すごいわ！　とってもよくできているのね！」

「えっ⁉」

「本当！　私の子にも見せてあげたいわ‼」

「ええっ⁉」

「絵からも女の子たちの気持ちが伝わってくるから、すごくわかりやすいし、なによりリーナがすごく集中して聞いていましたよ。な、おもしろかったよな、リーナ」

「うん。もういっかいみたい！」

皆さんお上手ですね。

そんなに褒められちゃうと、真に受けてリクエストに応えちゃいますよ？

それから私は繰り返し、結局三回紙芝居を読んだ。さすがにリーナちゃんも満足げだ。

ちなみにエレオノーラさんの膝の上にも慣れ、母娘《おやこ》ともうれしそうだった。よかったよかった。

――と思っていたら……。

「ねえ、おかあさま」

「なあに、リーナ」

「おともだち、ってなに？」

しーーーーーん。

そこからかーーー⁉

リーナちゃんのひと言に、皆固まった。だ、誰か、答えてあげて……。

エレオノーラさん――ちらりと保護者を見るが、笑顔で固まっていた。

レイ君は⁉　視線を移すと、一瞬で目を逸らされた。君、友達少ないな？

最後に使用人さんたちを見たが、そっと手のひらで目もとを覆《おお》ってうつむいていた。

そんな皆が口を閉ざし静かになった空間で、沈黙を破ったのはリーナちゃんだった。

「るり？」

わ、私ですか⁉

しかし、これは深い質問だ。適当に答えてはいけない、気がする。

「そうですねぇ……」

うーんとしばらく考える。友達、か。

「……一緒に遊んだり、おしゃべりしたりしていると楽しくて、時々ケンカをしてしまうこともあるけれど、うれしい時は一緒に喜んでくれて、悲しい時は一緒に泣いてくれる人、かな。あとは、一緒に勉強したりもするよ」

「たのしい……」

「うん。リーナちゃんはどう？　お友達、欲しい？」

リーナちゃんは、紙芝居の最後の場面で、うれしそうに笑っている女の子を見つめる。

「おともだち、ほしい」

やった！

リーナちゃんの言葉に、皆が驚いた後、うれしそうに笑った。

「そうね、お母様もお友達と一緒だと楽しい気持ちになるから、リーナにもお友達をつくってほしいわ」

特にエレオノーラさんは、今にも泣きだしそうなくらい目を潤《うる》ませてそう答えた。

「そうなると母上、年の近いご令嬢を集めて、茶会でも開きますか？」

「そうねぇ……でも、いきなり大勢呼んではリーナが戸惑わないかしら？」

たしかに……と皆、頭をかかえてしまった。

「あの、マリアさんのお子さんは、ダメなんですか？」

思わず聞いてしまう。

「ええっ⁉　そ、そんな。うちの子がお嬢様となんて……恐れ多いです‼」

あれ？　貴族の子と使用人の子は仲よくしちゃダメなの？　でも乳兄弟《ちきょうだい》とかって言うよね。

この世界にはないのかな？

「でも、マリアは一応男爵家《だんしゃくけ》の三女だし、旦那様も男爵家の次男でしたよね？」

「一応貴族、っていうだけですよ！　侯爵家のお嬢様と比べてはいけません‼」

「ちなみに男の子ですか？　女の子ですか？」

「……女の子です」

ちょうどいいよ。いきなり男の子は、リーナちゃんにはハードル高い。

「決定でよくないですか？」

「私はいいと思うのだけれど……。マリア、嫌かしら？」

あっ、これ断れないやつだ。エレオノーラさん、本当にイイ性格してる。

案の定、「い、いいい嫌だなんてそんな‼」とマリアさんも真っ青だ。

このままだと無理やり感があるので、フォローすることにする。

「あの、私の国の言葉に、乳兄弟っていうのがあるんです。同じおっぱいを飲んで、一緒に育った、兄弟みたいなものだってことなんですけど、その子たちは大きくなっても、信頼し合っていることが多いんです。リーナちゃんとマリアさんのお子さんにも、ぜひそんな関係になってほしいなと思うのですが……どうでしょう？」

マリアさんの顔色が徐々に戻ってきて、じっと見つめられた。

「アリスが、私の子が、リリアナお嬢様と？」

「はい、決めるのは本人たちですが、ひょっとしたらアリスちゃん？が、リーナちゃんに仕《つか》えたり、どこかに嫁《とつ》いでも仲よくお茶会したりする未来もあるかもしれませんよ」

自分の子どもの未来に思いを馳《は》せているのだろう、マリアさんはしばらく黙って考えていた。

「私……アリスにも、リリアナお嬢様を好きになってもらいたいです」

「はい！　でもまあ、決めるのは子どもたちなので。とりあえず会ってもらって、友達になれたらいいな〜くらいに思いましょう？」

ニコリと笑って返すと、マリアさんも笑ってくれた。話はまとまり、近いうちにふたりを会わせてみようということになった。

ちなみに当のリーナちゃんはというと、いつの間にかエレオノーラさんの膝の上で夢の世界に旅立っていた。

おやすみ、また明日ね。

「まさか、あんなに喜んでもらえるなんて」

今まで眠ったことのないような大きなベッドに入って、つぶやく。

「家庭教師、かぁ……」

明日は、侯爵様にご挨拶しないと。

こうして異世界に来て初めての夜は更けていった。

＊　＊　＊

「へえ、そんなことが」

「あなたにも見せたかったわ。帰るのが遅いんだもの」

リリアナが眠り、静かに解散となった後、この屋敷の当主、エドワード・ラピスラズリは、王宮から戻ったところを妻であるエレオノーラに部屋へと連れ込まれていた。

「通信魔法であらかた聞いていたが、なかなかいいお嬢さんのようだ。それに、おもしろいことを考える」

エドワードにとっても、リリアナへの評価やカミシバイの作製、チキョウダイの関係など、興味を惹かれることばかりだった。

またその人柄に、普段滅多に他人に本心を見せない目の前の女性が、あっさりと心を許したことの重大さを、エドワードはわかっていた。

「私は、リーナは君似だといつも言っていたね」

「処世術のひとつよ。でも、ルリには調子を崩されちゃった。それなのに、ちっとも嫌じゃないの」

膝の上の、やわらかな温かさを思い出して、エレオノーラから自然と笑みがこぼれる。

「君にそんな顔をさせるなんてな。嫉妬してしまうよ」

「あら、またそんなこと言って。でも、絶対あなたも気に入るはずよ。私、なにがなんでもルリに家庭教師になってほしいわ」

「はは。これは逃げられそうもないな。ルリ嬢に同情するよ」

魔術師の祈りと癒やしの聖女

私は、アレキサンドライト王国、魔術師団団長を拝命している者。

聖女召喚の儀式が、いよいよ始まる。

ようやくカイン陛下からの許可が下りて、この儀式の準備が行われたのは、一ヶ月前。

異世界から人を喚ぶのは、並大抵の魔力では到底行えない。

当然のように、国一番の魔力量を誇る私が召喚士として選ばれた。

国を守りたいという重鎮たちの思いも、異世界から聖女を喚ぶことを軽く考えたくない陛下の気持ちも、どちらも正しい。

ましてや、喚ぶことはできても、帰すことはできない。

ひとりの人間の人生を、我々の都合で、我儘《わがまま》で、変えてしまうのだ。まだ見ぬ聖女となる方を、私たちは大切に慈《いつく》しまなくてはいけない。罪の意識を、忘れてはいけない。

……許されたいと、思ってはいけない。

陛下は、その肩にさらなる重みを加えようとしている。彼ひとりに、それを課してはいけない。

聖女召喚を願った時点で、我々も同罪なのだから。

さあ、始めよう。

周囲の魔術師団員に合図を送る。

複雑に描かれた魔方陣の中央に立ち、まるで歌うように呪文を唱えていく。

魔力を流しながら、聖女の気配を探す。

――ああ、見つけた。

燃えるような、強い光。包み込むような、温かい光。そして、澄みきった清らかな光。

そうか、あなたたちが……。

三つの光を、迷わないように慎重に運ぶ。

……しかし、ひとつ目を喚んだところで、思っていた以上の魔力の枯渇《こかつ》を感じた。

まずい。

額から汗が流れたが、気にしてなどいられない。

どうにかしてふたつ目を喚び寄せると、意識が飛びそうになった。急がなければ。

この光を失うわけには……！

覚えているのは、そこまで。

「聖女は、三人、います」

どうか、見つけて。

そう最後につぶやいた言葉が、誰かの耳に届いたことを祈り、私は虚脱感に抗《あらが》えず目を閉じた。

＊　＊　＊

異世界に来て、三日目の朝。

初日に与えられた客室をそのまま自室として使わせてもらっており、そこでこれからのことを考えていた。

エレオノーラさんの旦那様である、エドワードさん――侯爵様にもそう呼んでほしいと言われた――には二日目の朝に挨拶をして、すんなり受け入れてもらえた。

そんなにすぐ信用していいの？と思わなくもないが……。

そして、私は正式にリーナちゃんの家庭教師となることに決め、昨夜その旨を伝えていた。

皆さんとても喜んでくれて、ほっとする。

完全にあきらめたわけではないけれど、もとの世界に帰る方法がない今、なにもせず居候《いそうろう》するわけにはいかない。それなら、仕事をするのが普通だ。

そんなことを考えていると、ふと頭をよぎる――王宮にいるらしいふたりの聖女と私は、どんな関係にあるのだろう。

巻き込まれただけなのか。それとも、私も聖女として喚ばれたのか。

前者ならこのまま帰る方法を探しながら、平民として慎《つつ》ましく暮らしていくつもりだ。でも、後者なら……。

いや、そんなわけないとは思うけどね。特に魔法とか使えるわけでもないし。

でも、ちょっと興味はあるのよね……。うずっ。

自分の部屋だから誰もいないとわかっているんだけど、キョロキョロと周りを確かめた。

いや、一応ね？　見られたら恥ずかしいからさ。

「えぇっと……この前友達がおもしろいからって貸してくれた小説では、なんて言ってたっけ？　ステータス？　オープン？」

なにかそんな感じの言葉だったはず！と口にしてみると、目の前に八つ切り画用紙ほどの画面が現れた。

「……え？　ちょ、はああ⁉」

＊＊＊＊＊＊＊＊＊＊＊
和泉　瑠璃
癒やしの聖女　ＬＶ３
ＨＰ《ヒットポイント》：５２３／／５２３
ＭＰ《マジックポイント》：１２３５／／１２３５
状態：健康
＊＊＊＊＊＊＊＊＊＊＊

ちょっと待って。

落ち着こう。

見間違いかも、そんな一縷《いちる》の望みを抱いて逸らした視線をそっと戻す。

……画面、ある。

「う、嘘でしょ……⁉」

私、魔法使った⁉

いや、魔法なのかと言われると微妙だけど、現代日本では考えられない技ができるようになっている。

いやいや、それもだけど、それよりももっと大事なことが書いてある。

〝癒やしの聖女〟って

なんだそれーーーー⁉

ステータスの画面は手で払うようにしたら消えた。開いたのが誰もいない自室でよかった。

こんなのもし誰かに見られたら、大変なことになってしまう。

それに人の目を気にせず、思う存分うんうん唸《うな》れる。

「私が聖女って……なんの冗談よ……」

とりあえず、ＭＰが高すぎる気もしなくはないが、そのほかは初期レベル程度な気がする。

変にチートがあっても目立って困る。私が目指すのは、平穏だ。

気を取り直して、ステータスを読み進めてみよう。

＊＊＊＊＊＊＊＊＊＊

和泉　瑠璃

癒やしの聖女　ＬＶ３
ＨＰ：５２３／／５２３
ＭＰ：１２３５／／１２３５
状態：健康

魔法：聖属性魔法　ＬＶＭＡＸ　・　水属性魔法　ＬＶ35
　風属性魔法　ＬＶ20　・　光属性魔法　ＬＶ20
　火属性魔法　ＬＶ10　・　土属性魔法　ＬＶ10
　闇属性魔法　ＬＶ５
スキル：鑑定　ＬＶＭＡＸ　・　癒やしの子守り歌　ｎｅｗ

＊＊＊＊＊＊＊＊＊＊

あ、ダメだ。チートだわ。使える魔法は七種類もある。

しかも、聖属性魔法と鑑定のレベルは、なんと〝ＭＡＸ〟になっている。

これで目立たず平穏に過ごせるのだろうか……うん、深く考えるのはやめよう。

ところで、〝癒やしの子守り歌〟ってなに？　ｎｅｗってついているけれど――あれか、リーナちゃんに歌ってあげてるやつか。

リーナちゃんの寝入りも寝起きもよくなったのは子守歌のおかげだと、マリアさんに大変ありがたがられている。それもスキルの効果ということになるのかもしれない。

そもそも魔法が使えること自体、ふつうのことなのだろうか。そして私のステータスは高いのか低いのか。この世界の標準レベルがわからない。

とにかく、できるだけ静かに暮らしたい。このことは隠しておいて、少しずつ探っていくことにしよう。

なにか使えそうなものがないかと、改めてステータスをじっくりと見てみる。

〝鑑定〟か……ラノベで目にしたことがあるスキルだ。

私は、友達に勧められてそういう小説を何冊か読んだことはあるけれど、だからといって何冊も読破しているほど詳しいわけでもない。

そんなうろ覚えの浅い知識しかない中で、なんとなくイメージできるのは〝鑑定〟か。

「まあ別に対象物が爆発したりするわけじゃないだろうし、使ってみよう。えーと、〝鑑定〟？」

半信半疑だったが、実験のつもりで近くに生けられていたユリらしき花を見つめて唱えてみた。

＊＊＊＊＊＊＊＊＊＊＊
【ホワイトリリー】

多年草。食用可だが、味は好まれない。

効果：ＨＰ弱回復
＊＊＊＊＊＊＊＊＊＊＊

今度は先ほどよりも少し小さい画面が出てきて、目の前の花についての情報を知らせてくれた。

そこに書かれていた名前は、英名だけどもとの世界のものとほとんど変わらない。

へー、食べられるんだ。

もとの世界では食べる人がいないってだけで、食べても問題なかったのかもしれないけど。

まあ、食べる人がいなかったってことはおいしくはないよね。でも、HP回復の効果があるんだ。

……便利だな、鑑定スキル。次はなにを鑑定してみようかな～?

そんなことをして遊んでいたら、朝食の時間になり、マーサさんに呼ばれてしまった。

いかん、今日は仕事一日目なのだ。気合いを入れないと!


朝食の席では、リーナちゃんとレイ君に正式に私が家庭教師を引き受けることになったと伝えた。

ふたりにもとても喜んでもらえて、うれしい。

エドワードさんはこの後お仕事なので、王宮へと出かけていく。

侯爵様だし、職場が王宮なんて、きっとすごいエリートなんだろうな。

エレオノーラさんにいってきますのキスをして出ていった。

……ラブラブだ。人目をはばからないふたりに、私の方が恥ずかしくなって思わず目を逸らしてしまう。

レイ君とリーナちゃんによるといつものことらしく、気にも留めていなかった。

まあ、もとの世界でも外国では挨拶代わりのキスも、珍しくないもんね。

「では、僕も家庭教師の先生がいらっしゃるので、そろそろ。ルリ様、リーナをよろしくお願いします」

レイ君も今日の午前中は勉強のようで、にこやかに自室に戻っていった。

「じゃあリーナちゃんもごちそうさましたら、私とお絵描きしようか？」

「！　する‼」

「あら、いいお返事ね。ではよろしくね、ルリ」

「はい、エレオノーラさんも、またお茶の時間に」

二日間過ごしてわかったのは、リーナちゃんはいかにも女の子らしい遊びが好きなこと。

花を見たり、お絵描きしたり、お人形遊びをしたり。

とりあえずは好きなことから、少しずつ教育的な要素も入れていこうと思う。

さーて、時間はたっぷりあるし、たくさん遊ぶぞー！


朝食を終えた私たちはリーナちゃんのお部屋に行って、マリアさんと一緒にお絵描きをすることにした。

お絵描きといってもクレヨンや色鉛筆みたいなものはこの世界には存在しないようで、子どもが字を書く練習に使うらしい、マーカーみたいなものを用意してもらっていた。もちろん黒一色だ。

画家さんとかが使う絵の具はあるらしいんだけど。

ちなみに、お絵描きという遊び自体、一般的ではないらしい。

昨日それを聞いて、そりゃあ絵本なんてないはずだわ……と納得してしまった。

図鑑とかみたいに、写実的な絵や挿し絵がある偉人伝や歴史書はあるらしい。

でも、絵に頼らないって、子どもにとってはイメージつきにくいんじゃないかな？

そう思って、リーナちゃんが寝ている時間やお絵描きの時間は、私も紙芝居作りに勤《いそ》しんでいる。

「ルリ様、本当にお上手ですね！　こんなにかわいらしく描かれたものを初めて見ました！」

マリアさんも新しい話ができあがるのを楽しみにしてくれている。動物なんかもともとの世界にいるものは、ほぼ全部実在しているようなので、デフォルメしたウサギとかを描くと、リーナちゃんが喜んでくれる。

ただ、絵を描くのは好きな私だが、話をつくる能力は人並みなので、著作権を気にしながらももとの世界で読んだことのある話を少しアレンジしているだけだ。

桃から生まれた勇者が魔物を倒す話〝桃レンジャー〟とか……。

リーナちゃんは私が描いた動物の絵を見ながら、真似《まね》して描いている。

〝学ぶ〟は〝真似《まね》ぶ〟とも言うからね。


お絵描きに飽きたら、次はお散歩。

花が大好きなリーナちゃんと一緒に庭園をぐるっと一周回った後、庭師のおじいちゃんを尋ねる。

「こんにちは、アルトおじいちゃん！　昨日お願いしたやつ、どうですか？」

「ああ、ルリちゃん。バッチリ準備できてるよ。旦那様にも許可を得たから、遠慮せずやってくれ」

このおじいちゃん、なかなか気のいい人で、私もすっかり仲良しだ。

「ありがとうございます！　リーナちゃん、マリアさん、こっちに来て！」

「？　うん」

「え、そちらにはなにも植えられていないはずでは……？」

ふたりが不思議そうに私についてくる。

ふふふ、きっと驚くでしょうね。

私たちは庭園の一角で足を止める。リーナちゃんが用意されていたものを見て、声をあげた。

「やさい？」

「そう、これはトマト。そしてこれがキュウリ。ナスにゴーヤと……うわ、メロンまである！」

用意してもらったのは、プランターと野菜の種。

「……きらいなやつ、いっぱい」

眉間に皺を寄せてリーナちゃんがつぶやく。

あ、やっぱり。

食事の様子を見て気づいたのだが、リーナちゃんは野菜の好き嫌いが多いみたい。これは、私がこの世界に来た初日から気になっていたことだ。

なので、自分で作ってそのありがたさを知ってもらい、食べてもらおうというわけだ。

食育ってやつね。

「そっかあ。でも野菜も種から育ててみると、お花だって咲くし、少しずつ大きくなるの見てると楽しいよ？　自分で育てた野菜なら、ちょっと食べられそうな気がしない？」

「……うん。やってみる」

よし‼

じゃあまずは動きやすい服にお着替えと思ったが、マリアさんに侯爵家のお嬢様にそんな格好は……‼と真っ青な顔で言われてしまったので、断念。

「汚れないよう、魔法でベールをかけられるといいのですが。あいにく私の持つ属性魔法ではできないのですよね……」

「え、じゃあなんの属性ならできるんですか？」

「そうですね……水が一番わかりやすいですかね。こう、お嬢様の体の周りに膜を張る感じで……」

なるほど。

水なら私、レベル高かったしできるかも？

それにマリアさんの言い方だと、魔法を使えるのはそれほど珍しい感じじゃないし、やってみようかな。

「私、水魔法が使えるのでやってみますね。ええと、膜を張る感じで……」

魔法の使い方はよくわからないけど、とりあえず映画や小説などによくある感じでやってみる。

失敗したら、レベルが低いので〜ってごまかせばいい。

目を閉じて意識を集中、水の膜をリーナちゃんの体に張るところをイメージして……。

「水膜《ウォーターフィルム》」

なんとなく頭に浮かんだ言葉を唱える。

体からなにかが抜ける感覚がして、目をそっと開くと……。

「すごい、るり！」

リーナちゃんは、まるでシャボン玉のような虹色の透明な膜をまとっていた。

「わ、わあああ！　できたー‼」

すごい！　私できたよ⁉　魔法使えたー‼

「あれ？　ルリ様、魔法使ったことないんですか？」

……まずい。

「う、ううん。こんな膜とか張るの初めてだから、成功してよかった、って」

「ああ！　なるほど。それにしてもルリ様は水属性持ちなんですね。私は風属性持ちなんですけど、そんなに操作がうまくないので、うらやましいです！」

マリアさん、魔法はそんなに得意じゃないのか。

「あ、えーと、この国の人は魔法を使えるのって、珍しくないんですか？」

「ああ、ルリ様は他国からいらしたんでしたね。そうですねぇ、貴族も平民もだいたい三人にひとりくらいは魔法持ちです。その中でもほとんどの方はひとつかふたつの属性魔法を使えます。まあ、魔術師団に入るにはそれ以上の属性持ちか、よほどの高レベルでないと無理ですけどね。なので、私みたいなちょっと使えるレベルはわりと珍しくありません」

なるほど……やっぱり私はチートだったのね。

とりあえず使える魔法は、水属性ですってことにしておこう。

「よし、じゃあ汚れる心配もなくなったし、野菜作りを始めましょう！」

「「おー！」」

リーナちゃんとマリアさんも握り拳を上げて、やる気満々だ。

さて、一応マリアさんと私にも水の膜を張って、まずは土づくり。

用意してもらったスコップで土をならしていく。肥料も混ぜたらできあがり。

「リーナちゃん、上手だね！」

「ん、いつもあるとおじいちゃんやってるの、みてる」

おお、ひょっとしたら嫌がるかなぁと思っていた工程だったが、結構楽しそう。

ワンピースだからちょっと動きにくそうだけど、汚れる心配がないのはいいよね。

「よし、じゃあ種を入れる穴をあけるよ。指でこうやって……。できたら、種を二、三粒入れてね」

「では、私はトマトを」

「なす……きらいだけど、やってみる」

嫌いなものこそだよね。

リーナちゃん、えらい‼

そういうことこそしっかり褒めないとね。

褒められてさらにやる気になったリーナちゃんは、次々と種まきを終え、水やりも率先してやってくれた。

「はい、じゃあ仕上げに……大きくなーれ、おいしくなーれってお祈りしようね」

「うん！　おいしくなってね、みずやり、がんばるからね」

植物って話しかけると生長がよくなるって説、あったよね？

まあそれがなくても、育てているものへの愛着が増すという意味でも、ぜひ子どもにはやってもらいたいと個人的に思っている。

「さ、じゃあ今日はここまで。お腹もすいたでしょう？　そろそろお母様とお茶の時間だよ。野菜の種をまいたこと、教えてあげよう？」

「うんっ！」

いやーいい笑顔だよ。

なかなか笑わないって言ってたけど、リーナちゃん、私には結構笑ってくれるよね？

マリアさんに聞いたら、それだけルリ様に心を開いているのでしょうねと言われた。

いつか、そうやってリーナちゃんが笑顔を向ける人が増えるといいな。


「へえ、リーナが自分で？　すごいわね」

「あのね、まいにち、おみずあげないといけないの。そうしないと、おおきくならないんだって」

「そう、じゃあリーナはお野菜たちのお母様ね。しっかり育ててあげてね」

「おかあさま？」

「そうよ。リーナがお世話しなかったら、お野菜にはなれないの。おいしく育つか枯れちゃうかは、リーナ次第よ」

エレオノーラさん、いいこと言う！

侯爵夫人様だし、土いじりなんて！と言う人も多いだろうに……。

リーナちゃんの責任感を育てるには、とってもいい話だったよね。リーナちゃんもキラキラした目をしてる。

「さあ、お腹もすいたでしょう？　サンドイッチ、食べる？」

「うん！」

お茶の時間と言ったが、この世界で貴族の人たちは〝昼食＝お茶の時間〟という認識らしい。

サンドイッチのような軽食を中心に、ケーキやクッキーなども食べるらしい。

まあ、貴族でも官僚とかは軽食だけらしいけど。

そりゃそうよね、国政に携わる人が仕事中優雅にティータイムとかありえない。

ちなみに三時のおやつは子どもだけ。

……やっぱり子どもにとって優しい食生活じゃあないわよね。それについては追い追いだと思ってる。

そんな感じでエレオノーラさんとのティータイムは和やかに終わり、リーナちゃんのお昼寝の時間だ。

今日は素話《すばなし》の後の子守歌。

素話は、絵本や紙芝居なんかの小道具に頼らず、声のみでお話しすること。

これはこれで絵に影響されず、聞き手が自由に物語の情景をイメージできるので、想像力を豊かにするのに有効だとされている。

絵がない読み聞かせはイメージつきにくいとかいろいろ言ったけど、結局のところ、愛情がこもっていれば、子どもにとってはいいことなのよね。

私たち話し手にとっても、既存のお話を自由にアレンジしたり、声に抑揚をつけて誇張したりして楽しめるから、やっていて楽しい。

今日は覚えたばかりのこの世界の童話を、私なりにアレンジしてお話ししてみた。

リーナちゃんも楽しんでくれたみたいだし、よかった。

「さあ、じゃあそろそろおやすみなさい。歌うね」

「ん……おや、すみ」

午前中たくさん体を動かして疲れたのだろう、歌い始めるとすぐにリーナちゃんは眠りについた。

「今日もお見事ですね。でもわかるわ。ルリ様の歌、本当に癒やされますもの。ほかの使用人たちの中にも、お嬢様のお部屋の近くを通った時に歌が聞こえて、不思議な旋律になんだか心が洗われた、なんて言う者もいるくらいですから」

〝癒やし〟と聞くと、ドキッとする。

私が聖女だということは、自分自身、まだ信じきれていないのだ。

でも、こんな言葉を聞くと、自分がたしかに人に影響を与えているのだと思い知る。

「……気のせいですよ。聞き慣れない曲だからそう思うだけで」

「ふふ、そうかもしれませんね。でも、実際こうしてお嬢様がすやすやと眠ってくださるし、それに昨日今日ととても楽しそうで、私もうれしいんです！　ルリ様、この屋敷に留まってくださって、ありがとうございます」

明るい笑顔でそう言ってもらえると、救われる。

思い悩んでいてもなにも変わらないし、私は私のできることをしよう。

「それなら、よかったです。でも私だって、マリアさんたちにとてもよくしてもらってるんですから。お礼を言うのはこちらの方です。ありがとうございます。あと……せっかく同い年なんだし、お互いに敬語やめない？」

「あら。ルリ様がよろしいのなら、ぜひ。これからもよろしくね、ルリ」

私たちは、顔を見合わせてくすくすと笑い合った。こんな、なにげないことがうれしい。

こうやって、少しずつ、うれしいことが見つけられるといいな……。

第二騎士団団長の憂い

私はレオンハルト・ラピスラズリ。前ラピスラズリ侯爵の次男だ。

侯爵家はすでに少し年の離れた兄が継いでいるため、なんのしがらみもなく、職務に専念できている。

住まいも侯爵家から騎士団専用独身寮に移っており、気ままな生活をしている。

特に不満もなかった毎日が崩れ始めたのは、ほんの二週間前。

王都から少し離れた町の近くにある森で、魔物の大量発生が確認され、その討伐に騎士団を率いて出向いてからだ。

魔物自体はそれほど強くなく、数が多いだけだと油断していたのがいけなかった。

そろそろ終わりか、という頃に強い魔力を持つ個体が現れた。不意の一撃に対し、少し反応が遅れた。なんとか避けて致命傷とはならなかったが、鋭い爪が左肩をかすめた。

苦戦はしたがなんとか討伐し、回復魔法に心得のある部下が応急処置を行ってくれた。

王都に戻ってからも十分に手あてを受け、傷はもうほとんど綺麗になっている。

だが、傷を負って以来、満足に睡眠がとれていなかった。忙しいという理由からではない。

寝入ったかと思うと、悪夢を見るのだ。それは、私の心と体を蝕《むしば》んだ。

何度うなされ、何度叫びそして飛び起きたことだろう。

体は睡眠を欲しているのに、頭は眠ることを拒絶する。次第にやつれ、頭もうまく回らなくなってきていた。

そんな折、聖女召喚の儀式が行われた。

召喚士に選ばれたのは、魔術師団の団長。

国で一番魔術に精通していると言っても過言ではない人物であり、知己《ちき》である。もちろん、私の症状についても相談したことがあった。

しかし、それでも結果は変わらなかった。

その後、魔術師団団長は、聖女召喚での魔力枯渇のため、意識不明となってしまった。

ふたりもの異世界人を喚んだのだ、仕方のないことなのだろう。しかしそれが、さらに私を精神的に苦しめた。

症状の改善には至らずとも心から私を心配し、励ましてくれたその人を失うかもしれないという恐怖は、耐えがたいものだ。

そんな中、カイン陛下の温情で聖女様にこの症状を診てもらうことができたのだが、ふたりは揃って首を振った。『私たちにはわかりません』と。

聞けば、ふたりは聖女といってもそれぞれに得意分野があるようで、治癒や呪いを解く聖属性魔法のレベルはあまり高くないとのことだった。

この体は、もう長くは持たないかもしれない。

それでもなんとか力の入らない体に鞭《むち》を打って、職務にあたる。

騎士団長用の執務室で、霞《かす》む目をこすりながら書類に目を通していた時、不意に扉が開いた。

「……っ！　なんて顔をしているんだ、レオン」

ぼやけた視界に入ったのは、久しぶりに見る兄だった。

＊　＊　＊

カーテンからこぼれる日の光に照らされ、徐々に覚醒する。ああ、ここは日本じゃないんだ。目を覚ますと思うのは、いつも同じこと。転移して四日が経ったけれど、まだ朝はあれ？と思ってしまう。

もうあの小さな自分の部屋で目を覚ますことはないのかなと思うと、自然と涙がひと粒こぼれた。いけない、泣いて目を腫らしたらみんなに心配をかけてしまう。

「んーー！　今日もいい天気！」

暗い気持ちを振りきって思いきりカーテンを開けると、一気に部屋が明るくなる。よかった、お天気で。

だって今日は特別な日。

マリアの娘さん、アリスちゃんが遊びに来る日なんだもの！

ラピスラズリ家の使用人さんは、住み込みの人と通いの人、両方いる。

セバスさんやマーサさんは前者、マリアは後者だ。

乳母さんて住み込みじゃないとできないんじゃないの？とも思ったけど、この世界もミルクがあるし、お世話する使用人も複数いるのが普通なので、通いでも問題ないようだ。

リーナちゃんがアリスちゃんと会ったことがないのも納得。

なので今日は、いつもはお祖母《ばあ》ちゃんに預けているらしいアリスちゃんと一緒に出勤してもらうことにした。

「今日はお世話になります！　娘のアリスです」

「ありすです！　おねがいしましゅ‼」

ヤバイ、またひとり天使が増えた。

マリアに似て、目がくりくりで元気そうな女の子だ。舌足らずなのがかわいい！

「ご挨拶が上手なのね、えらいわ。私はルリ。今日一日あなたたちの先生よ。よろしくね」

「せんせぇ……‼」

なぜかキラキラした目で見られた。

「ああ、いとこたちが通っている学園の話とかも聞いているので、憧れがあるみたい。まあ、この子が通えるかは微妙なところだけど……」

そうか、学園って基本は貴族が通う所って言ってたっけ。

両親が男爵の次男とか三女とかだと難しいこともあるのね。でも、そんなの関係ないのに……。

教育は平等に受けられるべきだ。

まあ、今そんなことを言っていても仕方がないので、流しておく。

「さあ、じゃあリーナちゃんもご挨拶しようね」

私のうしろに隠れて様子を見ていたリーナちゃんを促す。

緊張しているのだろう、きゅっと私のスカートを握っている。

友達の意味も知らなかったくらいだ、恐らくあまり同年代の子どもに会ったことがないのだろう。

不安でいっぱいなのが、スカートを握る手からひしひしと伝わってくる。

大丈夫だよという気持ちを込めてそっと頭をなでると、意を決したように一歩前へ出た。

「り、りりあな・らぴすらずりです」

うん、自分で言えたね、偉い！

少しずつ、スカートの裾を持ち上げてするカーテシーだっけ？　ご令嬢の挨拶も習おうね。

「りりあな、ちゃん？」

「みんなは、りーなってよぶ」

「じゃあ、あたしも！　りーなちゃん、よろしく！」

「……うん。ありすちゃんってよんでもいい？」

「うん！」

ここは楽園ですか？

かわいいが×2になると、とんでもない威力になる。

マリアを見ると、こちらも邪魔をしないように声は出していないが、悶絶していた。

うん、かわいいよね。わかるわかる。

まずはリーナちゃんがお絵描きに誘い、アリスちゃんも真新しいピカピカの色ペンと紙に目を輝かせて夢中になって描いていた。

そう、色ペン。エドワードさんにお願いして、作ってもらったのだ！

黒のマーカー的なものがあるなら、つくれないことはないのかなと思って相談してみたところ、すぐに試作品と言ってこれを用意してくれた。

さすが異世界、魔法でわりかしなんでもできちゃうのだろうか。

ちなみに一方だけママがいるとよくないかな？と思って、マリアには別の場所で仕事をしてもらっている。

アリスちゃんが明るく人懐っこいので、リーナちゃんも話しやすいらしく、わりと短時間で仲よくなれたと思う。

和やかに遊んでいると、お昼のティータイムの時間が近づいてきた。

「さて、じゃあ今日は今からみんなでお料理するわよ。できたお菓子は、お茶の時間に食べましょうね」

「おりょうり？　はーいっ！　ありす、やるー！」

「わ、わたしも、やってみたい……」

お、ふたりとも食いついたわね。

「うん。楽しいわよ、きっと。でもお片づけが綺麗に終わってからね」

「「はーい！　せんせぇ！」」

リーナちゃんとアリスちゃんは、とてもいい返事をして手を動かしてくれた。

楽しいことが待っているとわかると、お片づけも進むもので……。

あっという間に部屋が片づいたので、厨房へ。


ラピスラズリ侯爵家の料理長は、テオドールさんというダンディーなおじ様だ。

テオさんと呼んでいる。

年齢はたぶん四十すぎだと思うんだけど、体はムキムキで、服の上からでもすごい筋肉なのがわかる。

まあ重いフライパンとか使うんだから、筋力がないといけないもんね。

そして、彫りの深い、整った容姿をしている。きっと若い頃はモテたんだろうなと思う。

「テオさん、お忙しい時間にすみません。お願いしていた通り、隅っこでいいのでお借りしますね」

お子様たちにもお願いしますと言わせて、テオさんに話しかける。

「ああ、かまわんぞ。それにもう準備もできてるみたいだ。その代わり、わかってるな？」

ニンマリとするテオさんに思わず苦笑がこぼれる。

そう、根っからの料理人のテオさんは、物珍しい私の意見や作ったものに興味を持ってくれているらしい。

つまりは、作ったものを味見させてくれ、ということだ。

「あはは……おいしくできるといいんですけど」

「うまくいかなくても、それはそれでいいのさ。俺はアンタのアイディアに興味があるんだからね」

そうは言われても、どうせならおいしいと言わせたい。

「……善処します」

テオさんは笑って厨房の端のテーブルを指さした。

「ルリ、準備できてるわよ」

「あ、ママ！」

そう、マリアにはお料理の準備をお願いしていたのだった。

そして今日作るのは、サンドイッチとクッキー。お昼のお茶の定番メニューだ。

でも、普段のものとは違う、子どもの体にいいものを目指している。

「ありがとう。じゃあ、まずは焼かないといけないから、クッキーから作ろうね。今日は、お野菜のクッキーを作ります」

「やさい……」

これに眉をひそめたのはリーナちゃん。うーん敏感ね。それに比べてアリスちゃんはクッキーと聞いて大喜びだ。

「カボチャとホウレンソウのクッキー、色もかわいいし、意外とおいしいよ？」

「あれ？　りーなちゃん、きらいなの？」

「う、ううん！　やる！　たべられる！」

よし。お友達の前では強がるよね。

「じゃあ、エプロンをつけて、手を綺麗に洗って――。レッツクッキーング！」

作業台が高いので、ふたりには台にのってもらい、できるだけ自分たちで作ってもらおうと思う。

「まずは材料を混ぜましょう！」

ふたりには、小麦粉やバター、砂糖など、あらかじめマリアに計ってもらっておいた材料をボウルに入れてもらう。

「こぼさないように、そうっとね。そう、上手！」

次に私が材料を混ぜ合わせ、しっかり生地がまとまったところで、それを三つに分ける。

「あれ？　ルリ、ふたつじゃなくて三つ？」

「うん、食べ慣れた味もあった方がいいかと思って」

マリアの疑問ににっこりと笑って答える。

やっぱり野菜入りは受けつけませんでした、ってなったら食べられないのかわいそうだしね。

そのうちのふたつには、ホウレンソウとカボチャのピューレを混ぜる。

「さて、じゃあふたりにも混ぜてもらおうかな。やり方は見てたから大丈夫かな？　どっちがやりたい？」

「あたし、ほうれんそう！」

「かぼちゃのほうが、たべられるから……こっち」

アリスちゃんがすかさずそう言うと、リーナちゃんはふたつの生地を見比べてカボチャの方を指さした。

うまいこと分かれたなぁ。

ふたりとも初めは怖々だったけれど、触ってみると感触がおもしろかったらしく、楽しくこねてくれた。

ピューレが生地になじんだところで、私とマリアで三つの生地を薄く伸ばす。

そして次はみんな大好き、型抜きターイム！

実はこの世界には、型なんてなかった。

それに気づいてすぐテオさんに相談し、知り合いの金物職人さんに作ってもらった物が、昨日できあがったのだ。

間に合ってよかった。

丸や四角、星にハートなどオーソドックスなものから、花や魚などの形も作ってもらったので、いろんな形を楽しめる。

「これはね、こんなふうに生地の上からぎゅっと力を入れて押すと……ほら！」

「わぁ！　おほしさま！」

「すごい！」

私が一度やってみせると、ふたりはキラキラした目で型抜きした生地を見つめた。

早速それぞれに好きな型抜きを持って、生地に押していく。

「みてー！　できたよ、ほらおさかな！」

「ありすちゃんすごい！　わたしも……できた！　おはな、かわいい！」

案の定ふたりとも楽しそうにポンポン抜いている。

「かわい～！　はやくたべたいね」

「うん、たのしみ」

リーナちゃんの反応も上々だ。形とか色も子どもには大事なポイントだよね。

「さて、クッキーを焼いている間に、次はサンドイッチを作ります！」

「「はーい！」」

だんだん作ることにも慣れてきたようで、リーナちゃんとアリスちゃんがワクワクしているのがわかる。

マリアも楽しくなってきたようで、子どもに交ざって元気に返事をした。

「これがパン、具材も玉子やハム、レタスにキュウリなどいろんな種類を用意したので好きなものを挟んで作りましょう。ちなみに、後からエレオノーラさんとレイ君も一緒に食べるから、がんばってね」

「おかあさまと、おにいさまも？」

「そう、みんなで庭園の東屋《あずまや》でピクニックよ」

ふたりには事前に許可をいただいている。

俄然やる気になったリーナちゃんと、ママと一緒に作るのが楽しいアリスちゃんは、女の子らしく、色取り取りの具材を挟んで上手に作っていた。

「ふたりとも、とっても上手でびっくりしたわ！」

「たのしかった！　はやくたべよー！」

「わたしも、おなかすいちゃった」

私の褒め言葉よりも、ふたりはお腹がペコペコらしく早く食べようと訴えてきた。

「私もお腹すきました〜」

マリアもふたりに同意する。

うんうん、いいことだ。

「クッキーも焼き上がったし、そろそろ着替えて外に行きましょう」

「ルリ、俺の分は残していけよ」

「テ、テオさん……わかってますよ！」

ずっと見張ってたんですか⁉　こわっ！


約束の時間がきたので集合場所に向かうと、ちょうどエレオノーラさんとレイ君もやって来た。

「まあ、これ全部あなたたちが作ったの？　すごいわね、おいしそう」

「はい、いろいろのせて、ぎゅってしました」

作り立てのサンドイッチをふたりに振る舞い、リーナちゃんはお母さんとお兄ちゃんに褒められてとってもうれしそう。

エレオノーラさんとレイ君も、リーナちゃんがアリスちゃんと仲よくしているのを見て、ほっとしたようだ。

一緒の席で食べるなんて……と、初めのうちは恐縮していたマリアも、アリスちゃんとうれしそうに食べている。

うん、みんなで食べるとおいしいよね！

たくさんあったサンドイッチがなくなると、マーサさんがお皿に綺麗に並べたクッキーを持ってきてくれた。

「あれ？　今日のは変わったクッキーだね。いろんな色と形だ」

「本当。これもあなたたちが？」

「「そうでーす！」」

レイ君とエレオノーラさんの言葉に、マリア親子が自慢げに返事をした。

「あのね、かたにゅき、っていうんだよ」

「型抜き、です。ルリが考えた道具で作ったんですよ。どうぞ召し上がってください。なにが入っているのか考えてみてくださいね」

突然のマリアからのクイズに、みんなワクワクしだした。

リーナちゃんとアリスちゃんも期待でいっぱいの表情だ。まずはエレオノーラさんがホウレンソウクッキーを口に運ぶ。

「優しい甘さでとってもおいしいわ。でも、なにが入っているのかと言われると……？」

「こっちの黄色っぽいやつも甘さ控えめでおいしいです。いつものクッキーよりもずっしりとしていて、男性にも好まれそうですね。でも、なにが入っているのかまでは……」

カボチャクッキーを口にしたレイ君も悩んでいる。

もうひとつはいつものアーモンドクッキーだとすぐにわかったようだが、やはり野菜が入っているとは思わないみたい。

「正解はー？」

「ほうれんそうでーす！」

「おにいさまのは、かぼちゃです」

マリアが促すと、リーナちゃんたちは悪戯《いたずら》が成功したような笑みを浮かべ、正解を発表する。

ええっ⁉　と驚くエレオノーラさんとレイ君の表情に、ふたりは満足げだ。

「るり、くっきーどっちもおいしい」

「ほんとー！　やさいもあまいのね！」

野菜のクッキーをひとつずつ頬張ると、リーナちゃんが頬を緩めた。その隣でアリスちゃんも野菜の甘さに感動している。

どうやら、ふたりは味にも満足してくれたようだ。

そんなふうに、楽しい笑い声が絶えないひとときとなった。

ふたりは一緒にお昼寝もしてすっかり仲良しになった——子守歌はもちろん歌いました。

しかし、楽しい時間はあっという間だ。

夕方、マリアとアリスちゃんが帰る時間になった。

「ままー！　かえりたくないー！」

「そんなこと言わないの。ほら、一緒に遊んでくれてありがとう、しましょう？」

アリスちゃんの言葉に、しばらく黙っていたリーナちゃんが口を開いた。

「……また、あえる？」

これだけ一緒に遊んで仲よくなったのだから当然だろう、リーナちゃんは眉尻を下げて少しうつむき、目に涙をため寂しそうにしている。

「あえるよー！　だってともだちだもん！」

「……ともだち？」

アリスちゃんのあたり前でしょ？という態度に、リーナちゃんはぱっと顔を上げ、目を見開いた。

「そ、そんな恐れおお――もがっ」

「そうよ、リーナちゃんとアリスちゃんは、もうお友達。言ったでしょう？　一緒に遊んだりおしゃべりして、楽しいって思えるのが友達だよ、って」

余計なことを言いそうなマリアの口を塞いでそう伝える。すると、ふたりは弾けるような笑顔で握手を交わした。

「またね！　また、おえかきしようね！」

「うん、またあそびにきてね」

その時のリーナちゃんの笑顔は、今まで家族以外に見せたものの中で一番だったと、後でエレオノーラさんが教えてくれた。

その夜。

いつものように髪をほどいてリラックスし、紙芝居と子守歌でリーナちゃんを寝かしつける。

すやすやと穏やかに眠っているのを確認して自室に戻ろうと廊下を歩いていると、玄関からバタバタと足音が響いた。

「エドワードさん？」

思わず立ち止まって振り返ると、エドワードさんが私の方に向かってくる。

いつもの余裕はなく、その焦った様子にただごとではないと目を見張る。

「ルリ、頼みがある」

必死の形相で私の両肩を掴むと、苦しそうな声でこう懇願した。

「私の弟を、助けてくれ……」

秘密

「私の、すぐ下の弟、レオンハルトだ」

「これは……」

一刻を争うと言われて連れてこられたのは、弟——レオンハルトさんが住んでいるという、立派な寮のような建物の一室だった。

綺麗に整頓され、作り付けのクローゼットのほか、ベッドやデスクなど、必要最低限の家具が置かれたシンプルな部屋だった。

侯爵邸の部屋ほど広くはないが、大人がひとりで暮らすには十分な広さだ。

しかし、足を踏み入れた途端に嫌な空気に包まれ、思わず顔をしかめた。

そっとベッドに近づいたが、そこに横たわる男性は、顔色が悪く、やつれていた。

意識がないようだったが、息が荒くうなされ、眠っているとは言いがたい。

「彼は……どう、されたんですか?」

「わからない。どうやら、魔物との戦いで負傷して以来、夢見が悪くろくに眠れていなかったらしい。傷自体はすでにほぼ完治しているようだが……」

そう言って服をずらして左肩を見せてくれたが、たしかにうっすらとした傷痕しかなかった。

「ルリ、無茶を承知で頼む。君の子守歌にはなにか不思議な力があるのではと、屋敷の者たちが言っていた。気休めでもなんでもいい、弟のために、歌ってくれないか？　効果がなければそれでいい。私たちには、もうなにをしてやればいいのかわからないんだ……」

エドワードさんはそう言うと、レオンハルトさんの手を握ってうつむいた。自分になにができるのか、わからない。

でも、私のステータスには〝癒やしの聖女〟という称号が書かれていた。

ひょっとしたら……と思う。

しかし、これは秘密にしておきたい話だ。それを考えると、断るのもひとつだ。

でも……。

『目の前に、困っている人や、苦しんでいる人がいたら、どうする？』

『うーん、だいじょうぶ？　ってきく！』

『どうしたの？　っていう！』

『たすけてあげる！』

『そうね。もし、自分にできることがあるのなら、やってあげたいね。みんなも、できる？』

『はーい！　るりせんせー！』

私は、子どもたちに誇《ほこ》れる私でいたい。

「……いろいろやってみたいので、しばらく部屋を出ていていただけますか？」

「ルリ、力を貸してくれるのか？」

「私に、なにができるかはわかりません。でも、だからって見て見ぬふりはできません。やれるだけ、やってみます」

「ああ……！　それで十分だ！」

ぎゅっと私の両手を力強く握って「ありがとう」を繰り返すと、エドワードさんは部屋を出ていってくれた。たった数日前に会った、なにができるかわからない人間と、大事な弟さんをふたりっきりにして。

それだけ、私を信用してくれているということだろう。今は、それがうれしい。

「鑑定」

ベッドに横たわる男性を見つめ静かに唱えると、画面が現れる。

＊＊＊＊＊＊＊＊＊＊＊＊
レオンハルト・ラピスラズリ
第二騎士団団長
青銀の騎士　ＬＶ42
ＨＰ：１２０／／５５６０
ＭＰ：３５２／／８２６
状態：キメラの呪い
＊＊＊＊＊＊＊＊＊＊＊＊

名前はレオンハルトさんで――キメラの呪い……きっと、これだ。
〝キメラの呪い〟をそっとタップしてみると、さらに詳しい情報が開示された。

＊＊＊＊＊＊＊＊＊＊
【キメラの呪い】

魔物〝キメラ〟が殺される際、対象者を恨《うら》んで施《ほどこ》すもの。

悪夢を見せ、少しずつ心身を弱らせる。

聖属性上級魔法により解呪可能。
＊＊＊＊＊＊＊＊＊＊

聖属性上級魔法……。なんだろう、それ。

でも、私の聖属性魔法レベルはＭＡＸとなっていたのだから、できるかもしれない。

やれるだけ、やってみよう。

「えーっと、とりあえず手を握って、魔力を流し込むイメージで……」

そっと彼の手を取る。

ゴツゴツして、大きな手だ。今は少し、冷たい。

「早く、治りますように……。お兄さんが、心配していますよ」

祈るように目を閉じ、きゅっと両手で手を握る。

すると、頭に言葉が浮かぶ。

「浄化《ディスペル》」

唱えた瞬間、体から少し多めの力が抜けたような感覚がした。

そっと目を開けると、彼の周りにはキラキラとした銀色の粒が舞っていた。

「綺麗……」

その粒は例の左肩に集まり、やがて静かに消えた。

すると、苦しげな声は少しずつ収まり、息も落ち着いてきた。

「きっと、これで大丈夫、だよね？」

念のため鑑定で確かめたが、〝キメラの呪い〟の文字は消えていた。

「でも、体力は戻ってないから、ちゃんと休まないとね。あ、そうだ」

歌ってやってくれとエドワードさんに言われたことを思い出す。

ちらりと眉間の皺が取れた顔を見て、ああ、本当はとても整った顔をしているのだと思った。

青みがかった銀色の髪、きっとマーサさんの言っていた、私に似た髪色の弟さんというのが、この人のことだろう。

温かい夢を見てほしいと願う。

語りかけるように、リーナちゃんに歌っていたものとは違う歌を口にすると、自然と歌に魔力が乗るのがわかった。

どうか。彼に、優しい眠りを。

祈りを込めた――その時。
彼の手を握っていた私の両手が、少しだけ握り返されたような気がした。

「……もう、大丈夫だと思いますよ」

起こさないように、そっと扉を閉めてから、廊下で待っていたエドワードさんに向き直る。

「本当か⁉ 歌声が微《かす》かに聞こえたが……」

「あ、はい。ええと、とりあえず歌ってみたら、少しずつ眠りが穏やかになってきたんです。今はよく眠っていらっしゃるので、そっとしておいてあげるといいのかと」

「ああ！ ルリ、ありがとう！ 感謝してもしきれないよ。弟にも、目を覚ましたら必ずお礼に行かせる！」

あ、それはちょっと。大ごとにはしたくない。

「いや、私はただ歌っただけなので。ただの偶然かもしれませんし。あと、その……できれば、私のことは誰にも言わないでいただけると……彼にも」

ちらりとレオンハルトさんが眠っている部屋を見る。

「……ああ、なるほど。君は国外から来たのだったね」

私の表情を見て、なにか事情があるのだと察してくれたようだ。

「わかった、他言はしない。レオン……弟は知りたがると思うがね。レオンやほかの者には適当な理由をつけてごまかしておくよ。しかし、エレオノーラだけには、かまわないか？ やはり、妻に隠し事は、ね」

ポリポリと頬をかく仕草に、この世界も女性は強いのだなと苦笑を返す。

「ありがとうございます。そうですよね……。それなら、エレオノーラさんにだけということでお願いします。では、私はこれで……」

「ああ、私はもうしばらく弟についているよ。馬車に残っているセバスには伝えてあるから、先に帰っていてくれ」

ありがとうございますと会釈《えしゃく》をして、玄関へと向かった。

帰りの馬車の中、私はひとり自分のステータスを見ていた。

先ほどの魔法でどれくらいのMPを消費したのか知りたかったからだ。セバスさんが御者《ぎょしゃ》をしてくれているので、こっそりと。

すると、その変化に目を見張ることとなった。

＊＊＊＊＊＊＊＊＊＊

和泉　瑠璃

癒やしの聖女　LV8

HP：510／／1035

MP：1528／／1652

状態：健康
魔法：聖属性魔法　ＬＶＭＡＸ　・　水属性魔法　ＬＶ37
　　風属性魔法　ＬＶ20　・　光属性魔法　ＬＶ20
　　火属性魔法　ＬＶ10　・　土属性魔法　ＬＶ10
　　闇属性魔法　ＬＶ５
スキル：鑑定　ＬＶＭＡＸ　・　癒やしの子守り歌　ＬＶ８
　　料理　ＬＶ３　ｎｅｗ

＊＊＊＊＊＊＊＊＊＊

なんか、いろいろレベルアップしてる……。

聖女のレベルと思われる数値が、３から８に上がってるけど、普通のＲＰＧだと、敵を倒さないとレベルって上がらないよね？

私がやってることといえば、野菜を育てることと遊ぶこと、それに料理くらいだ。

それでどうやってレベルが上がったんだろう……。料理というスキルが増えるのはわかるけど。

あと、ＭＰの減り具合から考えると、やっぱり解呪の魔法はなかなか消費が大きいようだ。

とはいっても、まだ自分の魔力の限界を把握していないので、減った感じはしないけれど。

まだまだわからないことも多いが、こうして経験を重ねて探っていくしかないのだろう。

そんなことを考えていたら、いつの間にかラピスラズリ邸に着いたらしく、セバスさんがドアの外から声をかけてきたため、慌ててステータスを消した。

「ルリ様、お疲れさまでした。すっかり遅くなってしまいましたな。旦那様より、明日は午前中ゆっくりされるようにとのことです」

「そうですか……。お気遣い、ありがとうございますと伝えていただけますか？」

もちろんですとセバスさんは微笑み、部屋まで送ってくれた。

入浴を済ませベッドに入ると、さすがに疲れていたようで、すぐに眠気に襲われる。

「今日は、いろんなことがあったなあ……。リーナちゃんとアリスちゃん、仲よくなれて、よかった……。あ、レオンハルトさん、早く、目が覚めると、いい……」

そこまでつぶやいて、私の意識は沈んだ。


レオンハルトさんの寮を訪ねてから一週間が経った。

夜、リーナちゃんが寝た後、私はラピスラズリ侯爵夫妻の部屋に呼ばれた。

なんだろうと思って訪ねると、レオンハルトさんが全快し、無事に職場復帰も果たしたとエドワードさんが教えてくれた。

よかったですとホッとして伝える。

「どうやら、治してくれた魔術師を捜しているみたいよ」

「え……」

「どこの誰だの、お礼を言いたいから今はどこにいるのか教えろだの、私の所に来てはしつこく聞いてくるんだ。なかなかあきらめてくれなくてね」

「……いえ、このまま黙っていてください。別に、特別なことをしたわけではないんですから」

お礼を言いたいという気持ちはありがたいが、平穏を守るためには仕方がないのだ。

まあ、そのうちあきらめてくれるだろう。

「そうか、気持ちが変わらないのなら仕方ない。あいつには悪いが、黙っているよ」

「すみません……。でも、元気になられてよかったという気持ちは本物なので」

「ああ、本当に助かった。ありがとう」

にこりと笑顔を返して、その場を辞する。


「よかった、無事に治って」

自室の窓から見える、ぽっかりと浮かんだ月を見ながらそうつぶやく。

「まあ、エドワードさんの弟さんだし、これから会うことはあるかもしれないけど、知らんぷりしないとね」

あの時、わずかだが手を握り返された。

大丈夫だとは思うが、確実に意識がなかったとは言いきれない。

ふと自分の胸もとまでかかった、もう見慣れた銀色の髪に目を向ける。

リーナちゃんといる時にいつもまとめているそれを、今は下ろしていた。

そういえばあの夜も下ろしていたなと思い出す。

「……念のため、いつ会うかわからないんだし、日中はまとめておこう。念には念を、よね」

聖女だと、知られたくはないから。

＊＊＊

「……ルリは、かたくなねぇ」

「まあ、約束だからな。仕方ないさ」

ラピスラズリ侯爵夫妻は、どちらともなく瑠璃が出ていった扉を見つめた。

「それにしても、あの弟君がそんなに気にするなんて珍しい。そう簡単にあきらめるかしら？」

「そうだな、私もあいつのあんな姿は初めて見るよ。私があまりに真実を明かさないので、この屋敷に突撃するくらいはやるかもしれないね。それと、うなされている間もわずかに意識はあったのか、どうやら女性だったということはわかっているようだ」

ひょっとしたら？ひょっとするかもねと夫婦はうなずき合いながら、事態を楽しむかのように微笑んだ。

しかし、思い出したかのようなエレオノーラの言葉で、空気は真剣なものへと変わる。

「話は変わるのだけれど、テオドールからの報告で、例のクッキーには体力回復の効果がついていたみたい。ああ、あと、型抜きのことも。素晴らしいアイディアだと絶賛していたわ」

「そうか……アルトじいさんからも、最近庭園の植物の病気が激減していると聞いている。ちなみに、リーナが育てているという野菜だが、通常よりも育ちがよすぎるらしい」

リリアナへのこれまでにない影響力。目新しすぎる考えの数々。レオンハルトの回復。

――一週間前のあの夜。エドワードは瑠璃を見送った後、静かにレオンハルトの部屋へと足を踏み入れた。

そこにはもう呻《うめ》き声はなく、ベッドから聞こえるのは安らかな寝息だけだった。

エドワードには安心しきった様子で眠る弟が、少しだけ幼く見えた。

『ああ、もう大丈夫だな。しかしこれは……。もしや聖属性魔法、なのか?』

瑠璃の姿を思い浮かべて、エドワードはつぶやいたのだった――。

そして、聖女召喚と彼女が現れた時期がかぶること。

それら一つひとつを重ね合わせ、エドワードはルリの正体を悟る。エレオノーラもまた、夫と同じ答えにたどり着いた。

「……まさか」

「私もそう思ったさ。国外から来たにしても、あまりにも私たちの常識からはずれたことをやっているからね。しかし、喚ばれて王宮に現れた聖女は、ふたりだ。それは間違いない」

「でも、もしそうだった場合、どうするつもり?」

「ルリのことは、この家の者たち皆が好ましいと思っている。私も恩がある。君もそうだろう?　……どちらにしろ、できるだけ彼女の意志に添うよう、善処するつもりだ」

偶然の出会い

「……あなたは、誰だ」

それは、突然だった。

「ルリと申します」

目の前の冷たい美貌の青年は、眉間に皺を寄せて私を見つめた。そしてまさに蛇《へび》に睨《にら》まれた蛙《かえる》状態の私。

一方、美青年は目を伏せて「はあ」とため息をついたが、そんな姿も絵になる。

「得体の知れない者を雇うなど……兄夫婦もどうかしている」

あ、それについては同意します。

むしろ私も理由を聞きたい。

レオンハルトさんが全快したとの知らせを受けてから、一週間が経った。

そろそろレオンハルトさんも治癒してくれた魔術師捜しをあきらめた頃だろう……とのんきに考えていた私は、いつものように朝の支度を終え、食堂に向かって廊下を歩いていた。玄関の近くを通っていると、その人はいた。

朝早くだというのに整えられた髪や服からひと目で貴族だとわかる。そして、端正な顔。あれ、この髪の色は……と思った時、向こうから声をかけられたのだ。

「しかし、珍しくリリアナが懐き、日々楽しく暮らしていると聞くから、悪い人間ではないのだろう。……叔父としては、心配だったからな」

あ、この人、口は悪いけど嫌な人じゃなさそう。

「えーと、はい、それだけは誓って。それに、私もとてもよくしていただいて感謝しています。あの、もしかしてレオンハルトさんですか？　エドワードさんの弟さんの」

そう尋ねると、どの言葉に反応したのか、軽く目を見張る。そして、「ああ」と短く答えた。

そんな彼を私はまじまじと見つめる。

全快したのだなとわかる、疲労感のない目もとと、理性的なアイスブルーの瞳。

ぴっちりと一番上までボタンを留めた、たぶん騎士服。

私と同じ色合いの髪は、肩にかからない程度だが、うしろの方だけ少し長めになっており、それがすごく似合っている。

背も高いので自然と見下ろされる形になり、その隙のない雰囲気からも威圧感を覚える。

まあ、女の園での化かし合いの方が怖いけど。

魔術師捜しの一件もあるので、とりあえずこの人とは適度な距離を保つと決めている。

「これからも皆様から信頼していただけるよう、精いっぱい努めてまいります。それではこれで……」

軽く頭を下げて退散しようとすると、さっと腕を取られた。

「え？」

「――あなたの瞳は、紺瑠璃《こんるり》か」

胸が、跳ねた。

そりゃそうだ、こんな美形に顔を覗き込まれている。

でも、それ以上に、名前を呼ばれたのかと思ってドキドキしてしまった。

びっくりするほどの美声で、少し低めの声がセクシー……って、あああ！　私はなにを考えてるんだ！

「……あの、放してくださいませんか？」

努めて冷静に言ったが、きっと顔は赤いはず。

目だって合わせられないから、早く、離してー！

「……すまない」

恐らく私の赤い顔を見て、距離の近さを認識したのだろう、気まずそうにそう言って、そっと手を放してくれたが、なんだろうこの空気。居たたまれない。

「そ、それでは失礼します！」

逃げるが勝ち！とばかりに去ろうとすると、待ってくれともう一度声をかけられた。

「あなたのような髪色で、金色の瞳の女性を知らないか？」

「金色……？　いえ……」

「そうか……。呼び止めてすまなかった。どうぞ、行ってくれ」

なんなんだろうと思ったが、とりあえずお言葉に甘えて失礼しますー！

それ以来、レオンハルトさんは時々ラピスラズリ邸を訪れるようになった。

「レオンは騎士団に入ってからは、なかなかこの家には帰ってこなかったのに。どういう風の吹き回しだろうな」

夕食の席。

早く帰ってきたエドワードさんが、なぜか私を見てニヤニヤしている。

最近、エドワードさんはたまにそんな態度を見せるようになった。人の顔を見て含み笑いをするなんて、ちょっと失礼ではないだろうか。

少し前は、紳士的で落ち着いた大人の男性という印象だったのに。

私は知らんぷりをして「このお魚、おいしいねー」とリーナちゃんに話しかける。

そんな私の無礼な態度にも、くっと笑いをこぼし、続けてレオンハルトさんの話題を吹っかけてくる。

「そのレオンだが、明日も来るそうだ。悪いがルリ、相手をしてやってくれないか？　エレオノーラは茶会でね。レイとリーナと一緒に昼の茶の時間を過ごしてもらうだけでいい。あいつも暇ではないからな。すぐに職務に戻るだろう」

しょっちゅう抜け出してくる人は暇ではないんですか!?　と言いたかったが、ぐっと我慢する。

「……わかりました」

雇われはツラいよ。

「レオン叔父上は、最近なにをしに来られているのですか？　僕たちも会えるのはうれしいですが」

「れおんおじさま、やさしいからすき」

リーナちゃん、かわいがってもらってるのね。

それにしても、レイ君の言う通り、レオンハルトさんはなにをしに来ているのだろう？

なにかの拍子に、彼を治癒したのが自分だってことがバレないといいんだけどな……。


夕食を終え、いつものようにリーナちゃんを寝かしつける。ちなみに、最近は簡易版の絵本も作っている。

絵本だとリーナちゃんと横に並んで読めるしね。

お話は私作のものもあれば、なんとセバスさんが考えてくれたものもある。これがとてもよくできた話で、私もびっくり。

すごいですね！　と半ば興奮気味に言うと、実は小説を読むのも書くのも好きなのだとか。

みんないろんな趣味や特技があるものね。

今日はレイ君もいる。恥ずかしがったけど、無理やり私の隣に座ってもらって、天使ふたりに挟まれながら読み聞かせをする。

ぴったりと私にくっついて真剣な表情で絵本に釘づけになるリーナちゃんと、物語が進むにつれて身を乗り出して絵本を見つめるレイ君。

両側から感じる体温に、私の心もほっこりする。

「――さて、彼らはどうなってしまうのか！　……続く」

「なんていいところで終わるんですか……!?」

「えー!?」

「るりせんせー！　つづきー！」

いつの間にかレイ君も話にのめり込んでいたようだ。

さすがセバスさんがつくったお話、ガッチリ子どもの心を掴んでいる。あ、ちなみにアリスちゃんが私を先生と呼び始めたので、リーナちゃんもそう呼ぶようになった。

「気になるねー！　でも続きはまた明日。今日はここまで、ね?」

「……仕方ありませんね、もうリーナは寝なくては。じゃありーナ、おやすみ」

時計を見てあきらめたレイ君は、僕のいない時に読まないでくださいよ！としっかり釘を刺して、自室へと戻っていった。

「あしたは、れおんおじさまもいっしょね」

そうだった。

なぜか私がおもてなし役に指名されたが、本当になにをしに来られるのだろう。

まさか気づかれてはないよねと思いたい。

「るりせんせい、せっかくだから、またくっきーつくりたい。おじさまにも、たべてもらいたいの」

そっか。

この前、エレオノーラさんやレイ君に食べてもらえてうれしかったのよね。

「うん、じゃあ午前中は、叔父様のためにお料理しましょうか」

「うん！」

「じゃあ早く寝ないと。明日、がんばろうね」

やわらかく微笑んだリーナちゃんは、歌声にとろりと目を伏せ、静かに寝息を立て始めた。

「……というか、お父様にはあげなくていいのかしら？」

エドワードさんが聞いたら涙目だろうなぁと苦笑する。まあ、難しく考えず、私は精いっぱいおもてなししよう。

＊＊＊

悪夢を見なくなってから、一週間。

兄の前で倒れた後の記憶は、ほとんどない。

覚えているのは、ひどくうなされ、叫び、もうダメかもしれないと思ったこと。そして、銀色の光と、優しい歌声。

死を覚悟した時、なにか温かいものが私の手を包み込んだ。それは、銀色の髪に金色の瞳の女性の手だった。

その女性がなにかをつぶやくと、キラキラとした銀色の光の粒が降ってきて、左肩から体内に入ってくるのを感じた。同時に温かさに包まれると、それまでの苦しさが徐々に和らいでいき、嘘のように消えてしまった。

その日以来、悪夢を見ることもなくなった。

優しい言葉は私を励まし、不思議な歌声は私を癒やした。——それだけ。

女性の顔も覚えていない。

それでもなぜか、また会えると思った。

私を癒やした魔術師は兄が連れてきたと聞き、何度も兄に詰め寄った。

彼女は何者なのか。どこにいるのか。

しかし、兄から聞かされるのは、『教えられない』という言葉だけ。正体を明かせない事情があるのだろうとは思ったが、どうしても会いたかった。

……会ったら？

お礼を言って——それだけか？

それ以上にどうしたいのか、自分ではわからなかったが、とにかくこの一週間で何度も王宮に勤める兄を訪ねた。

そして今朝、久しぶりに実家へと出向いた。なかなか口を割らない兄に会うために。

玄関を入ってしばらく歩いたら、見知らぬ女性を見かける。私と同じ色合いの髪をきっちりまとめ、凛《りん》とした雰囲気を漂わせている。

顔立ちはこの国の人間とは少し異なるが、美しい女性だった。

思わず誰だと声をかけてしまった。

彼女は私の顔を見るとポカンとし、慌てて自己紹介をした。——またかと思った。

あまり言いたくはないが、私はとても女性に好まれる容姿をしているそうだ。そのせいで、いろいろともめ事や面倒事が多かった。

結婚を迫る者。既成事実をつくろうと薬を仕込む者。運命の男に違いないと追いかけ回す者。——本当に、いろいろあった。

女性に対してあまりいい印象を持てないのも、仕方のないことだろう。今回も面倒事が起こらないといいなと思った。それが、つい言葉と態度に出てしまった。ため息をこぼし、『得体の知れない者を雇うなど——』と。

しまった、言いすぎたかと思った時にはもう遅い。

……しかし、予想に反して、女性はなぜかうんうんとうなずいていた。思わぬ反応に、咄嗟にフォローの言葉を重ねた。

すると、気を悪くした様子もなく返事をしてきただけでなく、私の名前まで兄から聞いていたことに少し驚く。

さっと視線を逸らし短く返事をすると、少しだけ沈黙が流れた。

もう会話は続かないと判断したのだろう、女性はその場を辞そうとしたが、その声に聞き覚えがあって、思わずその腕を掴んでしまった。

『え?』

彼女は困惑した声をもらした。

じっとその瞳を見つめた。しかしそれは、残念ながら金色ではなかった。

『……あの、放してくださいませんか?』

真っ赤になって視線を逸らす姿に、わずかに胸が音を立てた。

ぶしつけだったとすぐにその腕を解放し、内心の動揺を隠して金色の瞳の女性を知らないかと問うた。

知らないと否定すると、今度こそ女性は去り、そのうしろ姿を目で追った。

『似ていると思ったのだがな』

なぜ胸が鳴ったのかは、わからなかった。

それからも、時間がある時は実家へと足を運び、兄を訪ねた。

ルリと名乗ったあの女性には、会えることもあれば、会えないこともあった。

兄は私を救ってくれた魔術師のことを頑として話してくれないので、ルリについてあれこれ聞くことが増えた。

穏やかな人柄で、リリアナだけでなく、屋敷の皆に慕われていること。

料理や絵を描くのがうまいこと。

いろいろなアイディアでリリアナたちを楽しませていること。

本人は気づいていないが、使用人の若い男たちから、絶大な人気を集めていること――この情報はなんだと思いながら兄に顔を向けると、なぜかニヤニヤとした笑いを浮かべていた。

『そんなにルリが気になるのか?』

『……不審な人物でないなら、いい。リリアナにとってもいい影響を与えているようだしな。ただ……うまく言えないが、ふとした時に感じるものがあるとでも言えばいいのか……とにかく気になるといえば気になっているのだろう』

『ならば、ふたりで話してみてはどうだ?』

『……は?』

なにを言っているのか、この兄は。

私が女性を苦手としていることを知らないわけではあるまい。

『ああ、女性とふたりきりだなんて、お前にはハードルが高いことはわかっている。そうだな、レイとリーナも一緒なら大丈夫ではないか? 昼の茶の時間にでも来るといい』

そう言って、数日後に日取りを決めてしまった。

まあ、甥や姪とゆっくりするのも久しぶりだから、少し休みを取ってくるのもいいかもしれない。

彼女はついでだ。

言い訳のように自分にそう言い聞かせた。

仕組まれたお茶会

「さあ、じゃあおいしいクッキーを作りましょう！」

「「おー!!」」

今日もリーナちゃんとお手伝いのマリアが、やる気満々で拳を上げてくれた。

「今日はココアクッキーを作りたいと思います」

「「ここあくっきー?」」

はい。

毎度おなじみですが、この世界、カカオ豆はあって、チョコレートも飲み物のココアもあるんだけど、ココアを食べ物に使おうという考えがない。

クッキーといえば、ココア生地とプレーン生地の市松模様が特徴のアイスボックスクッキー！

ココアアーモンドクッキー！

ぜひとも食べたい！ということでココアの粉をいただいてきた。

聞くところによると、レオンハルトさんは甘さ控えめが好きらしいので、ちょっとビターな味にしようと思う。

騎士団では体を動かすことも多いだろうし、ガッツリ系も食べたいかな?ということで、カツサンドも作る予定。

サラダサンドとか玉子サンド、ジャムサンドはあるけど、カツサンドとか照り焼きチキンサンドとかはない。

お惣菜《そうざい》パン的なものがないのかな？

もとの世界と変わらないところが多いけど、ちょっと惜しい！って感じ。まあ作ろうと思えばできるから、そんなに不便は感じてない。

むしろルリすごい！と言われて困惑する。

でも、みんなが喜んでくれるのはすごくうれしいし、やっぱりおいしいものが食べたい。

なので多少遠慮はするけど、作りたいものは作るし、欲しいものは提案する。

新しいクッキーのレシピひとつで戦争が起きるわけじゃないしね。

「ルリ？　次はどうするの？」

「あ、ごめんマリア。じゃあこねた生地をこうやって……棒状にして、しばらく冷やします！」

電気ではなく魔法だけど、冷蔵庫的なものももちろんある。便利だわー。

「冷やしている間にサンドイッチ用のトンカツを作りましょう。まずは、私が豚肉に小麦粉をつけるから、マリアは玉子にくぐらせて、リーナちゃんはパン粉をお願いね」

流れ作業で衣をつけていく。

ひとりだとなかなか大変だけど、人手があると簡単だ。揚げるのはもちろん大人の仕事。

「わあ……サクサクですね！」

「おいしそう……」

揚げたてのトンカツにマリアが目を輝かせると、リーナちゃんもぼそりとつぶやいた。

私特製のソースをかけてパンに挟めばできあがり！

さて、アイスボックスクッキーの生地もいい感じに固まったので、包丁で切っていく。

リーナちゃんもやってみたいと言うので、小型ナイフで私と一緒に切ることに。

子ども用ナイフを用意してもらってもいいかもね。

料理が完成したら、庭園に移動する。

厨房を貸してくれたお礼に、ちゃんとテオさんの分のカツサンドとクッキーは置いてきた。

サンドイッチの盛り合わせとクッキー、紅茶の用意が調うと、ちょうどレイ君がレオンハルトさんと一緒に現れた。

「ルリ様、お待たせしました」

「……時間を取ってもらって悪いな」

おおう、このふたり並ぶと絵になる。

片や冷たい美貌の青年、片や温かみのある天使のような美少年。

似た顔立ちだが正反対の魅力を持つふたりは、なぜか隣り合うとしっくりくる。

「いいえ、ふたりもとても楽しみにしていましたから。どうぞ席に。ささやかですが軽食もありますので、召し上がってくださいね」

私たちの手作りということは伏せておく。

レイ君やリーナちゃんもレオンハルトさんの反応が楽しみな様子で見守っている。

「これは……少し変わっているな。サンドイッチに挟まっているのは、揚げた肉か？」

「はい。トンカツという、平民の町では人気のお肉料理を挟んでみました。カツサンドと呼んでいます」

ふむと物珍しそうに見ていたが、ためらうことなく口に入れてくれた。

平民の食べる物なんてと言われなくてよかった。そういう身分意識、選民意識の高い人は苦手だ。

すると、しばらく噛んでいた口が、ピタリと動きを止めた。

「……お口に、合いませんでした？」

少し不安になって聞くと、ふるふると首を振られる。

「いや……とてもおいしくて、驚いた」

「でしょう⁉　これ、わたしとるりせんせいがつくったのよ」

おいしいという言葉に、リーナちゃんがうれしそうに答える。

それに驚いた後、レオンハルトさんはとても優しい表情でリーナちゃんの頭をなでた。

「そうなのか？　すごいな、リリアナ」

あら、このペアも眼福だわー。

美形家族万歳。

「そうだ、レイ君はぜひこっちも。アイスボックスクッキーに、ココアアーモンドクッキーよ。好きでしょう？　お菓子」

「え……」

「？　そうなのか、レイモンド？　甘いものが好きなど初耳だが……」

「……誰にも言ったことはないし、気づかれないようにしていたつもりなんですがね。実は、好きです」

やっぱり！

ふふん、瑠璃先生の観察眼は園長先生のお墨付きですから。

「たしかに食べている量は控えめだけど、絶対まずお菓子を一度見てるし、全種類口にしてるもの。そうだと思った！」

まいりましたねと少し恥ずかしそうだけど、子どもなんだから素直に言えばいいと思う。

それに日本にはたくさんいたよ？　スイーツ男子。

「黒いクッキーなんて初めて見ました。どんな味なのか楽しみです」

「ああ、この四角が互い違いになっている模様も変わっているな」

「ふふふ。おいしいんですよ。じゃありーナちゃん、お願いね」

最近リーナちゃんにはお茶の時間、お菓子を全員分均等に分けてもらっている。

「えっと……きょうは、よにんいて……しかくのくっきーが……」

一生懸命考えて全員分の皿に分配していく。

簡単な算数の勉強にもなるし、手伝いにもなる上、子どもは楽しく学べる、まさに一石三鳥である。

「あとまるいのをひとつずつで……できた！」

リーナちゃんがぱっと明るい顔で私を見上げる。

「どれどれ……アイスボックスクッキーが三つ、ココアアーモンドクッキーがふたつ、さつまいもとニンジンの野菜クッキーがふたつずつね。大正解！」

「やったあ！」

「すごいな、リリアナ」

レオンハルトさんも素直に感心した様子だ。

数が多いと難しいのでは？と思いがちだが、三歳くらいの子でも慣れると上手に分けてくれる。経験て大事よね。

「こうやって、小さな頃から身近なところで数字に触れていくと、算術に苦手意識がなくなるんです。特に女性は、苦手な方が多いらしいですね」

もとの世界の友人たちも、男性は理系、女性は文系に進むことが多かったように思う。

脳のつくりでそうなっているのだとしたら、同じ人間だしこちらでも同じなのだろう。

「ああ、なるほど。あなたは、いろいろなことを考えてリリアナに接してくれているんだな」

「そう、ですね。私では教えられないこともたくさんありますが、できることは伝えてあげたいと思っています」

卒園まで見てあげられなかった、あの子たちの分も――。

「ああ、もうこんな時間か。すっかり長居してしまったな」

当初の心配などなかったかのように、とても和やかにお茶会は進んだ。

「レオン叔父上、騎士団にお戻りですか？」

「ああ、書類作業がたまっていてな。第三の団長があんなだから、私のところに皺寄せがくる。今日は遅くまで団長室にこもることになるだろうな」

そんなに忙しいのになぜここに……と思わなくもないが、かわいい甥と姪との時間をつくりたかったのだろうと思い直す。

それくらい、ふたりに対して優しく接していたから。

「あ、そうだ。少しだけ、待っていていただけますか？」

思いついたものを用意してもらうために、マリアに耳打ちをする。

任せてください！と頼もしく返事をして、マリアは厨房へと向かった。

皆でテーブルを簡単に片づけて、レオンハルトさんを見送るために玄関まで来た時、ちょうどマリアがお願いしたものを持って駆けつけてくれた。

「ありがとう、マリア。レオンハルトさん、もしよろしければこれ、どうぞ。お土産です」

そう言って箱と袋に個包装されたものを渡す。

「土産？」

「はい。気に入ってくださっていたようなので、カツサンド、少し包んでもらいました。今日のお夜食にでもしてください。クッキーも二、三日は持つと思うので、小腹がすいた時にでも」

「――ああ、それはありがたい。どれもおいしかったからな。遠慮なく、いただく」

少し間が空いたので、余計なお世話だったかな？と不安になったが、その心配は杞憂だった。

レオンハルトさんはやわらかく微笑んでお土産の入った包みを受け取ってくれた。

それにしてもこの笑顔で何人の女性を……いや、考えるのはやめよう。

いくら笑顔が素敵でも好きになったりしないし！　そう、今日の私はただのおもてなし役！

「お仕事、がんばってくださいね」

「叔父上、またいらしてください」

「れおんおじさま、またね」

「ああ、また寄らせてもらうよ」

――これで今日の任務は完了！　大成功に終わってよかったよかった！

私はひとり、今日の仕事の完遂にほっとしていたのだった。


その夜。

「おとうさま、これ、るりせんせいとつくったんです。たべてください」

「なんだって!?　……ああ、とてもおいしいよ。まさかこんなことができるようになったなんて！すごいな、リーナ！」

感動して涙まで流しているエドワードさんを、エレオノーラさんとレイ君が生温かい目で見つめている。

よかった……エドワードさんの分も残しておいて……。

まるで最初からお父様のために作ったんですよ的な空気を流しているリーナちゃんは、将来立派な侯爵令嬢になれると思う。うん、三歳児女子をなめてはいけない。

＊　＊　＊

ラピスラズリ邸での茶会の後、第二騎士団の団長室に戻ったレオンハルトは、やはり遅くまで書類作業に追われていた。

だがその表情は、わずかだが機嫌がよさそうだった。

「ふう……やはり終わらないな」

いつもなら頭が痛くなるような仕事も、今日は着々と進めることができていた。

ひと息ついたところで、昼間ルリからもらった包みのことを思い出し、テーブルに置かれていたそれを見つめる。

しっかりと味がついていて腹持ちのよいサンドイッチ、色とりどりで甘さ控えめのクッキーは、レオンハルトの口にとても合い、土産だと渡された包みも素直に受け取ってしまった。

普段昼間に食べている軽食では、なかなかこの時間まで腹が持たず、顔には出さないがイライラしてしまいがちだ。だが今日はとても仕事が進んでいた。

それはきっと、茶会での軽食のおかげなのだろうと思う。

「ルリ、か」

子どもたちに向ける彼女の優しい笑みを思い浮かべ、レオンハルトは包みからカツサンドを取り出し、ひと口かじりついた。


ラピスラズリ邸では、リリアナの就寝時刻のために瑠璃が退席した後、エドワード、エレオノーラ、レイモンドが食後のお茶を楽しんでいた。

「それで、レオンとルリはどうだった？」

「どう、とは？」

不意に投げかけられた質問に、レイモンドは首をかしげた。

「仲よくなれそうだったかしら？」

母親からも身を乗り出して問われ、ますます困惑する。

「はあ、そうですね。……言われてみれば、初めこそ女性相手で警戒していた叔父上も、ルリ様のおおらかな態度とおいしい料理に、リラックスしていたと思います」

そうなのね！　やっぱりな！　と声を重ねて盛り上がる両親に、レイモンドはジト目になった。

「父上、母上、まさか……」

「まあまあ、そう睨むな。だが、レイモンドもよく考えてみろ。あのレオンが、女性を前にリラックスしていたなんて、普段のあいつからは想像つかないぞ!?　それにルリだって、今は家庭教師としてここに留まっていてくれているが、リーナが成長したらわからない。ひょっとしたら、また旅に出ることだってありうる」

「そうね、それは困るわ。ああ！　あのふたり、さっさとくっつかないかしら⁉」

「たしかに……それは、困るかも……」

父も母も真剣そのもので、なんだかレイモンドもそんな気になってきてしまっていた。

それに、自分をいい意味で子ども扱いしてくれるルリは、レイモンドにとっても大切な存在になりつつあった。

レオンハルトもルリも、好き合って穏やかに過ごせるなら、こんなに幸せなことはないとレイモンドは思った。

「そうでしょう⁉　だからね、レイ。私たちでレオンハルトを急《せ》き立てましょう！」

「いやいや、こういうのはあまり外野が口を出さない方が……。さりげなく、会える口実をつくったりするくらいでいいのではないか？」

「甘いわ‼」

「甘いですね」

今度は親子の声が重なる。

「父上、言わせていただきますが、あのふたり、相当に鈍いですよ。ルリはあれだけ独身の使用人からアプローチを受けているのに、まったく気づいておらず、むしろ『私モテないのよね』などと言っています」

「レオンハルトだって、女性を遠ざけてきたから、ちっとも女心がわかっていないし、自分がルリに惹かれていることも自覚していないのでしょう⁉」

「『そんなふたりに任せておけません』」

ダン、とエレオノーラとレイモンドは同時にテーブルを叩いた。

そんな妻と息子の姿に、エドワードは頬を引きつらせる。

「……仲いいね、君たち」

そうこうしているうちに、その日の夜は更けていった――。

孤児院と癒やしのフォルテ

リーナちゃんたちと穏やかに日々を過ごし、ずいぶんこの世界にも慣れてきた頃。

朝食の席で、そろそろリーナちゃんの令嬢教育も新しいものを始めてみては？という話になった。

「そうですね……ちなみに、三歳くらいだと、どんなことを習い始めるんですか？」

まさか歴史や算術の勉強とは……言わないよね？

「そうですね、音楽などどうでしょう？」

「そうね。リーナ、音楽は好きそうだし。楽器はなにがいいかしらね？」

「ところでルリはなにか弾けるのか？」

レイ君、リーナちゃんのことを考えて、受け入れやすいものをチョイスしてくれたんだろうなぁ。

それにしても楽器か……果たして、もとの世界と同じものが存在しているのだろうか。

ほとんどのものがそう変わらないので大丈夫だとは思うが、念のため。

「うーん。そんなにたくさんの楽器は触れたことがないです。この家にはどんな楽器があるんですか？」

こう返せば、いくつか名前が出てくるはず！　侯爵家だもの、いろいろ持ってそう。

「では、この後器楽室をご案内しましょうか？」

レイ君、ぜひお願いします！

ラピスラズリ邸は、広い。

そりゃあなんたって上流貴族で、しかも栄えているお家だ。

方向音痴な私は、普段から立ち寄ることの多い場所以外は、足を踏み入れないことにしている。

迷子になること間違いないからだ。

その立ち入ることのない場所に、器楽室はあった。

器楽室、っていうから、楽器が置いてある倉庫みたいな所かと思っていたのだけど——全然違っていた。

立派なグランドピアノが三十畳くらいのホールに置いてあり、空いたスペースでダンスの練習ができるようになっているそうだ。

収納庫の中にはヴァイオリンやフルートなどが置いてあり、知っているものばかりでほっとする。

「これならちょっと弾けるよ」

「グラァヴィチェンバロ・コル・ピアノ・エ・フォルテですね」

「……うん?」

「フォルテ、の方がわかりやすいですか?　略して呼ぶ方が多いらしいですね」

ああ!　そういえば、ピアノって略した名前だって聞いたことある。そうか……こちらの世界では〝フォルテ〟が残るのか。

「るりせんせい、すごい!　ひいて!」

「そうですね。ぜひ、聞いてみたいです」

お子様たちにキラキラした目で見られると、断りづらい。

まあ、細く長く続けてきて仕事にも役立ったこの技術（?）、使わないのももったいないか！

「そんなに期待しないでね。楽譜ないし、童謡くらいなら……」

久しぶりに触れるピアノは、もとの世界のものと同じような感触や重さで、弾くのに戸惑いもなかった。

くまさんと女の子が出てくる、かわいらしい童謡を弾き語りする。ああ、久しぶり。

園のみんなと一緒に、いろいろ歌ったなあ……。

レイ君とリーナちゃんがそばで私とピアノを交互に見つめて、「え⁉」と言っている。

園の子たちも、私がピアノを弾くとよくこうやって私の周りに集まってたっけ。

ちょっと寂しくなってしまったけれど、楽しく弾けたと思う。

「こんな感じかな？　どう？」

弾ききってふたりを見ると、レイ君とリーナちゃんがぽかんとしていた。

あれ、なんかこの感じは……。

「す、ごいですね、ルリ様。演奏しながら歌われる方なんて、初めて見ました」

「おうたも、ふぉるても、じょうずー！」

ああ、やっぱりー⁉

レイ君から、ルリ様がリーナにフォルテを教えてやってはどうです？と言われたが、丁重にお断りした。

弾けるのと教えられるのは別だ。

それにしても、もとの世界と同じだと思って油断すると、まったく目新しいものだった、ってやつには気をつけないと。

弾き語りは童謡程度にしておこう……。


「るりせんせい、さっきのね、おうたなんだけど」

お絵描きしているリーナちゃんと一緒に絵本製作をしていると、リーナちゃんが思いついたように話しかけてきた。

「あれも、えほんなの？」

「え？　いや、歌だよ？」

「そうなの？　でも、おはなしみたいだった」

ああ、なるほど。たしかにあの曲はストーリー性のある歌だ。

そういえば、歌を題材にした絵本も何冊か見たことがある。

……作ってみるの、おもしろそう。

「せんせい？」

「あ、ごめん。そうだね、お話みたいな歌だね。せっかくだし、絵本にしてみようかなあって思うんだけど、リーナちゃんはどう思う？」

「！　いいとおもう！　みたい‼」

あー美少女スマイルいただきました。

リーナちゃん、すっかり笑顔が増えて感情表現も豊かになってきたなあ。

アリスちゃんと時々遊んでるのもいい影響よね。

レイ君いわく、リーナちゃんはフォルテを習うことにしたそうだ。いい先生が見つかるといいな。

よし、私も歌とコラボした絵本作り、がんばろう。


数日後、リーナちゃんのフォルテの先生が決まり、ラピスラズリ邸に挨拶に来た。

「これからリリアナお嬢様にフォルテを教えることとなりました、クレア・アメジストと申します。お見知りおきを」

にっこりと微笑んだ先生は、目もとのキリッとした美人さんだった。背も高くてスラッとしてて、モデルさんみたい。

きっと優雅な演奏をするんだろうなぁ。

まじまじと見つめていると、くいっとリーナちゃんに服の裾を引かれた。

「はっ！　すみません、あんまり美人さんなので思わず見とれてしまって。家庭教師を務めています、ルリと申します」

和泉瑠璃と名乗るのは、この国では変わっているなと思われてしまうので、名前だけ名乗る。

平民は家名がないらしいので、怪しまれることはない。

それにしても、このやり取り、エレオノーラさんの時もやったな……私、美人に弱いからなぁ。

「いやだわ、お上手ね。それで、うしろのかわいいお嬢様がリリアナ様かしら？」

「はい。さ、リーナちゃん、ご挨拶して？」

今までは誰かの背に隠れていて、挨拶なんてしたことがないというリーナちゃん。エレオノーラさんからカーテシーも習ったし、がんばってほしい。

少し私のうしろでじっとしていたが、やがておずおずと前に出てきてくれた。

「……りりあな・らぴすらずりです。よろしくおねがいいたします、せんせい」

リーナちゃんはスカートの裾を少し持ち上げ、ぎこちなく微笑んで挨拶をする。

ごうかーーーーく‼

できた！　言えたね！　そしてカーテシーも完璧！　いやー、感慨深いわぁ！

見てよエドワードさんとレイ君の、涙でも流しそうなほどに感動している顔！

エレオノーラさんも、うんうんとうなずいて満足そうだ。

「あら、人見知りだと聞いていたのだけれど……。ふふっ、家庭教師の先生のご指導がよろしいのね、きっと。リリアナ様、こちらこそ、よろしくお願いいたしますね」

少し目を見開いて驚いたそぶりを見せたが、すぐに上品に笑うと、リーナちゃんに目線を合わせてそう言ってくれた。

うん、見た目通り、頼りになりそうな素敵な先生だ。リーナちゃん、仲よくなれるといいね。

「はい、いいですよ、リリアナ様。とてもお上手でした」

「ありがとうございました」

レッスンを何度か受け、リーナちゃんもかなりクレアさんに慣れてきた。

クレアさんは初めの印象通り、サバサバとしているけれど優しくて、でも甘やかすのではなく、ダメなところはきちんと言ってくれる先生だった。

薄紫の長い髪を綺麗にまとめて、服も上品で落ち着いたものを好んでいる。

瞳は鮮やかな赤色で、知的なんだけど色っぽさもある、本当に綺麗な人だ。

演奏会とかしないのかな。もしやるなら、聞きに行きたい。

「そういえば、ルリ様もフォルテをお弾きになるとか？　もしよろしければ聞かせていただけませんか？」

「！　るりせんせいのフォルテ、またききたい！」

「えっ!?　いやいや！　そんな先生にお聞かせするようなモノでは！」

「るりせんせい、じょうずだったよ？」

まずい、リーナちゃんの上目遣い攻撃だ。これに勝てたことは、まだない。

「……一曲だけね？」

勝てる日はくるのかしら？

「素敵でしたわ。聞いたことのない曲でしたが……。でも、なんだか心が洗われるというか、穏やかな気持ちになれる演奏をされるのですね。私にはない魅力で、うらやましいくらいです」

レッスン後のティータイムで、クレアさんが私の演奏を褒めてくれた。

社交辞令とはわかっているが、それでもやっぱり褒めてもらえるとうれしい。

「いえいえ。先生の演奏も迫力があって、情感豊かで……。演奏会などはされていないのですか？　もしあるのなら、ぜひ聞きに行きたいです」

「そうですわね……次の演奏会までしばらくあるのですが、近くなったらご招待しますわ。よろしければリリアナ様やラピスラズリ家の皆様も」

「わあ！　うれしいです」

「わたしも、いきたいです！」

やった！　皆で行けるといいな。楽しみが増えたぞー。

「それは置いておいて……。ルリ様、あれだけフォルテがお上手なのであれば、孤児院などで弾いてみるのはいかがですか？　実は私、ボランティアで演奏しに通っていまして……。なにやら子どもたち向けの話などもお上手と聞きましたし。もしよろしければ、ですが」

「孤児院、ですか」

そっか、この世界にもあるんだ。

実は私、この世界に来て、ラピスラズリ邸から外に出たことがない。

人から話を聞くだけで、外の世界のこと、あまり知ることができていないのだ。

そろそろ外にも出なくちゃとは思っていたのだが、なかなか機会がなかった。

なので、これはとてもいい提案だ。

「……行ってみたい、です。でも、エドワードさんとエレオノーラさんに相談してからでないと」

「もちろんです。旦那様と奥様に許可をいただけたなら、ぜひ。いい知らせをお待ちしていますわ」

うん、早速今夜にでも話してみよう。


その日の夕食の時間、ラピスラズリ家の皆さんとテーブルを囲んでいる時に、昼間のクレアさんの提案をエドワードさんにお願いしてみた。

すると、あっけらかんとエドワードさんが答える。

「ああ、いいのではないか？」

「そうね、子どもたちも絵本や紙芝居に夢中になるわよ、きっと」

わあ、あっさり。

「では、その日はリーナ付きはマリアに任せましょう。リーナ、いいね？」

「……いっしょに、いきたいです」

あー、そうだよね。

いろいろ興味を持つようになったのはいいことだけど……。侯爵令嬢だし、やっぱり保護者同伴じゃないと危ない。

「そうね。もう少しお勉強して、立派なレディになったら私たちやルリと一緒に行きましょう」

「おべんきょう、がんばったら、いっしょにいける？」

「ええ。いつ行けるかは、リーナ次第ね」

「……わたし、がんばる」

おお……！　エレオノーラさん、母力上がってません？　リーナちゃんの成長といい、感動だ。

フォルテの練習も順調だし、この調子でいろんな勉強もがんばってほしいな。

＊　＊　＊

孤児院への外出許可を得て、リーナと共に瑠璃が食堂から退出すると、ラピスラズリ侯爵夫妻とレイモンドの三人は互いの顔を見合ってコクリとうなずいた。

「チャンスね」

「はい」

「レオンに連絡するぞ」

三人の心はひとつだった——。

＊　＊　＊

「あれ？　どうしてレオンハルトさんがここに？」

「聞いていないのか？　今日はあなたの護衛のために呼ばれたんだ」

クレアさんと一緒に孤児院に行く日。

いつもとは違う、市井《しせい》向けの少し簡素な格好と髪形で待っていると、レオンハルトさんが現れた。

「え、レオンハルトさんがそうなんですか？　たしかに護衛の方が来るからと、ここで待っていたのですが……」

騎士団長様の護衛とか豪華すぎない？

道案内と護衛を兼ねてと言われたので使用人の誰かかなと思っていたのだが、まさかのＶＩＰ待遇だ。

「気にするな。どうせ今日は公休日だ。それに、孤児院には私も興味がある」

申し訳ない気持ちにはなったが、ここで彼に帰られてもひとりでは行けないので困る。

ここはお言葉に甘えよう。

お願いしますと伝えると、なぜかスッと右手を差し出された。

意味がわからず首をかしげてレオンハルトさんの顔を見上げると、綺麗な瞳と目が合った。

「……重そうだ。私が持ってもいいものなら、貸してくれ」

びっくりしたが、その優しさがうれしくて「ありがとうございます」と微笑む。

荷物を受けとるとスッと前を向いてしまったが、その目もとが少し赤く染まっていた。

……かわいい、かも。

はっ！　いやいやいや！　なに考えてる私！　イケメンは観賞のみ！　私が目指すのは平穏！

パタパタと赤くなった顔を扇ぎ、レオンハルトさんの後を追う。

そう！　ボランティアとはいえ、今から仕事なんだから、気を引き締めないと！

そう言い聞かせてレオンハルトさんの隣に並んだ。

しばらく辻馬車《つじばしゃ》に乗り隣町の停車場に着くと、そこは活気にあふれていた。孤児院まで、少し歩くらしい。

ふたりで並んで歩いていると、女性の視線がビシビシあたってつらい……。すみません、美形の隣がこんな女で。

「レオンハルトさんは、王宮に勤めてらっしゃるのですよね？　所属されているのが第二騎士団ということは、第一や第三などもあるのですか？」

居たたまれなくて、会話して気を紛らわすことにした。

「ああ、第一は、いわゆる近衛だな。王族と……今は聖女様の警護が主な仕事だ」

ドクン。

「聖女様……ですか」

「ああ、今代はおふたりおられる」

「レオンハルトさんは、聖女様にお会いになったことが？」

「……一度だけ、ある」

「そうですか…。どんな方々だったか、聞いてもいいですか？」

「まあ、隠しているわけではないし、問題ない。そうだな……おひとりはまだお若くて、少々気の強そうな黒髪に赤い瞳の少女だった。もうおひと方は茶髪に金色の瞳で、私より少し年上のようだが常にニコニコしていて、天真爛漫《てんしんらんまん》な方らしい」

「そう、なんですね」

恐らく一緒に召喚された人たち。

私と同じ世界から来たのか、この世界で生きることを受け入れたのか、王宮でどう過ごしているのか……。

聞きたいことは山のようにある。

少し沈んだ顔になってしまったのだろう、レオンハルトさんが顔を覗いてきた。

「あ、ごめんなさい。それで、レオンハルトさんがいる第二騎士団は、どんなお仕事をされているのですか？」

「第二と第三は主に魔物討伐だったり、王都の警備が仕事だな。第二は通称魔法騎士団と呼ばれ、魔法教育を受けている貴族出身が多い。第三は基本腕っぷしで選ばれるので、貴族もいるが平民出身も多いな」

この前鑑定してステータスを見たときは〝キメラの呪い〟に気を取られて確認していなかったのだけれど、レオンハルトさんも魔法が使えるってことだよね？

「へえ……ということは、レオンハルトさんも魔法を？」

「ああ、それなりに使える」

いやいや、そんな謙遜しなくても。

団長ってことは、きっとかなりの使い手なのだろう。

「あなたも、魔法を？」

ドキッとする。

「……はい、水属性魔法を少しだけ」

嘘ではない。ステータスを見たところ、そのほかにもいろいろ使えるらしいけど。

実際使ったことがあるのは、水属性魔法と聖属性魔法だけだ。

それも必要な時だけで、むやみやたらには使っていない。

……というか、魔法の使い方がよくわからない。

「そうか。水属性魔法は私たち騎士団にとっては貴重な存在でね。もし団員がそれを聞いたら、勧誘に来るかもしれないな」

「ええ？　そんな、たいした魔法は使えませんよ。でも、どうして貴重なんです？」

「ああ、知らないのか。水属性魔法は聖属性魔法以外で唯一回復にも使えるものなんだ。知っての通り、聖属性持ちは希少だからな。効果は劣るが、水属性持ちの回復魔法に助けられることは多い」

なるほど。

っていうか、聖属性魔法は希少なのか。これは絶対に口にできないな……。

「そうなんですね。私にも回復魔法を使えるようになるのでしょうか？」

「あなたのレベルにもよるが、魔力操作を鍛えれば使えるようになるかもしれないな」

そうなんだ！

聖属性魔法のカムフラージュのためにも、習得するといいかもしれない。

「レベルと魔力操作、ですか。実は私、全然魔法のことに疎くて。勉強したいなとは思っているんですけど……」

これは本当。

魔法が使える、なんてすごいじゃない？

しかもいろいろな属性を持っているみたいだから、どんなことができるのか興味がある。

「ならば、リリアナと一緒に魔術師の講座を受けてはどうだ？　リリアナもじきに四歳だ。学び始めるにはいい頃合いだしな」

「なるほど……帰ったら、エドワードさんに相談してみます！　あ、でも雇われている私が受講するのって、おかしいです、よね？」

「あの夫婦のことだ、気にしないだろう。私からも口添えしておく」

わあ……レオンハルトさん、面倒見よすぎじゃないですか？

初対面の冷たい雰囲気が嘘のようだ。こっちが素なのかな？

「ありがとうございます！」

それはもう、満面の笑みで感謝の気持ちを伝えましたよ。

するとレオンハルトさんは一瞬目を見開いたが、すぐにやわらかく微笑んでくれた。

普段は冷たい表情をしているのに、笑うとなんて魅力的なのか。正面からまともに見てしまい、目がくらみそうになる。

バタバタバタッ！——と背後で聞こえたような。

周囲の女性たちが倒れてしまうのも、仕方ないことだと思う……。

そうこうしているうちに、孤児院が見えてきた。

「あ、クレアさんだ」

クレアさんもすぐに私たちに気づいてくれて、微笑んで手を振ってくれた。

「こんにちは。お待たせしてしまいましたか？」

「いえ、私たちも今来たばかりですわ」

そう言うクレアさんのうしろには、護衛だろうか、背の高い金髪の男性がいた。

「ルイス・アメジストか。今日は姉君の護衛か？」

「これは、団長。はい、姉が孤児院に行く日はいつも付き合わされているんです。それにしても、団長も護衛でいらしたのですか？　そちらのご令嬢の？」

「ああ、姪の家庭教師だ。お前の姉君に誘われたから、護衛を頼むと兄夫婦に言われてね」

団長が……!?とルイスさんは驚愕の表情だったが、気持ちはわかる。普通、こんなことに付き合わされる地位の人ではないはずだ。

「ああ、これは騎士団に所属しております、私の不肖《ふしょう》の弟です。荷物持ちにちょうどよく、子どもたちのいい遊び相手でして。どうぞよろしくお願いします、ルリ様。魔法騎士団長殿も、いつも愚弟がお世話になっております」

そう言ってクレアさんが弟さんを紹介してくれた。……どうやら姉の方が立場は強いらしい。

「不肖に愚弟って……。まあいいけど。ルイス・アメジストです。今日はよろしく」

ルイスさんは人好きのする笑顔で握手を求めてきた。

「ルリと申します。よろしくお願いします」

貴族の方だろうに、気取ったところがないのは親しみやすい。少しためらったが、握手に応えた。

「ルリさんって、この国の人じゃないよね？　どこから来たの？」

「あ、ええと、それは……」

私が言いよどんでいると、事情があるのではと察してくれたのか、クレアさんが会話に割って入った。

「自己紹介はそのあたりにして、そろそろ行きましょう」

「そうだな。……そういえばこの荷物は、なにが入っているんだ？」

「あ、それは……ふふ、内緒。後のお楽しみです！」

瑠璃先生のお遊びグッズとお土産ボックス、子どもたち、喜んでくれるかな？


孤児院に入って案内されたのは、もとの世界の保育園のように、マットが敷かれておもちゃがあるスペースと机が何台か置かれたスペースがある、広めの部屋だった。フォルテもマットの近くに置かれている。

この孤児院には、下は三歳から上は十五歳までの子どもたちがいるらしい。

この国では十六歳から成人とみなされるので、十五歳を過ぎるとみんな働き口を見つけて、巣立つのだとか。

部屋を見回すと、見た感じ五歳から十歳くらいまでの子が多い気がする。

二十人くらいの子がそれぞれ友達と好きなことをして遊んでいたが、私たちが部屋に入ってきたのに気づき、こちらに視線を向けてきた。

「こんにちは、皆さん。今日は私のお友達も一緒に遊びに来ましたよ。ルリ先生です。仲よくしてくださいね」

「こんにちは！　みんな、今日はたくさん一緒に遊ぼうね！」

クレアさんの紹介に私が挨拶をすると、子どもたちが周りに集まってきた。

すると、ひとりの女の子が私を見て口を開いた。

「わあ……めがみさまだぁ」

「バーカ、クレア先生の友達って言ってただろ？　そりゃ、たしかに童話の女神様に似てるけど……」

んん？

「ルリ様、この国にある童話に、夜の女神様が出てくる話がありまして。ルリ様の髪や瞳の色がその女神様に似ているんですよ」

クレアさんがそっと教えてくれた。

へぇ……たしかに銀髪に濃紺の瞳なんて夜のイメージだもんね。残念ながら中身はただのアラサー凡人ですけど。

「さあ、では今日はルリ先生が、みんなの好きな歌を弾いてくれますからね。一緒に歌いましょう」

「「はーい‼」」

クレアさんの言葉に、子どもたちは元気に返事をする。

素直でかわいいな。私の伴奏に合わせて口を大きく開けて歌ってくれている。

年長さんたちも小さい子たちのそばについて楽しそうだ。クレアさんから事前にいろいろな楽譜をもらっておいてよかった。この国の歌なんて全然知らないもの。

明るい曲調の歌が終わると、孤児院の先生やルイスさんたちから拍手が起こる。

「では次は聞く番ですよ。静かにね」

クレアさんのひと声で、子どもたちはお行儀よくマットの上に座った。ちょっと緊張するけど、聞いてもらえるのはうれしい。一生懸命弾こう。

ひとつ息をつくと、そっと鍵盤に指を置く。奏でるのは、夜空に浮かぶ、月の曲。

もとの世界で、大好きだった曲。

フォルテを弾きながら、子どもたちが真剣な表情で耳を傾けてくれているのが視界に入り、うれしくなる。さっきは元気いっぱい歌ってたのにね。子どもって本当におもしろい。


「ルリさん、フォルテ上手だね」

「聞いたことのない曲だったが、あなたの母国では有名なのか？　美しい音色だったな」

「素晴らしかったです、ルリ様。子どもたちもあんなに聞き入って。年長の子たちなんて、涙ぐんでいましたよ」

「あはは……そんなに褒めてもらえるほどの腕前では……。それより、クレアさんの弾いた曲、とってもかっこよかったですね！　あんなに指が回るなんてすごいです！」

私の後、クレアさんが華麗な指さばきでフォルテを弾いてくれたのだが、すごく素敵だった。すべての演奏が終わり、皆からお褒めの言葉をいただいてしまい、ちょっと照れる。久々だったけど、楽しかった。

「ではこの後は子どもたちとしばらく遊ぶ時間なのですが……ルリ様、いろいろ用意してくださったのですよね？」

「はい、手作りの絵本をいろいろ持ってきました！」

レオンハルトさんが持ってくれていた布袋から、絵本を何冊か取り出してみせる。

するとルイスさんが絵本を見てすごいねと褒めてくれた。

「チビたちが喜びそうだね。じゃあ団長、年長男子と剣の稽古《けいこ》でも俺と一緒にどうですか？」

「……私も？」

「ああ、よろしいのではないでしょうか。年長の女子たちも麗しい騎士様の立ち回りは喜ぶでしょうし」

クレアさんがそう言うので、レオンハルトさんは戸惑いながらも了承した。

ということで、ふた手に分かれることに。

クレアさんと私が別の部屋に移動し読み聞かせの準備をしていると、院長先生が先ほどまではいなかった小さな女の子を連れてきた。

「すみません、クレア様。この子も、よろしいですか？」

「リリー？　あなた、起きて大丈夫なの？」

病気がちなのだろうか、院長先生に支えられながらゆっくりと歩くその子は、クレアさんを見るとニコリと笑った。

「うん。ねてたんだけど、みんなのうたと、ふぉるてのおとがきこえて。なんだか、とってもきぶんがいいの」

「顔色もいいし、物語を聞かせてくれるということで連れてきたのです。たまには参加させてやりたくて」

そうか、きっと病気がちな子なのね。それならなおのこと、楽しんでほしい。

「うん、ここで座って見ていて。気分が悪くなったら、すぐに教えてね」

私はリリーちゃんをクッションに座らせ準備を終えると、皆を集めて読み聞かせを始めた。

まずは手遊びから。

歌に合わせて指や手を動かすこの遊びは、脳の活性化にもいいらしい。

子どもたちも初めての遊びに目を輝かせていた。簡単なものが多いから、みんなすぐに覚えるだろう。先生たちにも覚えてもらって、ぜひ取り入れてもらいたい。

手遊びが盛り上がったところで、先ほどの布袋から絵本を取り出す。

「なぁに、それ？」

「絵本、っていうのよ。お話を聞きながら、絵を見ていってね」

「「「おもしろそうー‼」」」

初めて見る絵本に、子どもたちが目をキラキラさせている。本当にみんな素直だ。

とりあえず男の子向きの冒険のお話と、女の子向けのお姫様が出てくるお話をチョイスした。

これが大あたり！

みんな夢中になって食い入るように見てくれた。

リリーちゃんも途中で気分が悪くなることなく、最後まで楽しんでくれていて、読み終わった後、たくさん拍手してくれた。


「皆さん、ありがとうございました。子どもたちのあんなに楽しそうな顔が見られて、私たちもうれしかったです」

院長先生が、本当にうれしそうな顔をしてそう言ってくれた。

予定の時間を終え、私たちは院長室でお茶をいただいていた。ちなみに年少の子どもたちは今、お昼寝の時間だ。

「それにしても、ルリ様が子どもたちの相手にすごく慣れていて、驚きましたわ。大人数を相手にするのはなかなか難しいのですが。さすが、ラピスラズリ家の家庭教師殿ですわね」

「いえ……たまたまですよ」

そりゃあ慣れていますよ、とは言えない。

それにもとの世界に比べたら、この国の子たちは聞き分けがいいし、とてもやりやすかった。

いろんな親と子がいたからなぁ……。

しみじみと思い出に耽《ふけ》っていると、そういえばと院長先生がリリーちゃんのことを教えてくれた。

「珍しくあの後もベッドに横にならず、ルリ様が寄付してくださった絵本を熱心に読んでいました。疲れたのではないかと心配だったのですが、食欲もあって、ここ最近で一番元気そうな様子に驚いています」

「ええ、私もあんなに顔色のいいリリーを初めて見ました。ふふっ、ルリ様のおかげかもしれませんね」

えええ、そんなことないと思うのですが……。でも私がなにかしたことで元気になるってこの感じ、身に覚えが……。後でステータスを覗いてみよう……。

「ええと、レオンハルトさんとルイスさんはどうでしたか？　剣を教えていたんですよね？」

「ああ、なかなか筋のいい子が多いな。騎士団を目指している子もいるらしい」

「うん。団長、男子からは尊敬の眼差《まなざ》しで見つめられ、女子からは黄色い声援を浴びていましたね」

ふっとルイスさんが遠い目をした。

……いろいろあったらしい。

「あ、でもルイスさんも小さい子たちに人気ありますよね？　読み聞かせの後、みんながルイスさんに一直線、って感じで駆けていって、微笑ましかったです」

「おもちゃにされていたという表現でもよろしいのですよ？　ルリ様」

「姉上、ひどい！」

あははと笑い声が上がる。ああ、楽しい。

また、来たいな――。


「では、そろそろお暇《いとま》しましょうか。ルリ様も、リリアナ様がお待ちでしょうし」

「そうですね。リーナちゃんに早く帰ってきてねと言われていたんでした」

クレアさんに言われ、リーナちゃんの姿が頭をよぎる。本当は自分も行きたいところを我慢して送り出してくれたのだ。帰ったら、いっぱい甘やかしてあげよう。

「今日はありがとうございました。皆さん、ぜひまたいらしてください」

「ありがとうございます院長先生。あの、これ、私が作ったものなんですが、よかったら子どもたちに」

そう言って紙袋を渡す。

「これは……！　ありがとうございます、みんな喜びます」

そうお礼を言う院長先生に見送られ、私たちは孤児院を後にした。


「ルリさん、さっき院長先生に渡してたの、なに？」

孤児院を出て辻馬車の駅に向かう途中、うしろを歩いていたルイスさんが尋ねてきた。

「ああ、クッキーです。リーナちゃんともよく作ってるんですよ。あ、そうだ、クレアさんとルイスさんにも。お口に合うといいんですけど」

小さな袋に個包装したものをそれぞれに渡す。

「え、やった！　俺甘いもの好きなんだよね」

「ありがとうございます、ルリ様。おいしくいただきますね」

「いいえ、私、今日すごく楽しくて。ルイスさんともお会いできて、うれしかったです」

ラピスラズリ家の皆さんと過ごすのももちろん楽しいが、やっぱり私はいろんな人と関わるのが好きだ。こうやって、この世界でも交友関係を広げていきたい。

「ルリさんって……。あー、やば」

「ルイス、悪いことは言わないわ。おやめなさい」

姉弟《きょうだい》のやり取りの意味はよくわからなかった。その時、クレアさんが「それではここで」と言い、彼らとはそこで別れた。

レオンハルトさんとふたりで駅まで歩いていると、しばらく黙っていたレオンハルトさんが口を開いた。

「……あなたは、いつもそうなのか？」

「え？　なにがですか？」

怪訝《けげん》そうに聞いてきたが、『そう』とはなんのことかわからず聞き返すと、なんでもないと言われてしまった。

不思議に思ったが、忘れないうちにレオンハルトさんにも渡さなければと、鞄からゴソゴソと包みを取り出す。

「これ、レオンハルトさんの分です。よかったら」

「私の分もあったのか？」

そうなんです、多めに作っておいてよかったです。

当初はクレアさんしか来ないと思っていたため、ひとり分しか考えていなかったのだが、たくさん焼けたので念のために包んでおいたのだ。

「今日のお礼です。レオンハルトさんが剣を教えてるところ、少ししか見られませんでしたが、すごくかっこよかったです！　また機会があれば、一緒に行ってくださいね」

「……っ、ああ。そうだな」

そうして私たちはなにげない話をしながら、駅にとまっていた馬車に乗り込んだ。


ラピスラズリ邸に着くと、リーナちゃんとレイ君が出迎えてくれた。

「るりせんせい、れおんおじさま。おかえりなさい」

「お疲れさまでした。ルリ様、疲れたでしょう。どうぞしばらく自室でゆっくりしてください。叔父上も、お疲れさまでした。父上から、今日は泊まっていってくれと伝言です」

「ありがとう、じゃあ夕食の時にね」

「ああ、ではそうさせてもらおう。世話になる」

そこでレオンハルトさんとも別れ、自室へと戻る。

楽しかったけど、久々の外出でやっぱりちょっと疲れたので、着替えてゆっくりすることにした。

「ステータス、オープン」

ソファに座ってひと息つくと、気になっていたことを確かめるため、ステータスを開いた。

＊＊＊＊＊＊＊＊＊＊＊＊＊
和泉瑠璃
癒やしの聖女　ＬＶ12
ＨＰ：８２３／／１４３０
ＭＰ：１８０５／／１８２５
状態：健康

魔法：聖属性魔法　ＬＶ ＭＡＸ　・水属性魔法　ＬＶ39
　風属性魔法　ＬＶ20　・光属性魔法　ＬＶ20
　火属性魔法　ＬＶ10　・土属性魔法　ＬＶ10
　闇属性魔法　ＬＶ５
スキル：鑑定　ＬＶ ＭＡＸ　・癒やしの子守り歌　ＬＶ10
　料理　ＬＶ８　・癒やしのフォルテ　ＬＶ３　ｎｅｗ
＊＊＊＊＊＊＊＊＊＊＊＊＊

やっぱり……。

リリーちゃんが元気になったのも、新しいスキルのおかげだったのね。

そのほかにも地味にレベルが上がっている。

まあでも、すごく重病って感じではなかったし、私のスキルの力で元気なったとは思われないだろう。ちょっと元気になったくらいなら、リリーちゃん本人の回復力によるものだとみんな考えるはずだ。

奇跡的な回復をしちゃったら、私が聖女だってバレちゃうかもしれないけど、そんなことはないよね？

うん、そういうことにしよう！

＊　＊　＊

「それでレオン、どうだった？」

レオンハルトはエドワードやエレオノーラ、レイモンドに囲まれていた。

エドワードの問いに、レオンハルトは今日の出来事を思い出しながら答える。

「なかなか興味深かったです。年長の少年たちはルイス・アメジストに稽古をつけてもらっているようで、なかなか剣さばきがよく、騎士団に入隊の意欲がある者も……」

「そうじゃなくってよ‼」

「……は？」

孤児院への慰問の感想を求められたと思い、つらつらと話したが、エレオノーラが頭をかかえる様子を見て首をかしげた。

「そうではなくてですね……。その、ルリ様といろいろお話をしたり、一緒に過ごしてみたりしてどうだったかと、聞きたいのです」

直球で聞かないとダメだと悟っているレイモンドが、賢明にも瑠璃の名前を出して問う。

「……綺麗だと、思った」

「「「⁉」」」

レオンハルトの予想外の答えに、ラピスラズリ侯爵夫妻とレイモンドは驚きを隠せない。

「魔法についての話を熱心に聞いてくれた時も、フォルテを弾いている姿も、子どもたちに囲まれている時も、ルリの周りはキラキラしていて、見ていると穏やかな気持ちになる。……その反面、落ち着かない気持ちになることもあるが……」

これは……！と三人が色めき立つ。

常に冷静で感情が表に出ないことから、青銀の騎士と呼ばれている彼とは、別人のようだ。

普段の彼からは想像もつかないほどに悩ましい表情をしており、そしてそれは恋に悩む男のそれだった。

「レオン、ルリのことが好きか？」

信頼する兄からの、穏やかな声色での問いに、弟は静かに答える。

「……私は――」

＊＊＊

いつものように寝かしつけの絵本を読んでいる途中だったが、リーナちゃんが目を閉じて寝息を立てていた。

「あれ？　リーナちゃん寝ちゃった」

最近では子守歌がなくても穏やかに眠れることが増え、今日も恐らくそうなのだろう。

「きっと私が留守にしている間、がんばってたんだよね」

近頃、本人の希望でエレオノーラさんやセバスさんからマナーを教えてもらうことにしたため、勉強の幅が広がっているようだ。

「それにしても、今日は楽しかったなぁ」

まるで、保育園で働いている時のようだった。

一緒に歌ったり、絵本を読んだり、子どもたちの笑顔に囲まれるのが懐かしくて、うれしかった。

でも、やっぱり園の子どもたちと今日出会った子どもたちとは違うのだと思うと、目に涙が滲む。

もう戻れないかもしれない故郷を思って、私は自然とその歌を口ずさんでいた。

第二騎士団団長の想い

生と死の狭間をさまよっていた時に見たのは、夢だったのかもしれない。

そう思うようになって、銀髪に金の瞳の女性を捜すのは、あきらめかけていた。

兄に彼女の行方を聞くことも、その頃にはもうほとんどなかった。

庭園での茶会の後、何度かルリに会う機会があったが、変わらず彼女は私に媚《こ》びるでもなく、自然体で接してくれていた。

それがとても心地よくて、自分でもなんとなく彼女に惹かれているのだろうと思っていた。

私を救ってくれた女性のことがずっと心に残っていたため、表立ってこの気持ちを見せることはしなかったが、それも潮時かと思い始めた。

そんな時に兄から頼まれた、孤児院を慰問に行くというルリの護衛。私は迷うことなく了承した。

初めて出会った時以来の、ふたりきりの状況に少しだけ緊張したが、それはとても穏やかな時間だった。

いつもは綺麗にまとめている髪は緩く編まれ、服も華美ではない、市民のそれだったが、なぜかとてもかわいらしいと思った。

気の利いた話などできなかったが、騎士団や魔法の話になると熱心に耳を傾けてくれ、それがうれしかった。

ただ、一度だけ。

聖女様の話になった時だけ、表情が陰ったのが気になった。それのなにが、彼女の心を曇らせたのか。

孤児院に着くと、アメジスト家の姉弟に出会った。

ルイス・アメジストは第二騎士団の三番隊に所属しており、魔法・剣術ともに評価の高い騎士だった。

加えてその人懐っこさから、先輩騎士たちにかわいがられており、初対面のルリともすぐに打ち解けた様子だった。

……正直、おもしろくないと感じていたのは認めよう。ルリは美人だ。

青みがかった銀髪に紺瑠璃の瞳は、まるでお伽噺《とぎばなし》に出てくる夜の女神のようで。

ただ、そのおおらかさから、近寄りがたい雰囲気はなく、親しみやすさが滲み出ている。

兄が言う、屋敷で働く若い男たちからの人気の高さとやらも本当のことなのだろう。

一緒に町を歩いている時も、すれ違う男たちがルリを見て頬を染めていた。

……思い出すと、また胸が締めつけられるような気がした。

そして始まったフォルテの演奏。

子どもたちの歌に乗せて響く音色は、とても賑やかで温かく、彼女の表情も明るい。

それとは打って変わって、夜空に浮かぶ月をイメージしているという少し物悲しさを感じる曲では、まるで彼女自身が手の届かない月の化身のようで、心がさざめいた。

演奏後、子どもたちに囲まれている姿があまりにも自然で、ああ、こうした環境にいることが彼女にとってはあたり前の日常だったのかもしれない——そんな思いが頭をよぎった。

突然現れた不思議な女性。

嫌な、予感がした。

ルイスと共に年長の子どもたちに剣の稽古をつけていると、十五歳くらいのひとりの女の子が服の裾を引いて私を呼んだ。

『どうした？』

『あの……ルリ先生って、あなたの恋人ですか？』

唐突な質問に、すぐには答えられなかった。

『……いや。そうではないが……』

『ええっ⁉ 絶対そうだと思ったのに……どうしよう』

聞けば、片想いをしている男の子が、ルリのことを綺麗だと褒めていたらしく、危機感を覚えたようだ。

『ルリ先生のこと、ちゃんとつかまえてくださいね！』

『なぜ、私が？』

『……？ だって、ルリ先生のこと、すごく優しい目で見つめていましたよ。それって、好きだからですよね？』

——衝撃だった。

好き？　私がルリを？

呆然としていると、ルイスから声をかけられ、慰問の終了を告げられる。

私はただ、「ああ」としか返事できなかった。

会話には参加したが、それからもしばらくぼうっとしてしまい、いつの間にか帰る時間になっていた。

帰路につきアメジスト姉弟と別れる際、ルリがルイスに手作りのクッキーを渡す姿を見て、また胸が痛む。

まんざらでもない様子のルイスに、嫉妬したのだろう。

しかし、そんな胸の内など知らないルリは、私にもクッキーの包みをくれ、剣を振るう姿を褒めてくれた。

ただそれだけで心がじんわりと温かくなり、胸が高鳴ったのは、気のせいではなかった。

ラピスラズリ邸に戻ると、今夜は泊まっていけと兄から申し出を受け、甘えることにした。

ルリは自室に下がっていたが、同じ屋敷にいると思うと、なぜだかうれしい気持ちになる。

そんな時に問われたルリへの気持ち。それに、私は素直に答えた。

「ルリのことが好きか？」

もう、とっくに私は——。

夕食を終え、用意された部屋に戻る前にリリアナの様子を見てみようと思い立ち、私はその部屋へと向かっていた。

寝入りや寝起きがよくないリリアナが、ルリが来て以来、穏やかに眠っていると聞いたからだ。

彼女といると不思議と皆が心穏やかになる。

自分もそのひとりだと思うと、こそばゆい気持ちになった。

部屋に着くと、少しだけ扉が開いていて、ルリが物語を読む声がした。

「あれ？　リーナちゃん寝ちゃった」

なんだ、眠ってしまったのか。

しばらくどうしようかと考えたが、起こさないようにそっと去ろうとした。

その時。その歌は、聞こえた。

あの夜、遠くなる意識を引き留め、温かい光に包まれた時に聞いた歌だ。

まるで真綿に包まれるような安心感で、ああ、助かったのだと思った。

重くなるまぶたをわずかに開いて見えたのは、銀と金の光。——間違いない。

私は、思わずリリアナの眠る寝室へと足を踏み入れた。そこにいたのは輝くような銀髪を風に揺らして歌う、金の瞳の——ルリだった。

＊　＊　＊

「レオン、ハルトさん……」

信じられないような表情で部屋に入ってきたのは、間違いなく彼だった。

「その、瞳は……」

瞳？

なんのことだろうと近くにあった鏡台を覗く。するとそこには、金色に輝く瞳の、私がいた――。

「……あなただったのだな」

謎の現象にポカンとしていると、鏡越しにレオンハルトさんが声をかけてきた。

「私を、救ってくれたのは」

振り向くと、切なげで、泣きそうな表情の彼と目が合う。

「……えっと、私……」

「いい。私は、知っている」

知ってる？　なにを？

「あなたは、聖女なのだな」

思いもよらない言葉になにも返せずにいると、そっと近づいてきて、優しく抱きしめられた。

「⁉　レ、レオンハルトさ――」

「ありがとう」

「……え？」

突然の抱擁に身じろぎしたが、感謝の言葉にピタリと動きを止めた。

「あなたは、隠したかったのだろう？　兄が何度聞いても答えてくれなかったのは、あなたが口止めをしたからなのだろう。それでも、その癒やしの力を、私のために使ってくれた」

なぜかいろいろとバレてしまっている。というか、この状況はなにー!?

抱きしめられながらあわあわしていると、耳もとでふっと笑った気配がした。

「わからないものだな。恩人に惹かれた気持ちと、ルリ、あなたに惹かれた気持ちが同じだったのだから。どちらかをあきらめようとしていた自分が、おかしくて仕方ないよ」

ちょっと待って！

そんなイイ声、耳もとで出さないでー！

「ルリ……私は、あなたにどうしようもなく惹かれている」

あ、無理。

そこで私の意識は、途切れた。

＊　＊　＊

同時刻。

聖女召喚からずっと眠りについていた魔術師団の団長が、ゆっくりと目を開けた。

突然の団長の目覚めを知らせるために、魔術師たちは大喜びでカイン陛下へと伝令を飛ばした。

「……あーあ、私がせっかく喚んだのに。まさかレオンに取られちゃうなんて」

周囲の歓喜など知らぬかのように、魔術師団長は行儀悪く胡座《あぐら》をかいてため息をつく。

「まあ、でも……これでよかったのかも」

ルリ、呪われて苦しんでいたレオンを。

そしてレオン、異世界でたった一人生きていこうとしていたルリを――。

「見つけてくれて、ありがとう」

その声は、誰の耳にも届かなかった――。

王宮への招待状

異世界に来て、約一ヶ月――。

聖女召喚を行った魔術師団の団長さんが目覚め、私の存在は国王陛下に伝えられた。

「え。国王陛下が、ですか？」

「ああ、ルリに会いたいそうだ。……そして、できることなら王宮で過ごしてほしいと」

リーナちゃんが眠った後、エドワードさんに話があると言われ夫妻の部屋を訪ねると、そんなことを言われた。

そうなるかなっては思っていたけれど、現実になるとどうしようという気持ちが強くなり、胸が早鐘を打つ。

「……無理にとは言わないわ。嫌なら、私たちから――」

「いえ、行きます」

気遣うようなエレオノーラさんの言葉を遮って、きっぱりと告げる。

「逃げていても、仕方ありませんから。ちゃんと、お話ししてきます」

どうなるかは、わからないけれど。

ふたりは心配そうに私を見たが、大丈夫ですとぎこちなく笑い返した。

二日後。

エドワードさんを通じて返事が伝えられ、私は王宮に来ていた。

案内されたのは、謁見の間。

ものすごく広い部屋に尻込みしそうになったけれど、そこにいたのはレオンハルトさんと赤い髪の青年だけだった。

見知った人がいることに安心して、少しだけ肩の力が抜ける。

豪華な椅子に座っている青年は、私よりも若く見えるが、きっと彼がこの国の国王陛下だろう。

「よく呼び出しに応えてくれたな。俺がこのアレキサンドライト王国国王、カイン・アレキサンドライトだ。三人目の聖女、ルリと言ったか？」

「……はい、お初にお目にかかります。和泉瑠璃と申します」

若いが、さすが一国の王だ。

黒い瞳に浮かぶ意志は強く、威圧的とも取れる話し方には威厳がある。

「まずは確認だ。異世界から召喚され、ずっとラピスラズリ邸で身を潜めていたのだな？　そして、使える魔法は聖属性魔法。それに鑑定のスキルも持っている。さらにそれらを使ってここにいるレオンハルト・ラピスラズリ第二騎士団長を呪いから救った、と」

「おおむね、それで合っています」

ちらりとレオンハルトさんを見ると、彼もうなずいた。

「ふん、なるほどな。では、念のためだが、その力を試させてもらってもいいだろうか？」

「試す、ですか？」

カイン陛下の言葉に首をかしげると、陛下がレオンハルトさんに合図を出した。

レオンハルトさんが私が入ってきたところとは別の扉の向こうに消えると、すぐにふたりの男性を伴って戻ってくる。すると陛下が口を開いた。

「こいつは重要な役職に就いている男なんだが、最近体調が優れないらしくてな。鑑定したのち、治療をしてほしい。ああ、隣にいるのは侍従だ。気にしなくていい」

なるほど、私の魔法と鑑定が本物かを見たいということらしい。

男性を見ると、身なりはいいが、頬がこけて目もうつろになり、顔色も悪い。侍従の男性に支えられており、あきらかに体調が悪そうだ。

その様子を見て、試す試さない以前に、純粋になんとかしてあげたいと思った。

「わかりました。では、〝鑑定〟」

私がそう口にすると、すぐに男性のステータスが浮き上がる。

ちなみにステータスも鑑定も、画面は術者本人にしか見えないらしい。みんなが緊張した面持ちで私を見ている。

その項目を読み進めていくと、【状態】のところに表示された、ある単語に目が留まる。それは、――毒。

「どうだ？」

陛下の声に、はっと我に返る。

いけないと思い、急いでその項目をタップして読んでいく。

「……はい、原因はわかりました。私の魔法で治癒できそうです」

私の答えに陛下はわずかに目を見開くと、ならば頼むとおっしゃった。

「解毒《アンチドート》」

頭に浮かんだ呪文を唱えると、男性の周りを銀色に光る粒子が取り巻いた。

その光を見て、侍従さんも驚きを隠せない様子だ。

光が消えて男性を見ると、すっかり顔色がよくなり信じられないと口にした。

「ありがとうございます！　この魔力……。あなたは間違いなく聖女様だ！」

「いえ、そんなことは……」

治ってよかったと思いながら男性に答えていると、一瞬だったが、侍従さんが苦い顔をしていたのに気づいた。

あれ？　あの人……。

不審に思い、みんなが驚いたり喜んでいたりしている隙に、こっそり鑑定してみた。

そこに書かれていた内容に驚愕したが、それを表には出さずになんでもないふうを装う。

「では、お前たちは退出しろ」

「はい！　聖女様、ありがとうございました！」

そう言って軽い足取りで出ていく男性と侍従さんを見送り、再び三人だけになる。

「報告通りだったな。金色に輝く瞳も、あいつらと同じだった。では改めて、聖女殿、ようこそ我が国へ。歓迎する」

あいつらとは、恐らくほかのふたりの聖女のことだろう。どうやら魔法を使うと目の色が変わるらしい。

「それで本題だが、お前にはできれば王宮で暮らしてほしいと思っている。服も、食事も、豪華なものを用意しよう。何不自由なく過ごせることを約束する」

今、お前って言ったよね……。偉そう、って国王様だから本当に偉いんだけどさ。

それに豪華な服や食事？　そして何不自由なく？　別に、私が望んでいるのはそんなことじゃないのに。まったく人を馬鹿にしている。いったいどういう価値観なのだろう。

まずい、気になりだしたらイライラしてきた。

「どうだ？　ラピスラズリ邸を出て、王宮に来る気になったか？　ああ、この一ヶ月隠れるように過ごしてきたのだったな。ある程度の我儘なら聞くぞ？　なんなら好みの男をあてがってもいい」

その言葉に、私の中でなにかがぶちっと切れた。

「あの！　別に私はそんなもの望んでいませんし、十分今のままで楽しく暮らしています。そもそも、そんなもので誰も彼もが言うことを聞くとでも思っているんですか!?」

急に怒鳴りだした私に、レオンハルトさんがぎょっとしているのが横目で見えた。

「だいたい、人によって価値のあるものは異なるものです。服？　食事？　好みの男性？　そんなもの――クソ食らえだわ!!」

そこで、私の脳裏にリーナちゃんの笑顔が思い浮かぶ。

「……私が大事にしたいのは、この世界での出会いです。ラピスラズリ家の方々は、見ず知らずの私に、とても優しくしてくれました。だから、私も彼らになにかを返したい。笑顔が見たい。そしてそれは、王宮《ここ》ではできないことです」

そこで陛下の目を真っすぐに見て、告げる。

「身にあまる光栄ですが、お断りさせていただきます」

「くっ」

……え？

今、この人、笑った……？

「陛下」

レオンハルトさんのとがめるような声に、すまんと陛下が返す。

「くくく、悪かったな。お前の本心を知りたくてやったことだ。まあ、うちの宰相《さいしょう》はそう言って丸め込め！と言っていたのだが」

くしゃりと陛下の表情が緩む。……ひょっとして私、試された？

「安心していいぞ。召喚された聖女には、ある程度の自由が与えられることになっていてな。お前たちは、なににも縛られず、この国で自由にできる権利を持っているんだ。聖女として崇め奉れと言うならそうするし、穏やかに暮らしたいと言うのなら、国政とはいっさい関わらなくていいし、住む場所も自ら選んでいい。ただし、国民が窮地に陥った際は、国の要請に応じ力を貸すと誓ってほしい。なんの許可もなく、こちらの都合で喚んだのだ。それくらいはしよう」

え、絶対聖女としてあれしろこれしろ言われると思ってたのに。

意外とこの世界はホワイトだったようだ。

「まあほかのふたりはお前と違って召喚された先が王宮だったから、そのままここに留まっているがな。それにしても異世界の女とは、みんな気が強いのか？　あのふたりもなかなかだぞ」

なにを思い出したのか、くっくっとまた笑った。

「ルリ、陛下はあなたの気持ちを尊重したいと思っていらっしゃる。あなたの望みは、なんだ？」

レオンハルトさんの優しい問いかけに、またリーナちゃんの姿が浮かぶ。

「わ、私は、もとの世界に戻れないのなら、このままラピスラズリ邸にいたいです。エドワードさんやエレオノーラさん、レイ君とそしてリーナちゃんと一緒に、笑って過ごしたい。聖女様扱いなんてされなくていい、穏やかに過ごせれば。どうせ目立つのは苦手だし……」

こんなに正直に話してしまっていいのだろうかと、語尾が小さくなる。

でも、これが私の素直な気持ちだ。嘘はない。

「ああ、お前の気持ちはわかった。まあ宰相あたりは文句を言うだろうが、ラピスラズリ家なら聖女が留まることへの批判も少ないだろう。公正、中立の血筋だからな。そこは俺が黙らせる」

……偉そうだなんて思ったけど、この人、口が悪いだけでいい人だ。

それなら、信用できるかもしれない。

「ありがとうございます。感謝します」

よかった、これでリーナちゃんのもとに帰れる。

レオンハルトさんを見ると、彼も優しく微笑んでくれた。

あ、そうだ。さっきのこと、ちゃんと伝えておかないと。

「あの、話は変わるのですが、先ほどの男性のことで気になることが」

「ん？　なんだ？」

この様子だと、陛下はなにも気づいていないらしい。

「ステータスに、〝毒〟の表記がありました」

私の報告に、ふたりの顔色が変わる。

「どうやら少量ずつ食事かなにかに混ぜられていたみたいで……。症状が少しずつ現れるため、気づかれにくかったみたいです」

あの時、男性のステータスを詳しく見てみたところ、【状態】の項目にあった〝毒物反応あり〟の先には、〝微量の毒物を複数回経口摂取。十日間蓄積中〟と表示されていたのだ。

「そしてそばにいた侍従さん。彼、男性が治ったのにちっともうれしそうじゃなくて、あれ？って思ったんです。気になったのでこっそりその人を鑑定してみたら、〝隣国の間者《スパイ》〟、それと、スキルに〝毒生成〟と出ていて、これは陛下にお伝えしなくてはと……」

そこまで言うと、突然陛下がガタッと椅子から立ち上がった。

「なめた真似をしてくれる。スパイの存在は前々から探っていたのだがな……。まさか直接外務大臣を狙うとは。おい、レオン」

「はい。早急に調査、対処します」

そう言うとレオンハルトさんは早足で出ていってしまった。

外務大臣か。あの人そんなに偉い人だったのね。

そんなことを考えていると、スタスタと陛下が私のそばに近づいてくる。

なんだどうしたと思っていると、おもむろに陛下が片膝をついた。

「へ⁉」

驚いて変な声を出してしまったが、陛下は気にすることなく口を開く。

「国の大事を救おうとしてくれたこと、感謝する。私の信頼する騎士団長《レオンハルト》を助けてくれたことも。……そして、あなた方をこの世界に喚ぶこととなってしまった、我が国のふがいなさを謝罪したい。申し訳なかった」

その上頭まで下げた。

いやいやいや、王様がそんな簡単に頭下げちゃダメでしょ⁉

「ちょ、ちょっと頭上げてください！　ダメですって！」

「かまわない。どうせ今はふたりだけだ。国王としてではなく、カイン・アレキサンドライトとして、あなたには謝らなくてはいけないとずっと思っていたんだ」

その真摯な瞳に、私はそれ以上なにも言えず、黙って謝罪を受け入れたのだった。

「はぁ……疲れたけど、話の通じる人でよかった」

あの後、陛下にもう一度王宮への滞在を丁重に断り、私は用意してもらった馬車でラピスラズリ邸に戻ってきた。

よく考えたら陛下の許可はいただけたが、ラピスラズリ家のみなさんには許可をいただいてない。

エドワードさんとエレオノーラさんにもちゃんとお願いしないと……。

そんなことを考えながらエントランスの扉を開いた。すると。

ドンッ‼

なにかがぶつかってきてうしろによろめいたが、なんとか持ちこたえた。

「いったぁ……いったいなに、って。リーナちゃん？　どうしたの？」

ぶつかってきたのは、リーナちゃんだった。私の腰にぎゅうっとしがみついている。

顔を見ようと優しく引き離そうとしても、さらに回された腕の力が強くなり、そんなリーナちゃんの様子に戸惑う。

「せんせ……ならないで」

「え？」

泣いているのだろうか、くぐもった声は震えていた。

「るりせんせぇ、いなくならないで！　わたし、ちゃんとおべんきょうがんばる！　わがままもいわない！　だから……」

リーナちゃんは必死な様子でそう叫ぶと、がばっと顔を上げる。その顔は涙で濡れていた。

ああ、そうか。きっと私が王宮に呼ばれたことを聞いたのね。

「泣かないで。大丈夫、話をしてきただけよ。いなくなんてならない」

落ち着かせるようにリーナちゃんの背中をなでる。すると少し表情を緩め、ほんとう？と聞き返してきた。

「本当。このまま、ここで暮らしてもいいって。……あ、でもエドワードさんとエレオノーラさんに許可をいただいてないけど」

「もちろん、ここにいてくれてかまわない」

「ええ、むしろこちらからお願いしたいくらいだわ」

リーナちゃんに説明していると、エドワードさんとエレオノーラさん、そしてレイ君が階段を下りてきた。

「え、あの、いいんですか？」

「あたり前だろう」

「でも、聖女の私がいたらご迷惑もかけちゃうかもしれませんし……」

「あら、そんな心配は無用よ。陛下からもなんとかするからルリを頼むと直々に通信があったわ」

「僕も、ルリ様ともっと一緒にいたいですしね」

その優しい言葉に、胸が熱くなる。

「……ありがとうございます。お言葉に甘えて、ここで暮らさせてください。これからも、よろしくお願いいします」

ぺこりと頭を下げてお礼を言うと、三人が笑顔になった。

そして、私にしがみつくリーナちゃんに視線を落とす。

「これからもよろしくね」

「ほんと？　きょうも、あしたも、いっしょ？」

「うん、いっしょ！」

その言葉にぱっと笑顔を咲かせたリーナちゃんを、私は思いきり抱きしめた。


王宮を訪れてから約半月。正式にラピスラズリ邸に滞在する許可が下り、私は毎日平和に暮らしていた。

リーナちゃんもすっかり安心した様子で、令嬢としての勉強やフォルテをがんばる傍ら、アリスちゃんを呼んでみんなで遊んだりしている。

時々、クレアさんやルイスさんと一緒に孤児院にも通っている。

リリーちゃんもすごく元気になって、この前は一緒に鬼ごっこもやった。

そして、金色に変わる瞳のことだけど、聖女はその特性の魔法を使う際に、どうやら魔力の関係でそうなるのだとか。

別の聖女様と一度だけ出会った時に教えてもらったと、レオンハルトさんが言っていた。

その、レオンハルトさんだけど――。

「ああ、ルリ。今日も世話になる」

「あ、えと、いらっしゃい」

こうして時々お茶をしに来たり、泊まりに来たりしている。

今日も昼前にラピスラズリ邸を訪れたレオンハルトさんと一緒に、庭園の東屋でお茶をいただいている。

訪問の目的はたぶんだけど、私、だと思う。うぬぼれでなければ、だけど。

リーナちゃんとレイ君の勉強がまだ終わらないので、ふたりきりなのだが、ものすごく気まずい。

だってなにもなかったようにしているけど、私が聖女だってバレた日、その……だ、抱きしめられたし！

なんなら惹かれているとか言われたし！

あの夜のことを思い出して顔が熱くなるのを感じていると、レオンハルトさんが優しい声で話しかけてきた。

「こちらでの生活には、慣れたか？」

「え、あ、そうですね。少しずつ外に出る機会もいただいて、おかげさまで毎日穏やかに過ごしています。陛下にも、お礼を言わなくてはいけませんね」

そう、カイン陛下は約束通り私に自由をくれた。少なからず反対はあったのだろうが、みんなに納得してもらえたよとエドワードさんが言っていた。……いったいどうやったんだろう。

「そういえばあの時の間者《スパイ》の件、どうなりました？」

不意に思い出し聞いてみたのだが、レオンハルトさんはにこりと微笑むだけだった。

……これは聞かない方がいいやつだ。よし、流そう。

とりあえず国の大事には至っていないみたいだし、よかったよかった。

そう思いながら紅茶をひと口飲む。ああ、おいしい、幸せだ。

のどかな空気に気を緩めていると、そういえばとレオンハルトさんが声をあげた。

「私の気持ちは伝わったか？　ここでの暮らしに慣れてきたのなら、恋愛事にも目を向けてほしいのだが」

ぶっ！　ゲホッゲホッ！

予期せぬ言葉に、紅茶を噴き出しそうになった。

「はい⁉　気持ちって、え⁉」

「あなたに惹かれていると伝えただろう。聖女だろうが、異世界の女《ひと》だろうが関係ない。ルリという、ただひとりのあなたに心を奪われたんだ」

真摯な瞳からは、冗談やからかいの色はいっさい見られない。どうやら、本気らしい。

「え、や、私……」

急すぎる展開に頭をぐるぐるさせていると、いつの間にかすぐそばにレオンハルトさんの顔があった。

「私はあなたが好きだ、ルリ」

み、耳もとでそんな台詞、そんなイイ声で言わないでくださいーー‼

レオンハルトさんの甘いささやきに、私は腰が砕けて椅子からずり落ちたのだった――。

＊　＊　＊

「聞こえる？　レイ」

「はい、母上。どうやら叔父上はルリ様に告白したようです」

「こくはく？」

ちょうどその頃、東屋の近くの茂みに、エレオノーラとレイモンド、そしてリリアナが身を隠して瑠璃たちの様子を覗いていた。

「やったわね！　これでルリは私の義妹《いもうと》ね！」

「気が早くはないですか？　それにルリ様はいっぱいいっぱいな様子で……あ、真っ赤になって椅子からずり落ちた」

「たいへん！　けが、してないかな？」

リリアナの純粋な反応に、思わずふたりは彼女の頭をなでる。

「まあ、でも僕もうまくいくといいなと思います。ふたりには、幸せになってもらいたいですから」

「！　わたしもそうおもう！　るりせんせいとれおんおじさま、なかよし？」

「そうね、仲良しになってもらえるといいわね」

そこで三人は、慌てて瑠璃を起こそうとするレオンハルトと、力いっぱい頭を振ってそれを断ろうとする瑠璃を、温かい眼差しで見つめた。

季節は、春の終わり。庭園に咲き乱れる花々もまた、ふたりを優しく見守っていた。

三人の聖女と罪の意識

「ほぉんとぉぉぉに腹が立つのよ！　あの男‼」

「嫌だわぁ不敬罪《ふけいざい》って言われますわよ、紅緒《べにお》ちゃん」

「アンタのその態度も腹が立つんだけど⁉」

「ま、まあまあ……。黄華《おうか》さんも話聞いてあげましょうよ……」

「瑠璃さんっ！　瑠璃さんがいてくれてよかったぁぁぁ‼　もぉワケわかんない世界に飛ばされて混乱してるってのに、話通じないし、腹立つヤツばっかりだし、ウンザリしてたんだから！」

「やだ、私ちゃんと紅緒ちゃんのこと、かわいがってましたよ？」

「からかってたんでしょぉがぁぁ‼」

ここは王宮の貴賓室。

今日は王宮のお茶会に招かれている。

……一応私、〝癒やしの聖女〟らしい。

そしてお茶会のメンバーだけど……。

「とにかくいちいちネチネチネチネチ言ってきてムカつくのよ！　納豆菌かあいつは！」

このちょっと口が悪いのが日暮《ひぐらし》紅緒ちゃん。

十八歳の元女子高生で、肩の下まであるウエーブした黒髪に赤い瞳の、ちょっとキツめの美少女。

彼女は〝粛清《しゅくせい》の聖女〟らしい。

「まあ、納豆菌だなんて……いつも一緒にいる紅緒ちゃんもくさくなりますわよ？」

「誰がにおうって言った！　っていうかいつも一緒にいないし！」

「あらー自覚ないの？　あんなにじゃれ合ってますのに……」

「じゃれてなーーい‼」

そしてこっちの火に油を注いでる人が、東雲《しののめ》黄華さん。

ゆるふわロングの茶髪に少し緑がかった金の瞳で、まさかの年上三十歳！

パッと見はいつもニコニコしててかわいらしい人だけど、中身は天真爛漫というかなんというか……クセのある人だ。

彼女は〝祝福の聖女〟なんだって。

めでたく聖女が三人揃ったので、こうして時々交流会を開いているのだ。

無理言って王宮の滞在を断った身としては、これくらい了承しないと……と思ったのだが。

……正直、間に挟まれて困惑することが多かったりする。でも……。

「ほう、聖女殿が揃って俺の悪口大会か？」

「出たわね性悪魔王！」

「嫌ですわ、悪口なんてまさか」

……魔王様、降臨。

わーわー叫ぶ紅緒ちゃんを引きずりながら、カイン陛下は去っていった。

一緒になにをしてるんだろう？と思って聞いたことがあるんだけど、どうやら騎士団の訓練場に行ってふたりで訓練をしているらしい。

紅緒ちゃんは攻撃魔法に特化している。そしてカイン陛下は魔力がほぼない代わりに、剣術にすごく優れているらしい。

そんなふたりが組んで、連携がとれるようになったら、控えめに言っても最強だろう。

紅緒ちゃんは魔法の勉強中なので、その域に達するのはまだまだ先になるらしい。でも、これからは魔物討伐に出てもらうこともあるから、ふたりで訓練して連携を密にしたいそうだ。

「黄華さんも、もう少し紅緒ちゃんに優しくしてあげればいいのに」

「いいんですよ、その役目は瑠璃さんがしてくれているでしょう？　時々ガス抜きさせてあげなきゃ。怒って愚痴って、発散するのも大事なんです」

そう言ってお茶を飲む黄華さんは、まるで妹を見守る優しいお姉さんのような表情をしていた。

召喚されてしばらく、紅緒ちゃんは情緒不安定だったらしい。そりゃそうだ、だってまだ未成年。突然異世界に連れてこられて、動揺しないわけがない。

きっと、なにも知らない私がラピスラズリ邸でのほほんと過ごしている間、黄華さんは紅緒ちゃんを守ってきたのだろう。

こんなふうに、会話しているとふたりの事情が垣間見えたりするので、私もふたりとの関わりを大切にしたいと感じている。

……もっと、話してみたいと思うのだ。

「さて、ではそろそろ私たちもお開きにしましょうか。ああ、瑠璃さんは訓練場を見に行かれますか？　例の、団長さんがいらっしゃるんでしょう？」

「えっ⁉　えっと、そう、ですね……。少しだけでも来てほしいとは、言われましたが……」

「それでは一緒にまいりましょう！」

黄華さん……絶対おもしろがってる……。

にょによとした笑みには、からかう気満々だと書いてある。

本当は優しい人なんだろうけど、この人の判断基準はおもしろいかどうかなのだと思う。

小さくため息をつくと、私は素直に黄華さんの後に続いた。

ちなみに私とレオンハルトさんは恋人でもなんでもない。好意を伝えてくれているし、それが冗談やからかいではないということはわかっているが、正直、自分の気持ちがよくわからないのだ。

もちろん彼のことはとてもかっこいいと思うし、一緒にいてドキドキもするけど、ほら、私は平穏を望んでいたわけで、イケメンとのいちゃいちゃを希望していたわけではない。

まあすでに、平穏とは……？って感じにはなってるけど。

それでも年齢＝恋人いない歴な私には、レオンハルトさんの恋人なんて、ハードルが高いのだ。

あんなにかっこいいんだもの、経験豊富だろうし、ほかのお嬢様方がほっとかないだろう。

恋人になったはいいけどつまらないとか思われたら絶対傷つく。恋愛経験ゼロの純情アラサーをなめないでほしい。

「あ、またなにか余計なこと考えてますね？」

「黄華さぁん……」

考えれば考えるほどドツボにはまりそうで怖い。

思わず同郷の年上に頼ってしまうのは自然なことである。

「もう、瑠璃さんはいろいろ考えすぎなんですよ。やったーイケメンと付き合える、ラッキー☆とか思えばいいのに」

「いや、思えませんて」

「でも、団長さんと瑠璃さんの話はもうほとんど知れ渡ってますし、逃げられないと思いますけどねぇ」

「……はい？」

「あれ、知らないのですか？　有名な話ですよ？　ラピスラズリ家にいる聖女様は魔法騎士団長のお手付きだって」

「はあぁぁぁ!?」

なんでそうなったのー!?


王宮の廊下で絶叫して注目を浴びるという、聖女にあるまじき行為をしてしまった私は、黄華さんになだめられながら訓練場へとやって来た。

先ほど別れたばかりの陛下と紅緒ちゃんも、第二騎士団の所で訓練しているらしい。

話は聞いていたけれど、実際にふたりの訓練を見るのは初めてなので、ちょっぴり興味がある。

というのも、私は紅緒ちゃんが魔物討伐に参加すると聞いた当初は反対だった。

突然異世界に連れてこられた挙げ句に、命の危険にまでさらされるのか、と。

でもふたりの話をよく聞くと、それは紅緒ちゃん自身が決めたことなのだとか。

この世界で生きていくために自分で選んだことならば、仕方ない。納得はしてないけどね。

なので、訓練中の紅緒ちゃんの様子が知りたかったのだ。

でも邪魔はしたくないので、遠くからそっと覗こうと思って観覧席の端に座ろうとすると、うしろから声をかけられた。

「ルリさんじゃないですか、どうしたんですか?」

「あ、ルイスさん」

振り返ると、人懐っこい笑顔で手を振るルイスさんがいた。

「もしかして、団長に会いに来たんですか?」

「ち、違います!　紅緒ちゃんの様子を見に来たんです!」

この頃ルイスさんまでからかってくる。

聖女様だし敬語で!とか言い始めたのに、からかうのはアリなんだ?

「まだ可能性はある、かも?」

「え?」

「いえ、なんでもないです!　赤の聖女様ですね。なるほど」

ルイスさんがなにを言ったのかよくわからなかったけど、それよりも呼び名の方が気になる。

「なんですか？　その〝赤の聖女様〟って」

「ああ、瑠璃さんは知らないんですねぇ。ほら、三人もいるもんだから、〝聖女様〟って呼んでも誰のことかわからないでしょう？　だから区別するために、誰が呼び始めたのか私たちを捩《もじ》った色をつけたみたいですよー」

なるほどね、言われてみればたしかに。

「じゃあ黄華さんが黄色で私が……青かな？」

「正解！　ルリさんは〝青の聖女様〟って呼ばれてますよ」

なんか戦隊モノっぽいけど、恥ずかしい名前つけられるよりマシだな……とホッとした。

「あ、今恥ずかしい名前じゃなくてよかった〜って思いましたね？」

黄華さん、なんでわかるんですか。

「私も思いましたからね」

ですよね。

そこで気になっていたことを聞くため、ルイスさんに聞こえないよう、小声で黄華さんに尋ねる。

「ちなみに、ステータスに載っている〝祝福の聖女〟とか〝粛清の聖女〟なんていう名称は……」

「私たち三人以外には知らせていません」

うん、恥ずかしいもんね！

「じゃあ俺、そろそろ行きます。陛下たちの後にやる予定なんで、よかったら俺の勇姿も見ていってくださいねー！」

そう言うとルイスさんは仲間の騎士さんたちと一緒に去っていった。そんなルイスさんは、一緒にいる先輩らしき騎士さんたちに肩や頭をポンポンされている。

仲良しだなぁ。

「……ははぁ。なるほど、噂は本当だったんですね」

「？　なにか言いました？」

「いえ別に。あ、ほら始まるみたいですよ」

黄華さんが指さす方を見ると、陛下と紅緒ちゃんが並んでいる向かいに、レオンハルトさんの姿があった。

三人は訓練場の中央で二、三言話すと、レオンハルトさんが離れた所にいた三人の騎士さんたちに並んだ。

すると、開始を知らせる鐘が鳴らされた。

その音と同時に陛下とレオンハルトさんの姿が消えた、ように見えた。

え!?と驚いていると、ちょうど中央で剣を交えており、剣同士のぶつかる音が響く。

目にも留まらぬ速さという感じで、その音の響きだけでも激しさが伝わる。

怪我はしないだろうかとハラハラしていると、後方から紅緒ちゃんの魔法が発動される。

炎の魔法だ。

現れたそれは、まるでドラゴンのような形になり、レオンハルトさん以外の騎士さんたちに向かっていく。

それにすぐに反応したひとりの騎士さんが全員の体の周りに水の膜を張り、また別の騎士さんが自身の剣に冷気らしきものをまとわせている。

「速い……」

かと思えば、すばやく炎のドラゴンをないでいく。

「くっ……！」

悔しそうに顔をゆがめた紅緒ちゃんが次の詠唱《えいしょう》に移ろうとすると、組み合っていた陛下が打ち合いをやめて、紅緒ちゃんのそばへと跳んできた。

「なんだ、お得意の火属性魔法の威力はそんなものか？」

「うるっさいわね！　アンタこそ団長相手に競り負けてんじゃないわよ！」

「はっ！　減らず口め。俺の剣に魔力をまとわせろ。すぐに終わらせてやる」

眉間の皺を深めた紅緒ちゃんだったが、黙って魔力を陛下の長剣に乗せていく。

先ほどは気づかなかったが、紅い瞳は金色に輝いていた。

「紅蓮剣《ぐれんけん》」

そう陛下がつぶやいたかと思ったら、一瞬でレオンハルトさんを抜いて騎士さんたちに切りかかった。

「！　消えた!?」

冷気を剣にまとわせた騎士さんがなんとか一撃目を防いだが、衝撃の強さに弾かれた。

陛下は勢いそのままに剣を振り、うしろから狙っていた騎士さんをふたり、まとった炎でなぎ払おうとする。

「ほう、よく避けたな。だが、甘いな」

その時、剣から放出された炎がまるで蛇のように螺旋《らせん》を描いて騎士さんたちに襲いかかった。

「氷壁《アイスウォール》」

レオンハルトさんの静かな声を合図に、騎士さんと炎との間に分厚い氷の壁が現れた。

炎の熱で氷のほとんどが溶けたものの、炎は勢いを弱め、剣に戻っていくかのように消えていく。

「終わりです」

ハッとして紅緒ちゃんを見ると、いつの間にか紅緒ちゃんのうしろに回っていたレオンハルトさんに、腕を取られた上剣も向けられ、固まっていた。

「ちっ、やられたな」

「カイン様は前ばかり見すぎなんですよ。〝赤の聖女様〟を守ることも考えてください」

悔しそうな陛下とやれやれとため息をつくレオンハルトさん。紅緒ちゃんはまだ固まっている。

「おい、そいつから手を離せ。ろくに経験のない女にお前の顔は毒だ」

「……失礼しました」

わずかに顔をしかめた陛下の言葉に、レオンハルトさんがそっと手を放し距離をとる。

「な、なっ……失礼ね！　私だって恋人のひとりやふたり……」

「いるのか？」

すかさず聞き返す陛下に、紅緒ちゃんはうっとのけ反る。

「いっ、いないけどっ！」

いないのね。

真っ赤な顔の紅緒ちゃんを見てると、親近感湧くわぁ。

まあ、女子高生とアラサーとでは天と地ほどの差があるけどね。

……別にいいんだもん。

ちょっぴりいじけた気持ちになった時、なにげなく訓練場の方へ目をやると、レオンハルトさんと目が合う。

「っ！」

わずかだが微笑んでくれて、鼓動が跳ねた。

あわあわしてると、黄華さんがあきれたようにこちらを見てくる。

「はぁ……。紅緒ちゃんといい、初《うぶ》な人ばっかりなんですね。これは私が苦労するパターンですか？　嫌だわぁ、私はおもし……傍観者でいたいのにー」

今、おもしろがりたいって言おうとしませんでした？

ジト目で黄華さんを見ていると、レオンハルトさんが観覧席に近づいてきた。

「ルリ、来てくれてうれしい。実は今夜、そちらに泊まらせてもらうことになったんだ。早めに帰れると思うから、子どもたちとも一緒に夕食をとろう」

「あっ！　はい、レイ君とリーナちゃんも喜ぶと思います。お待ちしていますね」

ふっと笑うと、そのまま陛下たちの方へと戻っていった。

心臓に悪いから、あの笑顔はやめてほしい……。

そしてそのまま陛下や紅緒ちゃんと訓練場を出ていってしまったので、少しホッとする。

「よかったですねぇ。あ、寝不足はお肌に悪いですから、ほどほどにした方がいいですよ?」

「なんですかその忠告!? 心配しなくてもいつもの時間に寝ます!」

もう疲れた……。ルイスさんの訓練を見たら、帰ろ……。

＊　＊　＊

紅緒たちと別れたカインとレオンハルトは、ふたり並んで団長室へと向かっていた。

「ずいぶんと気に入っているんだな、レオン」

「ええ、まあ」

普段見せない穏やかな表情に、さすがのカインも目を丸くする。

「……驚いたな。噂は案外間違っていないということか? 女嫌いかと思っていたのだがな」

「女性が苦手なだけで、嫌いなわけではありませんよ。実際、姪はかわいいですしね。ああ、実家のメイドたちの中にも信頼できる者が何人かおります」

それでも、浮いた噂のひとつもなかったこの男がとカインは思う。

「……守ってやれよ」

「命に代えても」

カインは、その静かな誓いにうなずき返した。

＊＊＊

「あらぁ？　もうこんな時間だわ。ごめんなさい瑠璃さん、私そろそろ……」

「あ、ごめんなさい長々と付き合わせてしまって。ひとりで帰りますから、どうぞ行ってください」

「ありがとうございます。では、また会いましょうね」

これから紅緒ちゃんと一緒に魔法講座を受けるとのことで、黄華さんは護衛の騎士さんと一緒に急ぎ足で去っていった。

一応私にも王宮に来ている間、護衛をしてくれる騎士さんがついている。

「すみません、そろそろ帰ります」

「はい。馬車を手配してありますので、そちらまでご案内いたします」

ひとりで帰るとか言ったけど、結局いろいろお世話していただいている。

護衛も初めはいらないと言ったのだが、それが仕事だからと言われてしまってはお願いするしかない。

いつもその時々で違う人が担当してくれているんだけど、たぶんみんな貴族出身だと思う。

聖女の護衛は王族と一緒で第一騎士団がする、ってレオンハルトさんが言ってたっけ。

そんな人たちに護衛してもらうのもやっぱり申し訳ないので、毎回ちょっとしたお礼を渡すことにしている。

「ありがとうございます。あの、これ、よかったら。お口に合うといいのですが」

小袋に包んだチョコチップクッキーを渡すと、目に見えて喜色《きしょく》を滲ませた。

「ありがとうございます。これが……。大切にいただきます！」

ん？　これが？

「あの第二の団長を落とした手作りクッキーだと、我々の間で評判なのですよ」

「あ、そうなんですね……」

もう、否定するのも疲れた。早く帰ろ……。


「るりせんせい！　おかえりなさい！」

ああ、天使がいる。

「たっ、ただいまぁ！　リーナちゃん、会いたかったぁぁぁ！」

私の癒やしが笑顔で出迎えてくれて、私は思わず力いっぱいリーナちゃんを抱きしめた。

「どうしたの？　るりせんせい」

「きっとお疲れなんだよ。王宮はいろんな人がいるからね」

そうなの、レイ君！

魔王様とか、からかうのが好きな聖女様とか、笑顔が核爆弾並みの破壊力の騎士様とか！

「だから、しばらく先生を休ませてあげよう？　リーナ」

「……うん」

気遣ってくれる様子のレイ君と、うつむいてしょんぼりしながらも、疲れているもんねと我慢しようとしてくれるリーナちゃん、控えめに言ってもかわいすぎ。

君たちはずっとそのままでいてね……。いつまでも私の心のオアシスでいてください。

「大丈夫！　私が留守の間、たくさんお勉強してたんでしょう？　夕食まで一緒に遊びましょう。あ、そういえばレオンハルトさんが今日は泊まりに来てくれるって言ってたわ。一緒に夕食をとろう、って」

「ほんとう!?」

「叔父上が？　よかったな、リーナ」

先ほどの沈んだ表情などどこへやら。パッと明るい笑顔を咲かせるリーナちゃんと、あまり表には出さないが大好きな叔父様の来訪を喜ぶレイ君。

ちょっと、かわいすぎませんか？　うちの子たち。

「ふふ。じゃあそれまで、なにして遊ぼうか？」

ふたりに癒やされて元気が回復してきたから、なんでもお付き合いしちゃいますよ！

「あのね、おえかきしりとり、したいな」

「いいね！　レイ君も一緒に……」

「いえ！　僕は少しやることがあるので、これで失礼します！」

そう言うと、レイ君はまた夕食の時に！と足早で去っていってしまった。

「？　どうしたんだろう、レイ君」

「「ふっ！」」

噴き出すような声のする方を見ると、セバスさんとマリアが肩を震わせていた。

「？　なに笑ってるの？」

「ふっ！　い、いえ、それが……」

「ダメですよマリア。坊っちゃまの名誉のために……ふ、んんんっ！」

……察した。レイ君、恐らくかなり独創的な絵を描くのね。

天才侯爵令息のその画力、いつか見せてほしいです。


リーナちゃんの部屋に移動すると、早速並んで座り、ふたりでお絵描きしりとりを始める。

「えっと、〝ひよこ〟だから……。こ、こ、あっ！　これにしよう！」

私が描いたひよこの隣に、リーナちゃんが一生懸命描いていく。

うーん……花なのはわかるんだけど、そこまで詳しくない私にはレベルが高い。

こ、こ、コから始まる花？　コスモスじゃないよなぁ……小さい花がたくさん……あ！

「ひょっとして、コデマリ？」

「あたり！　つぎは、〝り〟だよ！」

入園式でよく生けられてたもんね！　あたってよかった……。

リーナちゃん、本当に花に詳しくてびっくり。

「失礼します。リリアナお嬢様、ルリ様、お夕食の準備が整いました」

控えめにノックの音を立てて、マーサさんが呼びに来てくれた。

「れおんおじさま、きた!?」

「はい、レイモンド様とお話ししておいでですよ」

リーナちゃんがさっと立ち上がる。眉が上がって瞳がキラキラしていて、うれしそうなのがわかる。

私はちょっと緊張する、かも。ドキドキしてるわけじゃないからね!?

「るりせんせい、いこ!」

誰に対してだかわからない言い訳を心の中でしていると、無邪気な笑顔でリーナちゃんに手を引かれる。

「う、うん。行こうか」

そう答えると、私の笑顔がひきつっていたのか、リーナちゃんが眉尻を下げて問いかけてきた。

「るりせんせいは、れおんおじさま、きらい?」

「え……」

「わたしは、ふたりともすきだから、なかよくしてほしいなっておもうけど……。でも、るりせんせいは、ちがうの？　きらい？」

しまった。

こんな小さい子に心配かけてしまっているなんて……。

申し訳なさでいっぱいだ。

「ううん、違うよ、嫌いじゃない。レオンハルトさんはとっても優しいし、いい人だってわかってるよ。でも、うーん、なんて言うのかな……」

うまく言葉にできなくて頭をかかえる。

それを不安げに見つめるリーナちゃんを見ると、ちゃんと話して誤解を解かなくてはと思う。

「先生も、よくわからないんだけど……たぶん、恥ずかしいんだと思う」

ぽつりと出た言葉は、自分の気持ちに合っていると思った。

「はずかしいの？」

「うん。だからちょっと変なこと言っちゃったり、嫌いなのかな？って思われるようなことをしちゃったりするかもしれないけど、嫌いにはならないから。安心して？」

「じゃあ、すき？」

「ええっと……そ、そうね、好きか嫌いかと言われたら、好きだと、思う……」

いやぁぁぁぁー！　恥ずかしい！　なにコレ!?

ちょっとマーサさん、そんな端っこで気配隠して生温かい目で見つめないでください！

「さ、さあ！　皆さんを待たせたらいけないし、行きましょう！」

無理やり話を終わらせたのは、仕方ないことなのだ。

皆揃っての夕食会は和やかに行われ、レオンハルトさんともわりと自然に話せていたと思う。

初めは少し心配そうに見ていたリーナちゃんも、私たちが会話しているのを見て安心した様子だった。

ごまかさずにきちんと話しておいてよかった。

ほっとしていると、エドワードさんが話を振ってきた。

「そういえば、ルリも今日は王宮に来ていたんだろう？　聖女様方とは仲よくやっているのか？」

「はい。やっぱり同郷なので、これからも親しくさせてもらいたいと思います」

ちょっぴり個性的な方々ですけどとは言わない。

「私も黄の聖女様と一緒のところを見たが、まるで姉妹のようだったな。うまくやれているようで、よかった」

ああああーまた出ました〝魅惑の微笑み〟。

この人、ステータス見たらそんな名前のスキル出てくるんじゃないだろうか。

そんなアホなことを考えていると、エドワードさんも安心したように笑う。

「そうか！　まあ、ルリの考えもあるだろうが、この世界で交友関係を広げるのもいいと思うぞ」

「そうね、アメジスト先生や弟さんとも親しくしているようだし、あなたの大切な人が増えるのは、私たちにとってもうれしいことだわ」

エレオノーラさんも優しく微笑んでくれる。

「――はい、ありがとうございます。私も、少しずつこの世界での居場所をつくっていきたいと思っています」

以前よりも、もとの世界を思って涙を流すことは少なくなった。

忘れることはないんだろうけど、少しずつ、この世界を受け入れているのだろう。

そこできゅっと服の裾を掴まれた。リーナちゃんだ。

「大丈夫、ありがとう」

「……うん」

「ルリ様。僕たちは、ルリ様にいつもうれしい気持ちをいただいています。だから、困った時は力になりますからね。いつでも頼ってください」

レイ君も、うれしい言葉をくれた。

……本当に、優しい人たちばかりだ。

転移してきたのが、この家でよかった。心から、そう思う。


その夜、リーナちゃんはすっかり眠ってしまったが、私はまだ子守歌を歌い続けていた。

郷愁、なのだろうか。それとも、もとの世界との別離に対する慰み？

いつもの子守歌だけで終える気持ちにはなれなくて、二曲目に入る。古きよき日本の歌。

若い子は古くさい、なんて言うのかもしれないが、私はわらべ歌が好きだった。

独特の曲調が、心に響く。

「また、新しい歌だな」

「レオンハルトさん……」

どうやらぼんやりしながら歌っていて、気配に気づかなかったらしい。

「リリアナは……ああ、よく眠っている」

レオンハルトさんは、さらりとリーナちゃんの頬にかかった髪を横に流してやり、優しい表情でおやすみとつぶやいた。

薄暗い部屋で月の光だけが差し込む中、レオンハルトさんがちらりと私を見た。

「この子が夢見の悪かったことを、知っているか?」

「あ、はい。寝入りや寝起きもよくなくて、泣くことが多かったとか……」

「ひどく人見知りだったことも、知っているな?」

こくんとうなずく。

「リリアナは、光属性魔法に特化しているらしくてな。小さな体では大きな魔力をコントロールすることが難しく、悪意あるものに敏感だったり、それを引きずったりしていたようだ」

レオンハルトさんの話では、最近受けた王宮の鑑定士による魔法鑑定で、リリアナちゃんの特性に気づいたらしい。

恐らく私という存在がその歪《いびつ》さを緩め、癒やしの歌で魔力の流れをうまく導いたのではないかとエドワードさんも考えたのだとか。

「人のうしろに黒い靄《もや》が見えると話してくれたことがあったのだが、きっとそれが人の悪意だったのだろう」

私たちは人間だ。善良な部分だけで生きている人なんていない。多かれ少なかれ、悪意は私たちの中に存在する。

「この子を救ってくれたこと、皆感謝している。……ただそれだけでも、あなたは私たちにとって大切な存在であり、あなたにとっては不本意な召喚も、私たちにとっては奇跡的な出来事だった」

私自身も救われたことだしな。

その言葉に、今まで見ないふりをして抑えていた感情がどっとあふれ出し、私の頬を涙がひと粒、ふた粒と伝っていった。

静かに泣く私を、レオンハルトさんは優しく抱きしめてくれていた。何度も、すまないと謝りながら。

メイドさんたちの話を聞いて、もう帰ることはできないだろうと知ったあの日から、この世界で生きていくことを考えていた。

もう、大丈夫だと思っていた。

それでもやっぱり、私の中には、どうして?という気持ちが残っていたのだろう。

それが、涙になってこぼれた。

だけど、レオンハルトさんの腕の中は温かくて。つらそうに謝る声に、もういいよ、って言ってあげたくて。

――涙が止まった。

すんと洟《はな》をすすって顔を上げると、レオンハルトさんと目が合う。綺麗なアイスブルーの瞳は、冷たさなど感じないほどに、いたわりの気持ちであふれていた。

「ルリ……」

そっと頬に手が添えられた。

あ、と思った時には、その端正な顔が近づいてきて――。

「うーん」

……ぱっと離れた。

「……」

「すまない」

謝らないでください！　居たたまれなくなるからぁぁぁ！　今、キス、しそうだった⁉

それで、リーナちゃんが声を出して、我に返って……。いやぁぁぁぁーーー！

忘れて！　もう忘れて！

さっきまでのシリアスを返してーーー！

心の中で絶叫を繰り返していると、レオンハルトさんがおもむろに手を差し伸べてきた。

「……少し、外に出ないか？　聖女召喚について、伝えておきたいことがある」

「……はい」

冷静さを取り戻して、彼の手にそっと自分のそれをのせる。

すると安心したように息をつき、きゅっと握られた。手、つないでいくんですね。

ゴツゴツしてるけど、温かい……。

夜の庭園はひっそりしていて、誰もいなかった。

でも花はたくさん咲いているし、月の光も穏やかで寂しい感じはしない。

「寒くないか?」

「はい、大丈夫です」

むしろさっきの熱が残っていて風が心地いいくらいです……。

「それで、聖女召喚のことだが――」

それから、レオンハルトさんは私たちを召喚することになった経緯を話してくれた。

――カイン・アレキサンドライト陛下、御年二十歳。

先の王が流行り病により崩御したために、予定よりも早く即位することとなった。

前王の治世はとても平穏で、瘴気もそれほど濃くなく、魔物もある程度の討伐をすれば問題なく暮らせていた。

しかしそれは、前王が持つ魔力が少なからず関係していた。彼は、まれに見る聖属性魔法の持ち主だった。

それを知るのは信用できる側近のみで、民はもちろん、貴族たちのほとんどが彼の魔力の恩恵を受けていると知らずに毎日を過ごしていたのだ。

前王は、その力を使って結界をつくっていた。

それほど強い結界ではなかったが、瘴気は間違いなく薄まっていた。

だが、ある時その均衡が破られた。

なにが原因だったかは、今でもわからない。瘴気が、日に日に濃くなっていったのだ。

前王は自分の手に負えないと気づいていたが、だからといって結界を解くわけにはいかなかった。

そして前王は間違いなく、無理をしていた。そしてそれが、命取りとなった。

流行り病にかかると、弱った体は回復することなく、呆気なくこの世を去ってしまったのだ。

当時の王太子、カインはゆっくりとその死を悼《いた》むことも、悲しむことも許されなかった。

急速に進められた即位。山のような公務の数々。

ますますひどくなる瘴気と魔物への対応。民の不安。

家臣たちは、聖女召喚の儀式を願い出た。

聖女――古来より、幾度となく行われた儀式により喚び出された聖女は、国を安寧へと導いた。

時にはその知略で。時にはその癒やしの力で。

家臣たちがそれにすがるのも、また仕方のないことだった――。

「そして、理由は解明されていないのだが、聖女が降り立つと、瘴気が清められるんだ。事実、ルリたちが召喚された日を境に、瘴気が薄まっている。魔物の発生報告も激減しているんだ」

「そうなんですね……。引きこもっていても、役には立てていたんですね」

「……カイン陛下は、最後まで反対されていたんだ」

「え？」

「自分たちの身勝手な事情で、人の人生を狂わせるわけにはいかない、と。異世界から女性を喚び出す。言葉にするのは簡単だが、その女性はどうなる？　右も左もわからない異世界で、たったひとり、聖女として立たされて。うまくいかなければ批判されるのか？　そんな馬鹿な話を、正当化するのか？と……。まあ、三人いたのは、想定外だったが」

そこでようやくレオンハルトさんの表情が緩む。

「そうですね、自分のほかにも同じ境遇の人がいるというのは、とても心強いです。でも、意外でした。それは、その、まさか陛下が……」

「ああ、見た目だけなら完全に悪役だからな、あの人は」

私は、カイン陛下の姿を思い浮かべた。燃えるような短めに整えられた紅い髪、意志の強さが表れた黒い瞳。

長身で、ガッチリしてて、軍人さんだと言われた方がしっくりくるかもしれない。

正直、威厳というより威圧感があって、冷静というより冷たい雰囲気。

……おまけに、口も悪い。

そんな人が、私たちのことをそんなふうに考えてくれていたなんて。

「……結局、儀式を行うことにしたのは、私や魔術師団の団長、宰相《さいしょう》の強い願いに折れてくれたからなんだ。責めるなら、私たちを責めてくれ。そして、許されるなら、あなたを守る権利を与えてほしい。ひとりの女性としてのあなたに惹かれたんだ。ただ、もしこの気持ちが受け入れてもらえなくても、私たちにはあなたたちを守る義務がある」

ひざまずき、私を真っすぐ見つめるその瞳には、強い覚悟が見えた。

「……立ってください。事情は、わかりました」

きっと、紅緒ちゃんや黄華さんは、この話を知っているのだろう。私たちを喚んだのは、生半可な気持ちからではないのだと。

そして罪の意識に苦しんだ人も、少なからずいることを。

「ひとりではないのだと、ここにいてもいいのだと、ようやく思えるようになりました。知らないところで守られていたことも。私に、なにができるかはわかりません。でも、力になりたいと思います。まあ、紅緒ちゃんみたいに魔物退治とかは、無理ですけど……」

攻撃魔法なんて、使ったことないし。

「だから、そんなにつらそうな顔をしないでください」

「――感謝する、青の聖女殿」

その日以来、私は聖女としての役割を考えるようになった――。

私にできること

聖女の役割とはなにか――とかなんとか言ったものの、そんなにすぐに自分になにができるかなんて思いつくわけもなく。

「ルリ先生！　見てーできたー！」

私は、孤児院にいた。

今日はクレアさんもルイスさんもいない。私ひとりで来ている。

――まあ、護衛の騎士さんはいるのだけれど。

「ルリ様、お召し物が汚れていますが……」

「ああ、いいのいいの。それが砂遊びの醍醐味なんだから！」

「はあ……。ルリ様がいいのであれば止めませんが、節度はお守りくださいね？」

この、ちょっぴり過保護な護衛さんがアルフレッド・サファイアさん。

最近決まった、〝青の聖女〟の護衛騎士さん。

ブルーグレーの理知的な瞳に、胸くらいまである濃紺の髪を緩く結んでおり、頭脳派！って感じのクールな見た目で、紳士的な人だ。

アルフレッドさんと呼んでいたら、アルで結構ですと言われたので、そう呼んでいる。

私のことも、〝聖女様〟じゃなくて名前で呼ぶようお願いした。

子どもたちにも、院長先生にお願いして、聖女であることは内緒にしてもらってるしね。

アルは落ち着いているので年上かな？と思っていたけど、同い年と聞いてびっくり。

そしてなんとこの方、公爵家のご子息！

『とはいっても自分は三男なので。家督《かとく》を継ぐこともないでしょうし、気にしないでください』と言われてしまい、迷ったが普通に接することにしている。でも、この年で第一騎士団の隊長さんだったんだって。

エリートってやつね。

このたび私の護衛に任命されて、聖女専属の隊に異動となったらしい。異動後の職務が私の護衛とか……もったいなくないですかね？

私が行くのなんて孤児院か市場くらいだけど、そうそうなにか起こるような場所でもないし。

私の護衛なんてつまらなくて嫌じゃないですか？と一度聞いたことがあるのだが、なに言ってんの？みたいな顔をされた。

どうやら聖女専属の隊への異動は、昇格らしい。

とても名誉なことなんですよ？と言われたが、よくわからない。

でもまあ一緒にいて嫌な人ではないし、これからお世話になるのだから、仲よくしていきたい。

「よーし！　先生もケーキ、たくさん作るよ！」

実は先日、砂場があればいいのにとポロリとこぼしたのをクレアさんに聞かれ、砂場とはなんですか？と事細かに聞かれていた。

そこで簡単にだが砂場の説明をすると、クレアさんはしばらく考え込み、ルイスさんを呼んだ。

ルイスさんは土属性魔法が得意なんだって。

話を聞いたルイスさんは、すぐに魔法で砂場をつくってくれたのだ。ついでにバケツとかスコップとか、お砂場セットもおねだりしてみた。

クレアさんが知り合いの職人さんに作ってもらいますと請け合ってくれて、ラピスラズリ邸に届いたのが昨日。

早速届けに来た、というわけだ。

まずはカップを使ってお砂ケーキ作り！

「るりせんせぇ、ぐしゃってなっちゃう……」

すっかり元気になって一緒に外で遊んでいたリリーちゃんが、泣きそうになりながら訴えてきた。

「あー本当だ。なんで崩れちゃうんだろう？」

「それねー、上からぎゅってするといいよ！　しないと、弱いから逆さまにした時こぼれちゃうの。お水ちょっと混ぜてもうまくできた！」

七歳のラナちゃんが得意げに教えてくれた。

おお、賢い！　すぐに砂の性質に気づいたようだ。

「ぎゅーって押さえるんだって！　やってみよう？」

「うん！」

リリーちゃんはラナちゃんに教えてもらいながら、一生懸命カップに砂を詰めていく。

うん、やっぱり子ども同士の方がいい。

大人が答えを教えるのは簡単だけど、それじゃあ発見の喜びとか、子ども同士の仲間意識は芽生えにくい。

「じゃあ、カップ取ってみて！」

「できるかな……えいっ」

リリーちゃんがカップをそっとはずすと、そこには綺麗に固まった砂のケーキがあった。

「わあ！　できた！　できたよ、るりせんせぇ！」

ラナちゃんが手を出しすぎず上手に教えてくれたので、リリーちゃんも達成感を味わうことができたみたいだ。

「ホントだ、おいしそう〜！　よ〜し、じゃあ先生はもっとおいしくするためにデコレーションしようかな〜？」

そう言って孤児院の周りに咲いている花の花びらや木の実、葉っぱなどでケーキを飾っていく。

「うわぁぁぁー！　かわいいーーー！」

周りにいた女子たちも目をキラキラさせて覗き込んできた。

「あたし、あっちから赤い実取ってくる！」

「こっちに黒いのもあったよ！」

「あそこにきいろのおはな、さいてるのみた！　いってくる！」

そして方々に散らばり、素材を集めに走っていった。

やっぱりね、女子は絶対食いつくと思った！

さて、大きなバケツの砂ケーキを作っておいてびっくりさせようかな。

皆の驚く顔が楽しみでせっせとバケツに砂を詰めていると、アルが声をかけてきた。

「子どもたちをのせるのがお上手ですね。それにとても楽しそうだ」

「楽しいからね！　一緒に楽しめば、子どもも夢中になってくれるものよ」

仕方のない人だと苦笑いして、アルは私の頬っぺたについていたらしい泥を拭ってくれた。

「あれ、ついてた？　ありがとう」

「いえ。後で私の洗浄魔法で綺麗にしますから、気にせず遊んでください」

「へえ、魔法でそんなこともできるのね。今度教えてくれない？」

「かしこまりました、ルリ様」

＊　＊　＊

「ねぇねぇ、あれ、いい雰囲気じゃない？」

「うーん、レオンハルトさんに手ごわいライバル出現？」

「でも、アルフレッドさんも素敵よね」

「たしかに。でも私はレオンハルトさん派かなー」

「らなおねぇちゃんたち、なにはなしてるの？」

「リリーにはまだちょっと難しい話だから、気にしなくていいのよ～」

少し離れた所で女子たちに噂されていることなど露知らず、瑠璃は一生懸命バケツケーキを作っていた。

＊　＊　＊

孤児院からの帰り道、私は真新しいがシンプルな内装の馬車でひとり揺られていた。

なんと、王宮から私専用の馬車が贈られたのだ。

でも出先は市井ばかりなので、できるだけ目立たない、簡素なものにしてもらった。

キラキラ豪華な馬車で町中を走ってたら、悪目立ちするからね……。簡素といっても、十分広いし乗り心地もいい。

なので私もとても気に入っている。

ちなみに御者はアルが引き受けてくれた。なんだかんだ言いつつ、彼にはすっかり甘えてしまっている……。

「ルリ様、もうじき侯爵家に到着しますよ」

「うん、ありがとう」

アルに声をかけられ外を見ると、ラピスラズリ邸と広大な庭園が見えてきた。

季節は、初夏。

こちらの世界……というかこの国にも季節はある。春夏秋冬、日本とは違って梅雨はなく、夏は汗ばむくらいで、冬も困るほど雪が降ることはないらしい。

雪遊びは楽しいけど、豪雪地帯は大変だもんね……。灼熱もつらい。その点、ここではそんな心配がないので、とても過ごしやすい。

そんな恵まれた気候のため、植物もよく育ち、畜産も盛んとあって、国も豊かだ。

近年魔物の多発という問題はあるらしいが……。まあ、とりあえず食べ物には困らない。

転移したばかりの頃リーナちゃんと一緒に植えた野菜も、なんとすべて立派に生長し、収穫の時期を迎えた。

明日、それらの野菜を一緒に収穫してお料理しようと、リーナちゃんと約束している。

わーい！　なに作ろう⁉

トマトとキュウリはやっぱりサラダかな？

ナスとトマトを使ってラタトゥイユもいいなぁ。メロンはデザートだよね……。あっ！

いいこと考えた！

「ルリ様、どうぞお手を」

「えっ⁉　あ、もう着いたのね」

「とてもいい顔をされていたので、声をかけようか迷ったのですが……。なにを考えていたんです？」

クスクスと、仕方がないと言わんばかりに微笑まれると、恥ずかしくなる。

によによ笑ってるところを見られるなんて……。

「その、明日は収穫した野菜でなにを作ろうかな、って。春に種を植えたものが食べ頃になったから、リーナちゃんと料理の約束しているの」

赤くなった頬を手のひらで隠しながら答えると、アルがキョトンとした顔をした。

「ラピスラズリのお嬢様と？　収穫に料理、ですか？」

「あれ、知らなかった？　リーナちゃん、植物育てるのも料理も好きよ？」

なにかおかしなことを言っただろうかと聞き返すと、意外な答えが返ってきた。

「いえ、普通貴族の令嬢は野菜を育てたり料理をしたりはしないので……」

「ええっ!?　そうなんだ、私よくないこと教えちゃったかな……」

農作業はともかく、料理はもとの世界じゃ女子の嗜《たしな》みみたいに言われていたから、こっちでもそうなのかと……。

「いえ。まあ、私はいいと思いますよ。食べ物の大切さや作る苦労を知るのも、大切なことだと思います」

なぜか遠くを見ながら、しみじみと言われた。食べ物でなにか苦労があったのだろうか……。

……今は聞かないでおこう。

そして翌日、天気は快晴！

早速アルトおじいちゃんに挨拶して、リーナちゃんと三人で畑へ向かう。

ハサミで切る部分が野菜によって違うから、ちゃんと教えてもらってから収穫するよ。

「う～ん……ここ？　えいっ！」

パチン。

「わああ！　とまとだー！　みてー！」

コロンと手のひらにのったプチトマトは、つやつやしていてとてもおいしそうだ。

「うん！　上手にできたね！　おいしそう」

「はは、まだまだあるからのう。がんばって採っておくれ」

キラキラしたリーナちゃんの笑顔に、アルトおじいちゃんもうれしそうだ。

「よーし！　私も負けないよ」

今日はたくさん収穫して、野菜をおいしくいただくぞー！

――そして一時間後。

籠いっぱいの野菜を持って、私とリーナちゃんはテオさんの所にいた。

「おっ！　こりゃあ……これ、ホントにお嬢様が作ったのか？」

「そうだよ。りーなは、やさいのおかあさまだもの！」

エレオノーラさんの言葉をきちんと覚えていたリーナちゃんは、得意げに答えた。

「ははは っ！　こりゃあいい。リリアナお嬢様は素質があるな。こんないい野菜、最近あまり見ないぞ」

テオさんも大絶賛の野菜たち、これは期待できる！

「じゃあすみませんが、またいつもの場所、お借りしますね」

「ああ、好きに使ってくれ！」

俺の分も多めに作れよといつもの催促をして、テオさんは自分の作業へと戻っていった。

私が聖女だと知ってからも変わらない態度で接してくれるのが、とてもうれしい。

もちろんです！と答えて、準備開始。

手を洗っていると、タイミングよくマリアがやって来た。

「お待たせ！　ほら、市場でおいしそうなベーコンと海老、買ってきたわよ！　あ〜楽しみだわ、ルリの料理！」

「ありがとう。じゃあまずは野菜たちを切りましょう！」

マリアにも手を洗ってもらい、三人で調理スタート！

あ、ちなみに子ども用の包丁も、テオさんに相談して作ってもらいました。

まだ恐る恐るだけど、やっぱり切る、って作業が自分でできると料理してる！って感じするよね。

「まずは玉ねぎね。リーナちゃん、皮むきお願い」

玉ねぎの先を切り落として、むきやすくしてからリーナちゃんに渡す。

「うん！　かんたんー！」

初めの頃は時間がかかっていた皮むきも、手慣れたものだ。

「次はくし形切りにするよ。半分に切ってくれる?」

「うん。えっと、ねこのてで……」

慎重に玉ねぎを押さえ、半分に切っていく。

「できた！」

「うん！　綺麗に切れたね。じゃああとふたつもお願い」

リーナちゃんが半分にしてくれた玉ねぎを、私が隣でくし形切りにしていく。

これはもうちょっと包丁に慣れてからかな。

「よし、次は……」

そんな感じで次々と野菜を切っていき、厚めのベーコンはリーナちゃんにひと口サイズに切ってもらう。

材料が揃ったら、いよいよ煮込み。いつもならトマト缶使っちゃうけど、収穫したトマトも完熟で皮ごと食べられるらしいから、きっとおいしいはず！

材料を炒めながら加えていくのは、どちらもリーナちゃんの仕事。味付けだけは私が味を見ながらするけどね。

「お鍋に触らないように気をつけてね。おいしくなーれ、って気持ちを込めて混ぜるのよ」

「おいしくなーれ！　おいしくなーれ！」

うん！　きっと絶品ラタトゥイユになるはず！

さて、あとはゆっくり煮込むだけとなったところで、次はサラダ作りだ。リーナちゃんが切ったり炒めたりしている間にマリアにお願いしていた茹《ゆ》で玉子と茹でた海老が、まだ少し温かいので、まずは野菜から。

「今日はコブサラダを作ります！」

「「こぶさらだ？」」

「うん、こんなふうにひと口サイズに具材を切って並べていくサラダだよ。これなら苦手な野菜も食べやすいし、好きな具材を多めに盛って、それと一緒に食べられるかなと思って」

お子様らしく、海老や玉子はリーナちゃんも好きらしい。

「うん！　えびとたまごとなら、たべられそう！」

「よーし、じゃあ私がまず切りやすい形にするから、こんなふうにサイコロ状に切ってね」

ちょっと細かいので、マリアにしっかりリーナちゃんのサポートに入ってもらう。

キュウリやアボカドなどサラダはやわらかい具材ばかりなので、リーナちゃんも切りやすそうだ。

あ、アボカドはちゃんと変色防止しますよ。レンジもどきで二十秒ほど加熱。

これ、簡単だよね。

テレビで見て感動した技だ。

切り終わったくらいにはすっかり玉子と海老も冷め、殻や皮をむいてお皿に並べていく。

「「うわぁぁあ！　きれー！」」

盛りつけたサラダを見て、リーナちゃんとマリアが声を揃える。

そう、コブサラダってまず見た目がかわいいんだよね。見た目、大事。

そして次が野菜嫌いのリーナちゃんのために考えた、私の秘策。それは、ドレッシングだ。

サラダって、同じ具材でもドレッシングでかなり味が違うと思うのだ。

好みのドレッシングが見つかれば、食べやすいのではないかと。いつも出てくるのは、フレンチドレッシングに近いもの。

でも、それ以外のものはほぼない。

それなら、作ってみましょう！ということだ。

玉子に海老、アボカドなら、マヨネーズ系が間違いなく合う。そこで作るのは、ふたつ。

ゴマドレッシングとオーロラソースだ。

意外と簡単に作れるし、お子様ならオーロラソースは間違いないと私は思っている。

「じゃありーナちゃん、これとこれ、混ぜてね」

「え。ルリ、マヨネーズとケチャップ混ぜちゃうの？」

うん、知らない人からしたら驚きだよね。でもね、これがヤミツキになるのよ……。

「あとレモン汁も少し入れるよ。ハーブソルトもね」

大人なら粗挽《あらび》き胡椒《こしょう》もおいしいと思う。

「ちょっと味見してみない？」

促してみると、こくこくうなずいたふたりは、指先にソースをつけてペロリとひとなめ。

「……お、おいしい！」

「これ、すき！」

お気に召したようだ。

「よかった。ゴマの方もおいしいんだよ。まあ、でもとりあえず夕食までの我慢ね」

これで夕食の二品は完成。

テオさんと、アルトおじいちゃんの分もあるので少し多めに作った。さて、お昼の軽食をいただいてリーナちゃんを寝かしつけたら、こっそりあれの準備もしなくては。

そしていつも通りリーナちゃんがすやすや寝てくれたので、マリアに任せてもう一度厨房へ。

私も子どもの頃好きだったコレ、リーナちゃんやレイ君も気に入ってくれるといいなぁ……。

サプライズの下ごしらえを終えて厨房を出ようとすると、セバスさんとマーサさんが入ってきた。

「え、レオンハルトさんが？」

「はい、旦那様と自宅でお話ししたいことがあるらしく、レオンハルト様は遅くになりますが、少しだけこちらに寄られるそうです」

相変わらず忙しいんだなぁ……。

「それで、レオンハルトさんの分の食事も用意しておいた方がいいんですね？」

「ええ……お願いできますか？　急で申し訳ありませんが、レオンハルト様はルリ様の作るお料理がお好きなので、きっと元気が出ると思うんです」

うーん、そう言われると照れるけど悪い気はしないよね。

「大丈夫です、まだリーナちゃんもしばらく起きないでしょうし、今のうちに準備しておきますね！」

ありがとうございますと言うと、ふたりはホッとした様子で出ていった。それにしても、なにを作ろうか？

遅くなるなら、あんまり重くない方がいいかな？

初夏とはいえ夜はわりとまだ涼しいし、冷たいおつまみ、って感じもしないしなぁ……。

ラタトゥイユは温めて出すとして、パン系？　あ、そっか。

サラダの具材でサンドイッチにしよう！　決まってしまえばあとは簡単だ。

具をたっぷり詰めてオーロラソースをかけたものと、玉子の二種類のサンドイッチ。

とりあえず下ごしらえだけして、仕上げは直前に。あ、明日のお昼につまめる簡単なものも作ろうかな。

楽しくなってきた私は、調子に乗っていろいろ作ってしまったのだった。


「おお、見たことのない料理だが、リーナとルリが作ったのか？」

「うん！　まりあにも、てつだってもらったよ」

待ちに待った夕食の時間。

リーナちゃんは得意げに、エドワードさんに自分で作った料理の説明をしていた。

「収穫したお野菜をたっぷり使いました。採れたてなので、おいしいと思いますよ」

「うわ、本当においしそうだね」

「このサラダなんてとても綺麗だわ。食べるのがもったいないくらい」

ラピスラズリ家の皆さんの反応は上々。

サラダはマーサさんやマリアたちが取り分けていく。

リーナちゃんは大好きな海老と玉子多めで盛ってもらっていた。

「今日はサラダのドレッシングも作ってみたので、お好きな方をかけてみてください」

「このサーモンピンクのやつかい？」

「これはゴマでしょうか？　……あ、おいしい」

ひと口味見してみたレイ君の口にも、合ったみたい。

「まあ、いろんなドレッシングがあると楽しいわね。私、少しずつ取ってどちらもかけてみたいわ」

エレオノーラさんの言葉に、エドワードさんとレイ君も、たしかにとうなずいて真似をしていた。

そうですね！　どちらもオススメですよー！　では、皆でいただきましょう！

「おいしい」

まずその言葉を口にしたのは、リーナちゃん。

海老と一緒にトマトやアボカドも口に入れ、そのおいしさに目を見開いていた。

「とまと、あまい。あぼかども、とろっとしておいしい」

「うん、本当に甘いね。こんなおいしいトマトは食べたことがないよ」

レイ君の言葉に、エドワードさんとエレオノーラさんもうなずいて、次々とサラダを口に運んでいく。

「私はゴマのドレッシングが好きだな。アボカドによく合う」

「りーな、おーろらそーすがすき！」

苦手だったはずのサラダのお代わりをしながら、リーナちゃんがうれしそうに言った。

「こっちのトマトで煮込んだ料理もおいしいわ。これは……ナスかしら？　私、少し苦手だけれど、これなら食べやすいわ」

「厚切りのベーコンもトマトの風味が染み込んで、とてもおいしいです。リーナの育てた野菜、どれもおいしくなったね」

サラダもラタトゥイユも大好評！

リーナちゃんも野菜や料理を褒められて、えへへとはにかんでいる。苦手な野菜もたくさん食べられたみたい。

さて、最後はデザートだね！

「では、デザートの用意をしてきますので、少しだけ席をはずしますね」

そう言って退席すると、厨房へと向かう。

「おう、ルリ！　準備できてるぞ」

「ありがとうございます、テオさん。おかげさまで料理、どちらも好評でした！」

「そりゃ後で食べるのが楽しみだな！　アルトじいさんにも後で俺が持っていくよ。あ、レオン様の分はそっちに確保してあるからな」

頼んだぞと肩を叩かれた。

……この家の人、揃ってレオンハルトさんと私をくっつけたがってるよね、絶対。

それが嫌なわけじゃないのがなおさら困る。

まあとりあえず、今はデザートの準備だ。

そう思い直して、考えるのをやめることにした。

できあがったデザートをマーサさんにも手伝ってもらって運ぶ。

大人は普通にメロンを切ったものだが、お子様メニューはちょっと違う。

「お待たせ、レイ君、リーナちゃん」

「わ、すごい！」

「なんですか、これ？」

ふたりの前に置いたのは、クリームソーダ。

メロンのわたと種を利用して作ったメロンソーダに、バニラアイスを浮かべたものだ。

炭酸水は少し前に出しておいて、まだ小さいリーナちゃんでも飲みやすいように、微炭酸にしてみた。

「クリームソーダでーす！　私も小さい時に大好きだったんだ。アイスはジュースと一緒に掬《すく》って食べてもいいし、ジュースに溶かして飲んでもいいよ」

夜だし量は少なめだけど、普通の長さのスプーンで食べるにはちょうどいい。

ふたりはスプーンで少しアイスを溶かしてソーダをひと口。

「！　おいしい！」

「本当だ。メロンの香りがして、甘い」

ふたりは初めて見る飲み物に、ひと口目は控えめだったけれど、ふた口目からは勢いよくスプーンを口に運んだ。

よかった、ふたりとも気に入ってくれたみたい。

ちょっと味見してみたんだけど、メロンが本当に甘くて、シロップを足さなくても十分おいしかった。

自然の甘みが一番だもんね。

「ルリ……私たちの分はないのかい？」

笑顔でクリームソーダを頬張るふたりを眺めていると、シュンとした表情のエドワードさんがじっと見つめてきた。

「あ、す、すみません。大人は普通にメロンだけです……」

わたと種しか使わないから、そんなに量は作れないんだもん。エドワードさん、そんなに悲しそうな顔しないで。

レイ君の甘いもの好きはパパ似だったのね。

「あら、残念だわ。でもこのメロン、すごく甘くておいしいわね」

「リーナちゃんが一生懸命お世話したからだね！　リーナちゃん、今日はごちそうさまでした！」

エレオノーラさんの言葉で、話題を変えることに成功した。

皆がリーナちゃんを褒め称えている。

おいしいし褒められるしで、リーナちゃんも満足そうな顔をしている。

「りーなはやさいのおかあさまだからね！」

だって。

「まあ、素敵なママになったのね」

エレオノーラさんもうれしそうだ。

「くりーむそーだ……」

エドワードさんまだ言ってるよ……。

今度作ってあげます、って約束させられました。

＊　＊　＊

賑やかな夕食会が終わった後、リリアナが寝付いた頃に、レオンハルトはラピスラズリ家の応接室でエドワードと向かい合っていた。

「今日はどうしたんだ？　王宮ではなく、わざわざ自宅で話など、珍しいな」

「すみません、兄上。王宮だと、あいつの耳に入るかもしれませんので……」

「ああ、シーラ殿のことか。……たしかに、厄介だな」

そうなんですよと、合間にため息をつきながら用件を話すレオンハルトの表情には、疲れが見える。

どうやらよほどシーラ殿にせっつかれたようだとエドワードは同情した。

「それで、どうするんだ？」

「……ルリに決めてもらいます。たしかに、力を貸してもらえるなら、こんなに頼りになることはないと思います。しかし、それを我々が強要するわけにはいかない。聖女はただそこにいるだけでも、とても重要な存在です。彼女たちには、それ以上を求められても断る権利がある」

もう、自分たちは十分恩恵を受けている。

彼女たちには、穏やかに、幸せに暮らしてほしいとレオンハルトは思っていた。

……できることなら、ルリをそうさせるのは自分でありたい、とも。

＊　＊　＊

リーナちゃんを寝かしつけた後、自室に戻ると、レオンハルトさんが数分前に来たとマーサさんが教えてくれた。

小一時間はエドワードさんと話すだろうとのことなので、しばらく魔法書を読むことにした。

ちなみに、聖女だからなのか転移者だからなのか、私には自動翻訳機能がついているらしく、この世界の何語の本であっても読むことができる。

知らない文字の上に日本語がぼやっと浮かぶ感じ？　ほんと便利、チートだわ。

魔法について、リーナちゃんと一緒にレイ君の家庭教師の先生に習うことにしたのだ。

リーナちゃんは先生に慣れてきたし、私も少し魔法について理解してきたけれど、やっぱり魔力が高いのなら、ちゃんとその仕組みや法則を理解しておかないとね。

なにも知らないのに大きな力を持つことほど危険なことはない。というわけで時間を見つけて自習しているのだ。

……四歳前の子に抜かれるわけにはいかないからね。リーナちゃん、すごく覚えが早いのよ。

そういえばレイ君も天才って有名なんだっけ。天は二物も三物も与えちゃういい例よね。

凡人はただ努力するのみですよ。

とかなんとかしているうちに、いい時間になってしまった。そろそろレオンハルトさんの夜食の用意しようかな。

本はキリのいいところで終え、厨房へと向かった。

とりあえずラタトゥイユは温め直しておく。

サンドイッチはしっとりしたのもいいけど、今回はパンを焼いて噛み応えのあるものにする。

スープ系の料理と一緒なら、私はそっちの方が好きだから。

飲み物は……泊まる時はワインとかお酒を飲んでるけど、今日は騎士寮に戻るっぽいこと言ってたし、飲まないかも？

クリームソーダを作るのに使った炭酸水で、はちみつレモンソーダでも作ろうかな。

レモンのはちみつ漬けって、たしか疲労回復によかったはずだ。これにも同じ効果があると信じよう。

最近また忙しいみたいだって聞くし、少しでも疲れが取れますように……。

「ルリ様、お話が終わったようです。レオン様を食堂に案内するよう伝えましたが、よろしいですか？」

「あ、はい！　もうすぐできます。一緒に運んでいただいてもいいですか？」

レモンを輪切りにしていると、マーサさんが呼びに来てくれた。

「もちろんです。……まあ！　綺麗な飲み物ですね。お料理もおいしそうです。きっと、レオン様も喜ばれますよ」

ニコニコとうれしそうなマーサさんは、テキパキとワゴンに料理をのせていく。

うん、喜んでくれるといいな……。


ワゴンを押してくれたマーサさんと共に食堂に向かうと、そこにはもうレオンハルトさんがいた。

まだお仕事モードの服装をしているということは、やはり泊まるつもりはないのだろう。

「すみません、お待たせしてしまいましたか？」

「いや、今来たところだ。こちらこそすまなかったな。夜食までご馳走になるつもりはなかったんだが……」

「そんなことを言って。ルリ様のお料理が気に入っているレオン様のことです、多少は期待していらっしゃったのではないですか？」

マーサさんの言葉が図星だったのか、逸らした目の下がちょっと赤い。

くすっと笑うとレオンハルトさんと目が合った。

「……あなたの料理はおいしいからな。それに、優しい味がする」

「あ、ありがとうございます……」

顔が赤くなるのを自覚したが、マーサさんの存在を思い出して、何事もなかったかのように料理をテーブルの上に並べていく。

最後にドリンクのグラスを置きながら、ちらりと振り返るとマーサさんの姿はなかった。いつ退出したのだろう？

「これはスパークリングワインか？」

「いえ、お酒ではなく、さっぱりした果実水です。柑橘《かんきつ》類、お好きでしたよね？」

「知っていたのか？　ああ、好みの香りだ。明日は早いから、酒でない方がうれしい。ありがとう、ルリ」

レモンの輪切りを浮かべたはちみつレモンソーダを物珍しそうに見つめて、レオンハルトさんがグラスに口をつける。

「！　ほのかな甘さと酸味が絶妙でうまいな」

「本当ですか？　私もこれ、好きなんです！　あ、でも飲みすぎるとお腹膨れちゃうので、食事の時は要注意ですけど」

ふっと笑ってレオンハルトさんはグラスを置いた。

「そうか、では料理の方をいただこう。今回のサンドイッチはなにが入ってるんだ？」

「スタンダードな玉子のものと、エビやトマト、キュウリやアボカドを混ぜたものです。今日の料理に使っている野菜は、ほとんどリーナちゃんが育てたものなんですよ」

「リリアナが？　それは楽しみだな」

そう言ってひと口エビのサンドイッチをかじると、すぐにうまいと微笑んでくれた。

「サンドイッチのソース、変わっているが野菜やエビによく合っている。こちらのトマトのスープも、温かくて野菜の旨味が詰まっていてうまいな。リリアナに野菜を育てる才能があったとは、知らなかった」

そのまま上品に、だけど次々と料理を口に運んでいく。

騎士さんって体を動かすし、やっぱりお腹がすくんだろうなぁ。

そこで明日の昼にどうかと用意しておいたものの存在を思い出し、そっとテーブルにその包みをのせる。

「これ、よかったらどうぞ。明日のお昼にどうかなと思って作ってみたんです」

「ケーキ？　にしては、ずっしりしているな」

「はい、一応。こっちのはドライフルーツがたっぷりでお酒も入っていますから、甘いのが苦手な人も食べやすい大人の味ですよ。こっちはさつまいもが入っていて優しい甘さですし、お腹も膨れます。お仕事、忙しいんですよね？　簡単に食べられるものにしたつもりです。お腹の足しになるといいんですけど」

「いや、正直うれしい。あなたの作るものは甘さ控えめで食べやすいし、腹持ちもいい。そういうものを選んで作ってくれているんだろうが、とても助かる。普段はなかなかそういうものが食べられないからな」

いえいえ、そんなに喜んでいただけてこちらもうれしいです。多めに作ったし、エドワードさんにも明日渡そうかな。

あの人は家族命だから遅くなることなんて滅多にないけど、意外と重要な役職にいるらしいし、忙しいんじゃないかな。

……侯爵様に意外と、は失礼だった。

この家の人たちみんな親しみやすいから、貴族の中でも偉い人たちなんだって忘れがちである。

それにしても、もとの世界と違って昼食をしっかりとらないこの世界の人たちは、夕方とかにお腹がすかないのだろうか？

「普段はお昼にどんなものを食べているんですか？」

「そうだな……私は主にはサンドイッチ系が多いな。ただのパンをかじるだけの者もいるが、王都にいる時くらいは野菜などもできるだけとりたいと思っているからな」

あら、レオンハルトさんって健康志向なんですね。

騎士なんて体力勝負な職業だし、炭水化物とタンパク質さえあればいいと思ってそうなのに、意外だ。でも、こちらのサンドイッチといえばフルーツサンドのようなデザート系や、玉子サンドやサラダサンドといったものが一般的なので、男の人には物足りないのではないだろうか。

以前作ったカツサンドのような、いわゆるおかずパンは存在していないらしい。

トンカツ自体は平民料理だけど存在してるんだから、ちょっとした発想なのよね。

考えた人、天才だと思う。

「じゃあ、またお口に合いそうなもの、差し入れしますね。リーナちゃんも叔父様のために張りきって作ってくれそうだし」

「ああ、それはうれしい。それにしても、リリアナもすっかり料理が好きになったみたいだな」

そういえばとアルが言っていたことを思い出し、レオンハルトさんに聞いてみることにした。

「あの、昨日アルに……あ、えーと護衛騎士のアルフレッドさんに、貴族の令嬢は野菜作りや料理なんてしないと聞いたのですが、やっぱりリーナちゃんもやめた方がいいですかね？」

個人的にはリーナちゃんも楽しんでいるし、やらせてあげたいと思っているのだけれど、こちらの世界の常識にはある程度合わせないといけない。

それに家族の意見も尊重しなくては。

不安そうにしていたのがわかったのか、レオンハルトさんは苦笑いを浮かべた。

「まあ、たしかにそういう話は聞かないな。しかし、リリアナは喜んでいるし、兄上や義姉上《あねうえ》もそれを許しているのだろう？　ならば、いいのではないか？　それに、遠征の食事で苦労している身としては、令嬢方も少しは食べ物のありがたみを知っていいのではないかと思うがな」

……あれ？　これどっかで聞いた話に似てる。

「……ひょっとして、遠征の時のお食事って……」

「マズい」

キッパリと答えたその表情には、苦渋の色が浮かんでいた。レオンハルトさん、眉間の皺、すごいですよ？

「あの、アルフレッドさんも同じようなことを言ってたんです。食べ物の大切さや作る苦労を知るのも大切だと」

「第一のアルフレッド・サファイアか。たしかにあいつらも第二《うち》や第三との合同遠征時、食事に文句を言っていたな」

これまた見覚えのある遠い目。

騎士さんみんな同じような思いをしているのかしら？

「遠征時って……なにを食べているんですか？」

「材料はわりとちゃんとしたものだぞ？　野菜もあるし、肉は現地調達もできる。ただ……」

「ただ？」

「作るのは騎士団の野郎どもだ」

ああ、なるほど。

「料理なんてしたことのない貴族の坊っちゃんや、味付けなんて繊細なことのできない脳筋どもが作ってうまくなるわけがない。かろうじて第三の平民出身の騎士で数名、マシな奴がいるという程度だ。剣の扱いは一流なのに、包丁は使えないというのはどういうことなんだろうな……」

もう目がすわってます、怖いです。

「え、ええと、保存食とかは、ないんですか？」

「干し肉くらいだな。あとは固いパンが比較的長持ちする。遠征が長引けば現地調達のみになるから、町があれば別だが、だんだんつらくなっていくな……」

ダメだ、フォローのしようがない。保存食かぁ……。

「えっと、私たちの世界では保存食として、缶詰とかを使っていますよ？　あとは日持ちするって言うと、真空パックとか、冷凍とか。そういうのはこちらにはないんですか？」

「カンヅメ？　シンクウ？　冷凍はあるが、そのふたつは聞いたことがないな……」

うーんやはりそうなのか。

「えっと、簡単に言うと専用の容器に料理を詰めて、中の空気を抜いて密封したり加熱処理をしたりして、腐敗を防ぐものです。かなり食べ物が長持ちするので、災害時の備えとしても重用されていました」

「なるほど……。そんな方法があるのだな。すごいな」

感心したようにレオンハルトさんがうなずく。

いえ、考えたのは私ではなく、どっかの偉い人なんですけどね？

「……ルリ、実は今日ここに来たのは、あなたのことについて兄上に相談したかったからなんだ」

「え？　私、ですか？　なんでしょう」

思ってもみない言葉に、首をかしげる。

「自覚しているかはわからないが……あなたの作る料理、それらには聖属性魔法が付与されている。……王宮で騎士たちに配っただろう？」

あ、護衛さんたちへお礼に渡してたクッキー？

「それを食べた奴らが言っていたんだ。『疲れが取れた気がする』と。兄上に聞いたら、テオドールからの報告で、たしかに体力回復の効果があるそうじゃないか。それに私自身も、あなたが作った料理を食べると、すごく頭が冴えて体の動きもよくなるように感じていた。実際に、今も」

「えっと、料理にも魔法がかかっているということですか？」

「ああ、そのような感じだな。なにか思いあたることはないか？　なにかを考えていたとか、こうなるといいなと思っていたとか……」

あ。

あれか。

『少しでも疲れが取れますように……』

「……そうですね、思いあたること、あります」

あんな些細なことで魔法がかかっちゃうの⁉

たしかに料理作ってる時って、喜んでもらえるようにとか、元気が出ますようにとか、おいしくなあれとか考えてるけども！

「やはり無意識だったのだな。ということは、意識的に魔法をかけると」

「効果が強くなる？」

言葉を継いで答えると、苦笑いをしてうなずかれた。

「恐らくは。……本当は、今日伝えるつもりはなかったんだがな。その力をぜひ貸してもらえないかと、王宮から要請があったんだ。魔術師団の団長、わかるか？　あなたたちをこの世界に喚んだ者だ」

「あ、はい。お会いしたことはありませんが、話だけは聞いたことがあります。魔術師団の団長様は、まさか聖女が三人もいるとは知らなかったので、私を王宮に喚ぶ途中で魔力切れを起こしてしばらく意識がなかったとか……」

よく考えたら恐ろしい話だ。

その人がもう少し早く意識を失っていたら、私ひとりだけ違う世界に飛ばされていたかもしれないよね？

まあ、王宮じゃなくてラピスラズリ邸に飛ばされたのは幸運だったけど……。

「そいつに、あなたの能力が騎士団の助けになるとバレてしまってな。陛下や宰相たちに伝わってしまったんだ。しかも実は以前から会わせろとしつこくて……。いや、話は逸れてしまったが、とにかくその魔法付与のあるクッキーなどを騎士団の遠征に持っていけないかと、議題に上がっているんだ」

「遠征に、ですか？」

「ああ、体力回復できる食物なんて、私たちにはうってつけだろう？　体力があれば動きもよくなり、怪我も減る。怪我が減れば回復役や治療士の負担も減る。また討伐も効率よくなり期間も短くなる。いいこと尽くめなんだ」

はあとため息をこぼしてうつむいてから、レオンハルトさんが私を見つめた。

「……あなたには、穏やかに過ごして幸せになってほしいと思っていたし、今でもそう思っている。しかし、この件に関われば穏やかにとは言いがたくなるだろう。それでも、あなたの力がこの国を救うことは間違いない。……俺は、この国も、カイン陛下も、大切だと思っている。自分たちの都合だとわかっていながら、あなたたちを喚ぶべきだと陛下に進言したのだから」

つらそうな表情と声が、聖女召喚を奇跡的な出来事だと言ったあの日と重なった。私が泣いた日。何度も謝る声。

この人も、苦しんだんだ。

「だが、決めるのはあなただ。嫌なら断ればいい。以前にも言ったが、聖女は存在するだけで国のためになっている。……あなたには、断る権利がある」

目を伏せたレオンハルトさんの、微かに震える手に、そっと自分のそれを重ねる。

「！」

「いいですよ」

不思議と、心は穏やかだった。

「力を貸してほしいと思うのは悪いことではありませんよ？　私になにができるかわかりませんが、力になりたいと以前にも言いましたよね？　大丈夫です、料理、好きだし」

「だが」

重ねた手を握り、首を振る。

「さっきの缶詰や真空パックの話も、偉い方に相談してみましょうか？　実現できるかどうかはわかりませんが、保存が利かないと意味ないですし」

それに、力になれることがうれしい。

「私も、レイ君やリーナちゃん、ラピスラズリ家の人たちや孤児院のみんな、もちろんレオンハルトさんのことも大切です。この世界で出会った人たちを守りたいと思うのは、普通のことですよ？　断れ、だなんて、私のことそんなに薄情な女に見えますか？」

「……見えないな」

ふふっと微笑む。

「そうでしょう？　これでも私、聖女って呼ばれてるんですよ？」

「――あなたにはかなわないな」

そこでやっと、レオンハルトさんは笑ってくれた。

第二騎士団団長の葛藤

レオンハルト・ラピスラズリ、二十七歳。

前ラピスラズリ侯爵の次男で、魔法騎士団と呼ばれる第二騎士団の団長を若くして務めるエリートだ。

その風貌とたしかな実力から、〝青銀の騎士〟と呼ばれている。

同じ美形でも穏やかな雰囲気の兄とは違い、母譲りの美貌は幼い頃から飛び抜けており、それは社交界でも有名であった。

とくに十代前半は、男でもその頬を染めるほどの美少年だった。同じ年頃の令嬢たちの多くが、彼に熱を上げたことは言うまでもない。

年齢を重ねるたびに、彼を取り巻く女性の数は増えていった。

＊＊＊

愛だの恋だの馬鹿馬鹿しいと思っていたはずなのに。

女性の香水の香りに嫌悪感を抱いたのは、いつからだっただろうか。着飾ることにしか興味のない令嬢方にうんざりするようになったのは。

仕事に就き、優秀で才能のある女性もいるのだが、争う姿を見ると、どうしても冷めた目でしか見られなかった。

そんな自分が。

女《ひと》を、愛しいと思うなんて。

愛だの恋だのと、そればかりを唱える。中には、薬を使う者や付きまとう者も出てきた。そんな女たちに、辟易していた。

もちろん、女だというだけで差別をしたりはしない。女性の中にも、子どもの頃から仕えてくれている侍女や風変わりな友人など、信頼できる人も多くはないがいる。

しかし、やはり侯爵家の出身だとか容姿がいいとか、若くして第二騎士団の団長になったとか、そういう表面的なものばかりを見る女性の方が多いのはたしかなのだ。

幼い頃から、剣術も魔術も磨いてきた。

それは好きだったからという理由もあるが、自分の身を守るという意味合いも強かった。

そして、自然と隙を見せないよう、感情を表に出さなくなった。笑顔などもってのほかだ。

勘違いした令嬢の相手ほど苦痛なものはない。

自分は、それでいいと思っていた。侯爵家は早々に結婚した兄が継ぐ。

兄夫婦は仲もよく、ほどなくして跡取りの長男も生まれた。

そのこともあり、両親も別段私に結婚を望まなかった。

私の苦労を知っているぶん、好きなように生きていいと言ってくれていた。

ならば、自分は国に尽くせばいい。幼い頃から見てきたカイン陛下を支えよう。

騎士団長という地位も得た。よき部下にも恵まれ、仕事は充実している。

女性に現《うつつ》を抜かすことなど、この先もない。

――そう、思っていたのに。

彼女は、いともたやすく自分の心に入ってきた。

今まで出会った女性とはまるで違う。

予想とは違う言動に戸惑うこともあったが、そのどれもが目を惹き、不思議と好ましく思ってしまうのだ。

自然体で、身分や地位、性別などを気にするでもなく、みんなと同じひとりの人間として接してくれて、そんな彼女との時間は、いつしか自分にとって安らぎの時間となった。

そんな時、彼女が聖女だと知った。

――自分たちの都合で異世界から喚んでしまった女《ひと》。

恐らく、幾度となくひとりで泣いただろう。悲しみ、悩み、恨んだかもしれない。

それでも、喚ばれたのが彼女でよかったと思ってしまう自分の身勝手さに、ほとほとあきれる。

守りたいというこの気持ちは、彼女からすべてを奪ってしまった罪の意識とは、違う。

〝みんなと同じ〟を願って惹かれたのに、〝みんなと同じこと〟を返されるだけでは物足りないと思うこの気持ちは――きっと、自分が嫌悪を持ったはずの、〝恋〟なのだろう。

不安に思うことがあれば、自分が守ればいいと思った。涙を流す彼女を見るまでは。

静かに泣く姿を目の当たりにして、自分たちの罪の深さをまざまざと感じさせられた。謝ることしかできないふがいない自分が、情けなかった。

せめて彼女の望む世界を守れるよう努力しよう、そう思った。

彼女は聖女として崇められることも、特別扱いされることも望んではいない。

ただ穏やかな幸せを望んでいるのだと、知っている。けれど、彼女の魔力は国にとって価値がありすぎた。私は、甘かったのだ。

カイン陛下の苦労を思えば、反対することができなかった。

国の安寧を考えれば、彼女たちの力は貴重すぎて、それを求めるのはあたり前で。

そして私自身も、彼女に力を貸してもらえたらと思ってしまう。あの温かさに、支えられたいと思ってしまうのだ。

なんて欲深いのだろう。こんな自分を、初めて知った。

けれど、彼女の手は温かくて。その言葉は、慈愛に満ちていて。

それはあたり前のことだと、なんでもないように言う。

その時、欲にまみれた醜い感情を、受け入れられた気がした。

ルリを愛しく思う気持ちを、こんな自分勝手な気持ちを肯定してもらえたようだった。

彼女が許してくれるのなら。笑って隣にいてくれるのなら。

この温かい気持ちを育てていきたい。

そう、思ったのだ。

「きゃー！　フルーツケーキ!?　カツサンドに照り焼きチキンサンドも！」

「まあ、こちらは鯖味噌《さばみそ》ですか？　ぶり大根に豚の角煮……。ご飯が欲しくなりますわぁ」

というわけで。

作ってみました、試作品。

実をいうと西洋風の世界だからあきらめてたんだけど、なんと醤油《しょうゆ》も味噌もみりんも存在していた。

なんて都合のいい……と思わなくもない。

とりあえず缶詰や真空パックに詰められそうなものと、冷凍できて騎士さんが好みそうなもの、そしてそれを使って簡単にできるサンドイッチを作ってみた。

今日は紅緒ちゃんと黄華さんに試食してもらおうと、王宮にそれを持ってきたのだ。

「この世界、普通にご飯おいしいしそんなに不便はないんだけど、日本の味に飢えちゃうのよね……。あ、ブランデーが利いてておいしい」

「そうですよねぇ。平民の皆さんは召し上がっているみたいなんですけど、こういうものはなかなか王宮では食べられなくて……。うん、大根に味が染みてて懐かしい味がしますわぁ」

ふたりともほっこりしてしまった。やはり。

〝ちょっと足りない〟を意外と求めていたのだろう。

「それに、魔物討伐に出かけてもやっぱりおいしいもの食べたいしね。あたしたちの初遠征前に瑠璃さんが食事事情を改善しようとしてくれて助かったわ。カツサンドうまっ！」

「たしかにそうですよね。私も考えていませんでしたが、遠征食がマズ……口に合わないのはつらいですよねぇ。あぁ、白いお米……誰か！」

「……また、作ってきますね。試作品じゃないやつも」

人間の三大欲求のうちのひとつだもんね、食欲。

ふたりともマズいのは嫌ってことですよね、わかりますよ。

「それにしても、紅緒ちゃんはともかく、黄華さんまで討伐に参加することにしたんですね。今さらなんですけど……黄華さんはどんな魔法が得意なんですか？」

「支援系ですね。私は光属性魔法がレベルＭＡＸになっています。防御力や魔法耐性力を上げたりして、騎士さんたちの強化を担当するんです」

「それで〝祝福〟なんですね。紅緒ちゃんは火属性魔法が得意なんだっけ？」

この前の訓練の時、陛下が言ってたよね。

たしかにあの炎のドラゴン、すごい威力だったたし、火属性魔法がレベルＭＡＸなのかな？

「火も得意だけど、一番は闇属性。この世界、闇属性魔法が使えるのは魔族だけだ〜とかそんなんじゃないから普通に受け入れられてるけど、闇属性が得意なのに聖女って、ちょっと違和感あるわよね」

たしかに……と、遠慮がちにだが、うなずいてしまった。

闇属性魔法＝魔王みたいなイメージあるもんね。

そういえば、光・闇・聖の属性持ちは希少だってレイ君の先生が言ってたな。

レベルは低いが、一応私も闇属性を持っている。

「闇属性魔法ってどんなことができるの？」

「うーん……。訓練を見に来てくれた時の、あいつの剣にかけた魔法も実は闇と炎の複合魔法だったのよね。わかりやすいのだと、ブラックホールみたいなのをつくったりとか？　空間魔法的な？

ほら、よくマンガで〝闇に葬る〜〟みたいなやつあるでしょ？　あんな感じね」

「ああ……。〝粛清〟ってそういう……」

炎も浄化だもんね。人が死んだら火葬するやつ。

なんとなくふたりの得意属性が見えてきたぞ。

「瑠璃さんは〝癒やし〟だからわかりやすいですよねぇ。本当にこのお料理食べたら、疲れが消えましたもの」

「いかにも〝聖女〟って感じね。あたしとは大違い。――やだ、これもおいしい。瑠璃さん天才！」

もぐもぐと今度は照り焼きチキンサンドを頬張っている紅緒ちゃんは、そう言いながらもたいして気にしていない様子だった。

「紅緒ちゃんも、いかにもな聖女様がよかったですかぁ？」

「全然。あたしバトルゲーム好きだったし、こっちのが性に合ってるわ」

「そんな感じですねぇ」

どうやら紅緒ちゃんにはお兄さんがいるらしく、その影響で小さい頃からゲームが好きだったらしい。

「RPGもよくやってたから、レベル上げて強くなるのとか楽しいわよ。あいつとの連携も、嫌々だけどやっていくうちになかなか様になってきたし。まあ現実とゲームは違うから、そう簡単にはうまくいかないけどね」

「へぇ……。そういえば最近ステータス見てないけど、紅緒ちゃんとはずいぶん差がついちゃったかもなあ。あ、ふたりも鑑定って使える？」

「使えるわよ」

「使えますね」

やっぱりこれって聖女特典なのかな？

少し前に、鑑定のスキルはこの国でもほんの数人しか持っていないスキルだと聞いて、びっくりしたものだ。

うーん、よかったふたりがいて……。

「でも鑑定にも得意分野があって、瑠璃さんの見える情報と、あたしが見える情報は違うはずよ」

「え、そうなの？」

「はい、例えば紅緒ちゃんなら対象の耐性属性は見えますし、私は弱点が事細かにわかりますが、状態異常などはわかりません。ほら、魔法騎士団長さんの呪いの件、私たちにはなにもできなかったのをお聞きになっているでしょう？」

そういえば、聖女様方に見てもらったけど、わからないって首を振られたって言ってた気がする。

なるほど、私は〝癒やしの聖女〟だから呪いの情報が見えたし、対処法もわかったということか。

「あの時は本当に申し訳ないことをしたわ。見ず知らずの人とはいえ、苦しんでいる人になにもしてあげられなかったんだもの」

「紅緒ちゃん……」

「そうなんですよ、こんなんですけど、意外と優しくて真面目なんですよね～、紅緒ちゃんて」

「あ・の・ね・え、アンタあたしのことなんだと思ってんのよ！　ケンカ売ってんのか！」

「嫌ですわぁ、褒めてるんですよ？」

コロコロと笑う黄華さんに紅緒ちゃんはイラッときたらしい。

どこがだ⁉とケンカになりそうになったのを止めたのは、もちろん私だ。

黄華さん、ひと言多いんですよね……。

っていうか、さらっと言ってたけど、黄華さん弱点見えちゃうんだ……。

しかも事細かに……。こわっ！

私、この人だけは怒らせないようにしよーっと。

「さて、そろそろ時間ね。はぁ……瑠璃さん、絶っっ対また差し入れ持ってきてね！　それにこんな遠征食が食べられるなら、あたしなんでも協力するから！」

「そうですよねぇ。もともとがどれだけマズ……質素なのかわかりませんが、士気に関わりますから。ちなみに私は料理しない主義なので、ちっともあてになりませんからね。遠征中に頼られても無力ですから。もちろん開発の手助けも無理です。あ、味見役ならいつでも」

わぁ、黄華さんすがすがしいほどに言いきったよ。そしてマズいと言いそうになったの、二回目ですよ？

「……あたしも、料理はママ任せだったから……」

女子高生だもんね、普通だよ。

「いえいえ、私は直接討伐には参加できませんから。適材適所ってやつですよ。こちらこそ、すみません。ひとりだけ危険のない所にいて……」

「それこそですよ？　それに、討伐に参加するのは、私たちが自分で決めたことです。瑠璃さんが気にすることではありません」

「そうよ！　それにこういうところで助けになろうとしてくれてるんだもの。感謝こそすれ、謝られることはないわ！」

ふたりとも……。

「……ありがとうございます。私、ふたりのためにもがんばりますね」

ああ、やっぱり一緒に召喚されたのがこの人たちでよかった。本当に優しい人たちだ。

「噂の団長さんのためにも、ですよね？」

「うわ！　リア充うらやましいっ！」

……前言撤回。

からかうのが大好きなんだからぁぁぁ！

予定の時間が過ぎてしまい、ふたりはそれぞれの用事へと足早に向かっていった。

「アル、お待たせ。ごめんね遅くなっちゃって」

「いえ。聞いてはいましたが、聖女様方は仲がいいのですね。楽しそうな笑い声が聞こえてきましたよ」

部屋の外で待機してくれていたアルが、楽しかったですか？と微笑んでくれた。

まあからかわれてた側からすると複雑だけどね！

「はは……とりあえず試作品は喜んでもらえたし、あとは提案した保存法が実現するかどうかだね」

「ああ、魔術師団と技師たちが躍起になって開発に取り組んでいますよ」

実はレオンハルトさんから遠征食の依頼を受けた翌日、話を聞いた宰相様が即座に保存法の詳細を聞きたいとアルを使いに連絡してきた。

そしてそのまま王宮に連行された。

詳細といっても、なんとなくの仕組みしかわからないので、それを伝えただけなんだけどね。

難しいことを考えるのは賢い人にお任せだ。

複数の属性魔法を併用したり、缶やパックを作ったりするのに試行錯誤しているらしい。

だいたいでしか伝えてないのに、すごいよね。

このままいけば十分なクオリティのものができそうだということで、私も料理の試作をしているのだ。

「これで遠征時の憂いが減るのではないかと、騎士団では期待の声が多くあがっていますよ。もちろん私も、期待しているひとりです」

「……そんなにひどかったの？」

作らせてみましょうか？となぜか笑顔で聞かれたが、丁重にお断りした。

食べ物を粗末にしてはいけません。

「サファイア隊長！　すみません、少しいいですか？」

馬車置き場までの道すがら、ひとりの騎士さんが焦った様子で駆けてきた。

「もう隊長ではないのだが……どうした？」

「す、すみません。実は……」

なにやら問題が起きたらしい。まあ突然私が現れたせいで急に異動になったのだ。引き継ぎも十分じゃなかったのかもしれないし、聞きたいこととかも出てくるよね。

「アル、行って。少しくらいならひとりで待てるから。ほら、あそこの東屋にいるわ」

すぐそばの庭園を指して言うと、アルが申し訳なさそうにこちらを見た。

「……すみません、すぐに戻りますので。庭園には警備兵がおりますので、必ず目の届く位置にいてください」

フラフラ歩き回るなってことね、大丈夫！

「わかったわ。涼しい所で座って、遠征食のメニューでも考えてる」

アルはうなずいて警備の人に視線で合図した。

警備の人も承知したと目礼を返したので、アルはすぐに戻りますと言い残して、騎士さんとどこかへ向かっていった。

「あそこに座っています。お忙しいのにすみません、よろしくお願いします」

お守りしてくれるのを申し訳なく思ってそう声をかけ、東屋の椅子に座る。さて、すぐに思いつくものはあらかた作ったけど、次はなににしようか？

貴族出身の人もいるし、食べ慣れたメニューも必要よね。フランス料理的なものも料理人さんに習った方がいいかな？　私が作らないと回復効果はつかないし……。

などと、いろいろなことをぼーっとしながら考えていると、どこからか綺麗な女性が現れた。

「こんにちは」

「え？　あ、こんにちは」

女性はにっこりと笑うと、鈴のような声色で話しかけてきた。

「お元気でしたか？　この世界、どうです？　不便などはありませんか？」

私が聖女だと知っているらしい。

まあ最近王宮にも時々来ているので顔も知られてきたしなぁ。でも、私はこの人を知らない。

ちらりと警備の人に目を向けてみたが、ぎょっとした顔をしてはいるものの、警戒してる感じではないので、恐らく偉い人とか高位のご令嬢とかなのだろう。

ならば少し会話するくらい、問題ないはず。

「はい。ずいぶん慣れてきましたし、周りの方も優しくて頼りになる方ばかりなので、おかげさまで不自由なく過ごさせていただいてます」

「それはよかった！」

笑うと幼く見えるが、少し年上かな？

見事にウエーブした金色の髪に黒い瞳。違和感のある色の組み合わせだけど、本当に綺麗な人だ。この世界、美形の安売りしすぎじゃない？

ほえーっと笑顔に見とれていると、今度は悪戯を企む子どもみたいな表情になった。

「相変わらずですねぇ。私だけのけ者にしないでくださいよ？　せっかく私が――」

え？

「じゃあそろそろ戻ってきそうなので、退散します。怒られるのヤだし」

ひらひらと手を振って女性は去っていった。警備の人に何事かささやいて。

……あれ、青ざめてません？　気のせい？

っていうか、『せっかく』の後が聞こえなかったんだけど、なんだろう？

「すみません！　お待たせしました」

「あ、アル。早かったね」

はてな？でいっぱいだったが、アルが戻ってきたので、特に気にすることもなくラピスラズリ邸への帰路についた。

幸せになる

うーん、今日もいい天気！　いい一日になりますように！

今日は久しぶりにアリスちゃんが遊びに来る日だ。なので今日は勉強もフォルテもお休み。

新しい遊びをやろうと、昨日のうちに準備していたのだ！　女の子なら、絶対好きだと思うんだよね。

楽しんでくれるといいな。

そうこうしているうちに、アリスちゃんと手をつないでマリアがやって来た。

「おはようございます。今日もよろしくお願いします、リリアナお嬢様」

「おはよう、りーなちゃん！」

「おはよう、ありすちゃん」

「いらっしゃい、アリスちゃん。今日もたくさん遊ぼうね」

はーい！と元気いっぱいの笑顔。

ああ……癒やされる……。

最近偉い人とかに会うことが多かったから、ちびっこ不足だったのかも。

思わずふたりまとめてきゅっと抱きしめた。

「さて、今日は小麦粉粘土《こむぎこねんど》で遊びましょう！」

「「コムギコネンド？」」

はい、毎度おなじみのオウム返し、ありがとうございます。

「小麦粉は知ってるよね？」

「けーきとかつくるやつ……」

さすがリーナちゃん、よくお菓子作りで使うもんね。

「大正解！　じゃあ粘土は？　知ってる？」

私の問いに、三人は声を揃えて首をかしげた。

「「わかんない」」

ですよねー。

「粘り気のある土のことなんだけど、いろいろな形にできて、遊びに使うとおもしろいの。それを今日は口に入れても大丈夫な小麦粉で作ります！」

「たべられるの⁉」

「えっと……おいしくはないと思うよ？」

キラキラした顔で見つめられましたけど、期待はずれでごめんね、アリスちゃん。

うん、ガッカリだよね、ごめんね。

「小さい子でも安全に遊べるように、ってことだから。食べるために作るわけじゃないから、ね？食べるやつはまた後で作ろう？」

「うん！　わかった！」

アリスちゃんて食いしんぼうなのよね。

……マリアもだけど。

「あ、でもこれも作り方はお菓子作りに似てるのよ。一緒にやってみましょうね」

「「「はーい！」」」

うんうん、元気に手をあげて今日もやる気満々ね。何事も楽しむことが大事よ。

作り方は簡単。

小麦粉に塩と油を混ぜて、少しずつこねながら水を足していく。

「かんたーん！　たのしー！」

「でも、こねるの、けっこう、つかれる」

うんうん、ふたりとも上手！

「フニフニして気持ちいいですねー！」

マリアも一緒になって楽しんでる。

「では、四つの固まりができたので、それをふたつに分けてひとつずつ色をつけたいと思います！」

これはテオさんに相談して提供してもらった食紅的なやつ。食べられる植物などで色をつけるものだから、安心だとのこと。

「みんな何色がいい？　二色選んでね」

「あたしきいろとみどりー！」

「わたしは、あかとあおがいい」

「じゃあ、茶色と黒ね」

「私はこのまま白にしておくね。意外と使うから。じゃあそれぞれの粉を入れてこねましょう。違う色をこねる時は、一度手を洗ってね」

「わー！　だんだんきいろがひろがってきたー」

「……ちょっとぴんくいろっぽい。なんでだろ」

「本当ですね。粉、もう少し入れてみましょうか」

うんうん、いい感じ。

リーナちゃんとマリアもいいやり取りしてるね。

「「かんせーい！」」

ということで、七色の小麦粉粘土ができました。

「では、これで遊びましょう！　ただこねてるだけでも楽しいけど、粘土はこうやって……」

まずは粘土が初めてな皆のために、見本を作ってみる。

「こうやって丸めたのをつけて……できた！」

「わあ！　かわいい！」

「るりせんせい、すごい！」

できあがったのは、うさぎの顔。

まあ大人なら簡単にできるし、子どもでも真似しやすい。

同じようにして耳を変えたりすればクマとかネコとか、いろんな動物にできる。

「ルリは器用ね〜。よーし、負けないわよ」

「あたしもうさぎ〜」

「わたしは、くまつくってみる」

という感じで作り始めたのだが、アリスちゃんがピタリと動きを止めてしまった。

「？　アリス、どうかした？」

「まま、ぴんくのうさぎにしたいけど、ぴんくがない……」

はい！　待ってました！

これです！　今日のお勉強は！

「うん、でもさ、さっき色つけてる時、リーナちゃんピンクになっちゃった、って言ってなかった？」

「あ、いってた！」

「どうしたら赤くなったんだっけ？」

「うーんと、こなをたくさんいれたから？」

「そう！　じゃあピンクに戻すにはどうしたらいいのかな？」

「そっか……しろいねんどをまぜるんだ。ありすちゃん、やってみて」

さすがリーナちゃん！　賢いわぁ！

「わかった！　えーっと、これくらい？　よいしょ、よいしょ……。あ、ほんとだ！」

「すごい……できた！」

「なるほど……これは白い粘土が多めにいるわね。水色とかクリーム色とかも作れるもの」

「そういうこと」

それにしても、ふたりともいい顔してる。

自分で発見したことって、忘れないものだもの。

友達と伝え合って、共感・共有するのってすごく大事。大人が教えてあげるのは簡単だけど、それよりも自分たちで体験して学ぶ方が何倍も貴重だと思う。

「よかったね～。じゃあ、粘土遊び再開！　また困ったこととかあったら、教えてね。みんなで考えましょう」

「あ、あおとあかのねんど、くっついちゃった」

「あれ？　ありすちゃん、そこ、へんないろになってるよ」

「本当ね。そのふたつ、一度よく混ぜてこねてみようか？　色が変わるのかもよ？」

「うん！　……わあ！　むらさきになったよ⁉」

「どうして⁉」

「「ふしぎー！」」

目をぱっちり開いて顔を見合わせているふたりを見ると、思わず笑みがこぼれる。

ふふ、混色って楽しいのよねぇ。

いろいろ試してみたくなっちゃうの、どこの世界も一緒なのね。

夢中になって遊んでるふたりを見てると、園の子たちを思い出す。みんな、元気かな……？

先生、意外と元気にがんばってるよ。

「あれ？　なんだか楽しそうなことしてますね」

「おにいさま！」

「レイモンド様。よろしければご一緒にどうですか？　楽しいですよ」

そう言ってマリアが皆の作品を見せると、レイ君も興味を持ったようで、近寄ってきた。

「……へえ。楽しそうですね。僕もちょっとやってみてもいいですか？」

「もちろん！　どうぞ」

皆はワクワクしてレイ君がなにを作るのかと覗く。

――五分後。

「ふう、できました。どうでしょうか？　リーナの好きなバラの花を作ってみたのですが」

そこには、超芸術的なバラの花があった。

「す、すっごーーい！」

「おにいさま、じょうず！　すごい！」

「そ、そうかい？　そんなに褒められると照れるなぁ」

そのやり取りを、私とマリアは無言で見つめていた。

「レイモンド様、なぜ絵は残念なのに……」

「しっ！　マリア、それは言っちゃダメよ！　素直に褒めて！」

剣は得意なのに包丁は扱えない人がいるように、立体工作は得意なのに絵画は苦手な人だっているのよ……。


「さて、じゃあそろそろお昼用にクッキーでも作りましょうか」

「わーい！　あたし、ちょこのやつがいい！」

アリスちゃん、甘いものが好きだなぁ。

「わたし、こうちゃのくっきーがたべたい」

リーナちゃん、この前作った時に気に入ってたもんね。

「じゃあそのふたつと、チーズのクッキーにしましょうか」

その決定にふたり、いやマリアも入れて三人は跳び上がって喜ぶ。

「「「やったー！」」」

うーんみんなクッキー好きだなあ。個人的にはスコーンの方が好きなんだけど、まあそれはまた今度作ろう。

「じゃあテオさんにちゃんとご挨拶すること！　できるよね？」

「「「はーい！」」」

おお、今日もピンと真っすぐ手をあげていい返事だ。

「いいですね。僕も後からご馳走になっても？」

もちろんですとも！

次の講義があるというレイ君とは、お昼の約束をして別れた。

　ということで厨房へ。

「テオさん、すみません今日もいいですか？」

「おう、ルリ！　もちろんいいぞ。クッキーだろ？　今日はなんだ？」

「チョコチップと紅茶、それにチーズ入りを作ろうと思ってます」

「チーズ？　そりゃ初めて食べるな！　期待してるぞ」

　いつものイイ笑顔で返される。

　いつも快く厨房を貸してくださるんだから当然です！

「『てお さん、よろしくおねがいしまーす！』」

　約束通り、ふたりもちゃんとご挨拶できたね。偉い、偉い！

　クッキーはもう何度も作っているので、ふたりともお手のものだ。こねるのも型抜きも、かなり上手になっている。

「ねーねーまま、これさっきのやつににてない？」

「あ、そうねたしかに。まあ、粘土は食べられないけどね」

「これ、かたぬき、ねんどでもつかえそう」

「それいい！　ねえるりせんせい、やってもいい？」

　はい、予想通りのお言葉ありがとうございます。

「そうね、型抜きを使うともっと楽しくなりそうね。テオさんに余分なものがないか聞いておくね」

　ま、もちろん用意してあるんですけどね。

そうして皆でお昼のお茶を楽しみ、その後少しだけ小麦粉粘土をして遊んだ。

型抜きも大好評！

粘土用にと作ってもらったものなので、これからずっと使える。まあ小麦粉粘土はそのままだとカビが生えてしまうので、数日しか持たないけどね。

この国、小麦粉は大量生産してるみたいなので、安価で購入できるのがうれしいところだ。

今度は孤児院の子とも遊ぼうかな？

「今日は楽しかったね。アリスちゃんともかわいい粘土ケーキ作ってたし」

「うん！　かたぬきつかうの、おもしろかった。けーきもじょうずにつくれたし！」

ふたりの作品はそれぞれのお家に飾ることにした。

アリスちゃんは玄関に飾ると言っていたし、リーナちゃんもお部屋の置物たちと一緒に飾った。

魔法で清浄して菌を減らし、乾燥しないように膜を張ったので、しばらくは持つだろう。

自分の作ったものがあると、なんだかうれしくなるよね。

リーナちゃんはエドワードさんやエレオノーラさんにも見せて、すごいね！とたくさん褒めてもらって自慢げだった。

「明日はクレアさんが来る日だね。明日は私にもフォルテ、聞かせてね。じゃあそろそろ寝ましょうか」

「うん！　いっぱいれんしゅうしたから、だいじょうぶ。おやすみなさい。きょうはじぶんでねむれそう」

「そう？　じゃあおやすみ」

そうやり取りすると、たくさん遊んだからだろう、リーナちゃんはすぐに穏やかな寝息を立て始めた。

最近では子守歌がなくても眠れるようになってきたのだ。

クレアさんやレイ君の先生と話すことも、私がいなくてもできている。

この世界に来た当初は人見知りで、いつも不安そうでおとなしい印象だったけど、少しずつ自信を持ち始めて、積極的な姿も見られるようになり、とても成長を感じる。

リーナちゃんも、紅緒ちゃんや黄華さんも、みんなそれぞれに前に進んでいる。

私も、みんなに負けずに前に進みたい。

この世界で生きていくということは、そういうことだと思うから。

リーナちゃんの部屋の扉をそっと閉め、少しだけ夜風にあたろうと近くのバルコニーに出る。

今夜は月明かりが優しくて、穏やかな気持ちになれる。そこで先日レオンハルトさんと話した内容を思い出す。

私はずっと心のどこかでなぜ自分がと思っていた。

なぜそんなことをしたのかと恨む気持ちがなかったとは言えない。けれど、この世界で出会う人はとても優しくて、温かで。

彼らの事情を聞き、それが生半可な気持ちからではなかったと知って、責める気持ちになれなくなった。

誰もが皆、大切な人がいる。

それを守りたいという気持ちは、普通の感情だ。

だからといって、なんでもやっていいというわけではないけれど……。

でも、レオンハルトさんのように私たちに罪の意識を持って苦しんでいる人も、きっとたくさんいる。たぶん、ずっと聖女召喚に反対していたというカイン陛下も。

私がこの世界に来たばかりの時、聖女召喚の話をしていたメイドさんは言っていた。

『だからこそ、聖女様には心からお仕えしないといけないんでしょ。この国で、幸せになってもらうために！』

……過去には、つらくて、悲しくて、苦しんだ聖女様もいたのかもしれない。

せめてこの国で幸せを見つけてもらいたいと、そう思ってくれるのならば。

意思を尊重してくれて、断る権利がある、ひとりの人間として向き合いたいと言ってくれるのならば。

私は誰かを恨むことなく、この国の人たちと力を合わせて幸せになりたい。その方がずっと私らしいと思うから。

『つらくて悲しくて泣いちゃう時もあるよね。でも、泣いていてもなにも変わらないの。変わりたいなら、自分で動かないと』

『ごめん、って謝ってくれた人の気持ちも考えてあげてね。つらいのは自分だけだなんて、考えちゃダメよ。もしかしたら、相手もつらいのかもしれないよ？』

『誰かの役に立てるって、うれしいよね。ありがとうって言ってもらえたら、心がぽかぽかして、もっとがんばろうって思っちゃうよね』

子どもたちに伝えてきた言葉が、自分の胸に響く。

決して聖女召喚がいいことだと肯定はしたくないけれど、今ここにいることを、無駄にはしたくない。

この世界で出会った人。言葉。思い。

それを否定しては、いけないと思う。だから、私は。

聖女であることを受け入れて、この世界で幸せになる。

新たな一歩

ラピスラズリ邸の器楽室。今日はクレアさんのフォルテレッスンの日だ。

「わあ！　リーナちゃん上手になったね！」

「まいにちがんばってるもん！」

私が拍手すると、リーナちゃんは胸を張って自慢げにそう言った。

両手で弾けるようになったリーナちゃんが演奏するフォルテは、つたないなりにも弾くことを楽しんでいる気持ちが込められていて、とても綺麗な音色だ。

そういえば光属性持ちなんだもんね。

私も無意識にやっているっぽいが、音色に魔力を込めたりもできるようになるかもしれない。そんなことになったら、リーナちゃんも聖女様扱いされるかもなぁ。

成長したらますます絶対美人になるし、笑顔なんてまぶしいし、なんたって性格がかわいい！

その上もし光属性魔法で国を救ったりなんかしちゃったら……そりゃあ私なんかよりも聖女様っぽいよね。

はっ！　王子様の婚約者に……とかそんな話になったり⁉　今話題の悪役令嬢とか出てきたりしちゃう⁉

「ルリ様、戻ってきてくださいな」

「るりせんせい、どうしたの？」

「あ。ごめんなさい、クレアさん、リーナちゃん」

想像が膨らみすぎちゃって、思わず別の世界に飛んでいた。

「さあ、では今日はルリ様の演奏も聞かせてくださいね」

「るりせんせい、がんばれー！」

「はい、お願いします」

ついでと言ってはなんだが、私もピアノが趣味のひとつだったこともあり、この世界の楽譜をいただいて、こうしてたまにフォルテをクレアさんに聞いてもらっている。

そっと鍵盤に触れ弾き始めたのは、風の曲。穏やかさ、激しさ、優しさ、軽やかさ。いろんな表情のある曲だ。

リーナちゃんがコロコロ変わる曲調に、リズムに乗って揺れていたり、びっくりしたりしているのが視界の端に映る。

ふふっ、かわいい。

きっと気づかないうちに笑っていたのだろう、演奏後にクレアさんに、楽しそうでしたねと言われた。

うん、たしかに楽しかった。

「なにか心境の変化でもありましたか？　今日は、以前の音とは少し違いましたね」

「……わかるんですか？」

「ええ、音には心が表れるものですよ。以前からとても綺麗な音を出す方だなとは思っていましたが。今日のものは、なにか吹っきれたような、すがすがしい音色でしたよ」

そう話すクレアさんの表情はとても優しいもので、胸がじんわりと温かくなる。

ここにも、私を見てくれていた人がいた。

「わかりますか？　実は、そうなんです。……もしよろしければ、少し話を聞いていただけませんか？」

せっかくこの世界で生きる決心をしたのだ、この人にも相談してみたいと思った。


「幼少教育に関わる……ですか？」

クレアさんの提案に、私は驚きで呆気にとられた。

「はい、ぴったりだと思いませんか？」

そんな私に、クレアさんはそう言いながら優雅に微笑む。

応接室へと移動した私たちは、少し早めのお茶の時間を取ることにした。

ちなみにリーナちゃんはエレオノーラさんやレイ君と庭園へ。

ゆっくり話したいだろうからとマリアが気を利かせてふたりにしてくれたのだ。

聖女だと言われて戸惑っていたが、少しずつこの世界に慣れる中で、その役割を考えるようになった。といっても私にできるのは、習い始めたばかりの魔法と、子どもたちと仲よく遊ぶこと、そして料理くらい。こんな私でもできることがあるのだろうか？との相談に、クレアさんは幼少教育に関わることを勧めてくれた。

「――お話を聞きながら、いいことを思いつきました。ルリ様はもとの世界でもそういうお仕事をされていたのですよね？　なぜあんなに集団の子どもたちの扱いがうまいのか、納得がいきましたわ。それなら、こちらでも同じような仕事をするのがベストだと思ったのですけれど、やってみてはいかがですか？」

「でも……こちらの教育の常識を、私はなにも知りません。私がいいと思ったことが、この国でよく思われないことも出てくると思います。実際、この家の方は許してくれていますが、貴族のご令嬢は料理なんてしませんよね？　リーナちゃんにそれを教えてしまったのは、私です」

エドワードさんたちの厚意に甘えて好き勝手やっている自覚はある。許しを得て家の中だけでやることと、公の場に広めることは違う。

「なにもおひとりでとは言いませんわ。一緒に考えてくださる方も必要でしょう。そちら方面に精通されている方をご紹介願っては？　ラピスラズリ侯爵でも、ほかの聖女様方でも、あなたがそう言えば、陛下や宰相様にお話がいくのではないですか？」

たしかにとクレアさんの言葉に少しだけ不安が減った気がする。

「現在、この国の教育状況は悪くはありませんが、よくもありません。学園に通うのは基本貴族の方となりますが、一応平民にも学習所という、読み書きを学ぶ場はあります。しかし、そこに通えるのは十歳からです。それより前、幼少期の教育はあまり重要視されていないのが現状です」

貴族ならば、リーナちゃんのように三、四歳頃から家庭教師を雇ってマナーや座学を少しずつ教える。

そしていわゆる学校的な機関には、やはり十歳から入学するのだとか。

しかし平民は家庭教師など雇えない。

その家庭に任されているので、どうしても個人差が出てしまうし、貴族に比べて遅れがちだ。

ちなみに義務教育なんてものはないので、学習所に通うか通わないかは自由だと。

「……少し前、孤児院に砂場をつくりましたでしょう？」

「あ、はい。先日道具を届けた際に一緒に遊びましたが、みんな楽しんでいました」

「あの後、院長先生からアメジスト家に丁寧なお礼の手紙が届いたんです。特に年少の子どもたちが飽きずに遊んでいるって。それだけでなく、自分たちで考えたり、工夫したり、遊び方も変わってきたらしいですよ。おとなしい子がすごく生き生きと遊んでいる姿に、とてもうれしくなったそうです」

「……よかった」

思いつきでルイスさんにつくってもらったが、迷惑ではなかっただろうかと、後になって心配になったのだ。

深く考えずに動いてしまうところは直さないとと思っているものの、なかなか……。

「ルリ様の孤児院訪問は非公式なものなので、ラピスラズリ侯爵邸へのお手紙は遠慮したようですが、青の聖女様にもお礼をと言付かっております」

「……え？」

にこりと笑うクレアさんは、私の不安を見透かしているかのように続けた。

「初めは砂なんてどこにでもあるのに?と思っていたようですが、子どもたちの視点は違ったようですね。大人になると、子どもの頃に思っていたことを忘れてしまいがちです。子どもの視点に立って考えてくれる人というのは、彼らの成長のためにはとても貴重な存在だと思うのです。身近なもので遊ぶ、学ぶ。それを取り入れれば、子どもたちはもっともっと成長し、幸せになることができるのではないかと、私は思いました」

目が合うと、また優しく微笑んでくれる。

「大丈夫です。あなたはひとりではありませんもの。そう難しく考えずに、この国の子どもたちのために、その笑顔を守るために、この国の幼少教育のあり方を変えてくださいませんか？　それとも、そのようなことはしたくありませんか？」

やりたいか、やりたくないかと問われたら。

「……私、やってみたいです」

また、あんな笑顔に出会えるのなら。

クレアさんと話した日の夜、早速エドワードさんとエレオノーラさんにも相談してみた。

ふたりとも話を最後まで聞いてくれて、私が決めたことならと、幼少教育に関わることを応援すると言ってくれた。

そしてもうひとつ、気になっていたことについても話してみた。それは、私の家庭教師という立場だ。

たしかに私がこの世界に来た当初は、リーナちゃんが誰かに教わることが難しく、懐いた私に白羽の矢が立ったのはわかる。

でも、今は違う。

私がいなくても人と関わることに慣れてきているし、学びたいという意欲もある。

これから少しずつお茶会などにも顔を出し、貴族のお友達もつくっていこうとしている。

けれど私にはお茶会に必要なマナーを教えることもできないし、この国の歴史や常識を教えることもできない。

そんな私が家庭教師という立場に置かれたままなのは、おかしいと思う。

最悪、クビだってありうると覚悟していたのだが。

「まあ、家庭教師という枠にとらわれなくてもいいのではないか？」

「そうよ。あなたのことを気に入ったから、こちらから誘ったんだもの。なんならリーナのお友達枠としてここで暮らしてくれてもいいのよ？」

……なんだそんなことかと笑われてしまった。

とりあえず、やりたいことはやればいいし、このままリーナちゃんと過ごせる時は遊んでやってほしいということだ。

こんな都合のいい話ある？　現代日本なら間違いなく詐欺を疑うレベルである。

まあなににしろ、これで不安に思っていたことは少し解決した。すぐにふたりに相談してよかったと心から思う。

＊　＊　＊
「そう、ですか。ルリがそんなことを」

「ああ。お前は複雑かもしれんがな」

ルリから相談を受けた数日後、エドワードは第二騎士団の団長室に来ていた。

ほかでもない、ルリの申し出についてだ。

「結局、私の心配など必要なかったということですね」

「はは。思っていた以上に強い女性だったということだろう。それに、あの晩お前と話してからだぞ？　ルリが自分の意志でもってこの国と関わりたいと言ってきたのは。お前の気持ちが、ルリを動かしたのかもしれないな」

「俺は、別に……」

「恐らくだが、これまでのルリは、どこかでこの世界で生きることを否定していた。自分から外に出ていくことも、力を見せることもしなかった。むしろ、隠そうとしていた。だが、そうはしつつも、ここに存在している理由を求めていたし、ひとりの人間として見てもらいたいとも思っていた。その感情に寄り添ったのが、お前だったのではないか？」

「……自分でもわからなかったんです。俺は、騎士団長だ。国を思えば、ルリの力を求めるべきで、彼女に選択の自由など与えてはいけない。でも……できなかった」

「ルリをひとりの人間として見て、その意思を尊重したかったのだろう？」

「……そんな崇高な考えではありませんよ。ただ、俺にとっては、そばにいてくれるだけでよかったんだ。聖女だから惹かれたのではない。ルリだから、求めた。……あとは、自分だけのものにしたかったという、ちっぽけな独占欲でしょうか。だからといって、結局国を捨てることもできず、ルリの優しさに甘えてしまったわけですが」

いつの間にか一人称が『俺』になっている弟に、エドワードはふうっとため息をつく。

堅物のこの男が、身分も地位も考えず、レオンハルトとして話す時にだけ現れる癖だ。

「それは、無理に答えを出さなくてもいいことなのではないか？　大切に思うものに順序をつけるなど、簡単に答えの出るものではない。人間、ひとつやふたつ、生涯にわたって悩むことがあってもいいだろう」

「ははっ、兄上らしいですね。……でも、ありがとうございます。俺も、吹っきれました」

冷徹だと言われてきた弟の、こんな表情が見られるようになるとはとエドワードは思う。

まるでただの恋に翻弄される少年だ。

「まあ、存分に悩むといいさ、青年」

なんですかそれはとムッとした表情すらも、微笑ましい。

「ところで教育に携わりたいとなると……やはり彼にご助力いただくのですか？」

「ああ、陛下にも話を通してある。またひとり、聖女様が国を思って動いてくれようとしていることに、宰相は大喜びだそうだ」

「あの狸親父《たぬきおやじ》……」

宰相の手のひらの上で踊ることにはなりたくないなと思うレオンハルトの眉間には、深い皺が刻まれていた。

＊＊＊

「あれ？　ルリさん、今日はどうしたんですか？　サファイア様も、お疲れさまです」

「第二のルイス・アメジストか。これから訓練か？」

「はい」

ある日の日中、アルと一緒に王宮を歩いていると、うしろからルイスさんに声をかけられた。

「例の遠征食のことで、保存用の缶とパックができたって呼ばれたの。せっかくだから厨房で作ってみようかと。密封とか保存期間とかも気になるし、回復効果が持続するのかも試したいから」

そう、ついに缶詰と真空パックが完成したのだ。賢い人って本当にすごい。

「なるほど。ルリさんのおかげで次の遠征はまともな食事ができそうだ、って第二の連中もすごく期待してますよ。もちろん、俺も」

「期待に沿えるようにがんばるね。あ、そうだ。もしあまったら、差し入れに持っていこうか？」

「マジで!?　うわーうれしい！」

ルイスさんの目がぱっと大きく開いて満面の笑みとなった。なにげなく言っただけなのに、そんなに喜ぶことかしら？

あ、聖女様の作ったものだからか。

「あの、そんな大層なものじゃないからね？　回復効果はあるけど、味は普通だし」

「いや、絶対おいしいですって！　例のお礼のクッキーもらった第一の騎士も絶賛してましたし。まあそんな謙虚なところも、ルリさんのいいところですけど」

みんな大げさじゃない？

悪いけど、もとの世界でも料理上手って褒められたことないよ？

……まあ、食べてもらう男性《ひと》がいなかっただけかもしれないけど！

「おーい！　ルイス急げ！」

「あ、やば、呼ばれてる。すみませんルリさん、俺行きます。楽しみに待ってますね！」

「うん、訓練がんばってね」

軽く手を振ると、ルイスさんも人懐っこい笑顔を返してくれ、走って訓練場へと向かっていった。

「ルリ様、あなたって人は……」

「ん？　どうかした？」

「……いえ、別に。彼もですが、ラピスラズリ団長が気の毒でなりません」

「へ？　あ、そうだね、レオンハルトさんの分もあった方がいいよね！　っていうか、訓練してるんだから、騎士さんたちもいっぱいいるだろうし、差し入れもたくさんないといけないかも！」

「……はあ。別に、適当でいいんじゃないですか？」

……なんでアル、ため息ついてるのよ？

「お初にお目にかかります、青の聖女様。私が王宮料理長のベアトリス・ルビーです。よろしくお願いします」

うわあああ！　長身美女きたーーー！　某歌劇団の男役とか似合いそう！

えっ⁉　っていうか料理長⁉

「ルリ様、全部顔に出ていらっしゃいますよ」

「はっ！　嘘⁉」

アル、またため息つかないで！

「ふふっ！　話には聞いておりましたが、本当に感情豊かな方ですね。お会いできるのを楽しみにしていました」

ベアトリスさんと名乗った料理長さんは、三十歳前後の焦げ茶の髪をうしろでひとつに結んだ、暗めの赤い瞳が印象的な美女だ。

よく見ると体つきもしなやかで、男性だけでなく、女性からも人気があるのではないだろうか。

「ルリ様、ルビー料理長は第三騎士団に在籍していた元女性騎士です。怪我のために退団することになりましたが、第三騎士団長を兄に持つ、相当な女傑《じょけつ》です。見た目に騙《だま》されてはいけませんよ」

「え⁉　そうなんですか？」

「あら、ずいぶんな言い草ね、アルフレッド。あなた小さい時はかわいかったのに。すっかりひねくれちゃって」

「……昔の話はおやめください」

はぁー美女は悪戯っぽく笑っても絵になるわぁ。しかも女性騎士なんてかっこいい！

あれ？　アルフレッドと呼んでいるということは、親しいのかしら？　それも幼い頃から。

アルの小さい頃……。かわいかったんだろうなぁ！

こんな美人のお姉さんに剣の稽古つけてもらったり？　負けて泣いちゃったり？

かーわーいーいー！

「ルリ様」

はっ！

「恐らくその妄想はあたっていますが、想像するのはおやめください」

ご、ごめん……。ていうか、なんでわかったの⁉　笑顔なのに目笑ってないの、怖いから！

「さて、それではなにを作りましょうか？　材料は事前に聞いていたものを用意しておきましたよ」

「ありがとうございます。あの、それと実は……」

申し訳なく思いながらも先ほどのルイスさんとのやり取りを話し、余分に作りたいとお願いする。

「まあ……騎士たちに？」

「はい……あと、できれば紅緒ちゃんと黄華さんの分も。すみません、我儘言って」

やはり迷惑だったろうかと思いうつむくと、くすりと頭上から笑う気配がした。

「いえ、よろしいんですよ。こちらがお願いしたいくらいです。騎士《あいつら》はいつもお腹を減らしていますからね。第二は貴族が多いですが、貴族も平民も、食欲はみんな似たようなものです。それに、赤と黄の聖女様方もお喜びになるでしょう。――故郷の、味でしょうから」

はっと顔を上げると、ゆっくりとうなずいてくれた。

「それに私も味見したいですし、たくさん作るのは大歓迎ですわ」

「あ、ありがとうございます！　では、まず……」

とりあえず以前試作で作ったものと、豚の生姜《しょうが》焼きや鮭《さけ》のムニエル、鶏ハムなどを手伝ってもらいながら作っていく。

戦闘中でもすぐに食べられるクッキーや、朝食に食べやすいドライフルーツの入ったパウンドケーキなんかも用意した。

これは多めに作って、後から紅緒ちゃんや黄華さん、騎士団の皆さんに配る予定。

それとベアトリスさんに教えてもらいながら、普段貴族出身の騎士たちが好んでいるような料理で、遠征食にできそうなものも作ってみた。

ちゃんと忘れずに「疲れが取れますように」「これを食べて、元気が出ますように」って祈りも込めましたよ。

しかし私が作らないと回復効果がつかないっていうのが不便なのよね……。

まあ普通の食事としての保存食なら、誰が作ってもいいんだけどね。とりあえず、回復効果が時間の経過とともになくならないかだけは、検証しておかないと。

「たくさんできましたね。それにしても、お料理が本当に上手でびっくりしました。それに手際もとてもよくて」

まあ、効率よくやるのは仕事で慣れてますから……。

子どもたちを見て、事務作業もやって、次の日の用意に行事の準備、それから家事も……なんて、効率よくやらないと終わらないいんですよ。

「おっ！　やってますねー！」

「うわぁ、いろいろあるんですね！　おいしそう！」

あの忙しさを思い出して遠い目をしていると、缶詰やパックを開発してくれた技師さんや魔術師さんたちがやって来た。

「あ、皆さんこんにちは。これ、よろしくお願いします」

「「任せてください！」」

すっかり顔なじみになった方々は、手際よく料理やお菓子を缶やパックに詰めていく。

そしてなにやら魔法もかけて、完成。

「わあ、すごいです！　私が知ってる缶詰と真空パックにそっくり！」

「よかったです！　ではこれを数日保存して、腐敗の進行と回復効果の低下を調べていきますね」

それで問題なければ実用化すると。

こうして自分が提案したことが形になるとうれしい。もちろん、いろいろ考えてくれた皆のおかげなんだけど。

うまくいくといいな……。

「では、一応これでひと区切りですね。皆さん、私の大雑把な話を形にしてくださってありがとうございました。もしお時間があれば、お料理、食べていってくださいね。詰めた分以外に取ってありますので」

「「もちろん、遠慮なくいただきまーす！」」

「うわ、おいしい」

「初めて食べる味だけど、俺これ好きだわ！」

よかった、皆の口にも合ったみたい。

「私もいただいてよろしいかしら？」

遠征食開発メンバーの皆がおいしそうに食べている姿を見ていると、ベアトリスさんが声をかけてきた。

「はい、もちろんです。料理長さんに食べていただくのは、ちょっと緊張しますけど」

「そんなことないわ。……うん、おいしい。これが遠征時にも食べられるなんて、夢のようだわ」

そう言って顔を綻ばせたベアトリスさんは、自身がまだ騎士だった頃の話をしてくれた。

「私が騎士団にいた時もね、それはもうひどいものだったわよ。その頃料理をしたことがなかった私が、幸いにもまああの腕だったからなんとかなっていたけれど。……ほかの隊はどうだったかを考えると恐ろしいわね。でも怪我をしてしまってね。いろんな意味で惜しまれたわ」

「あはは……それは、そうでしょうね」

「それでね、考えたの。せめて少しでも食事事情を改善したいって。必死に料理を学んで、料理長になったわ。干し肉や堅パン、ドライフルーツくらいしか提供できなかったけど」

そういえば、レオンハルトさんもそんなことを言っていた。

あれも、ベアトリスさんが考えたここ数年の話だったのか。

「だからね、あなたには感謝してるの。回復効果のある食べ物を作るだけでなく、保存方法まで提案してくれて。——騎士たちを、大切にしてくれて、ありがとう」

ゆっくりとこちらを向き、穏やかな笑顔をしたベアトリスさんは、とても綺麗だった。

「まあ、初めは聖女様だからって無条件になんでも受け入れなきゃいけないの？って思ってたんだけど。実際に会ってみれば、あなたもほかのふたりもちゃんとしてるし、聖女って肩書に胡座をかいたりしないってわかったから、ちゃんと向き合おうと思ったわ。やっぱりその人自身を見るのって大切ね」

あははと笑い飛ばしましたけど、初めは私たちにいい印象なかったんですね。

まあ、そうよね。いきなり現れた人間を、敬えー！奉れー！なんて言われても……って感じだ。

召喚されたとはいえ、受けるのは厚意ばかりでないのだと、ちゃんと理解していなければ。

「さあ、そろそろ訓練場に持っていってあげて。きっと今か今かとソワソワしてるわ。……あら？私ったら、いつの間にか敬語が取れてしまっていましたね。申し訳ありません」

「いえ！　どうか普通に話してください。それと聖女様、じゃなくて、名前で呼んでいただけるとうれしいです」

「そう？　では、ルリ様と。またお話ししましょうね。それに、お料理も一緒に」

そうして握手を交わし、たくさんの差し入れを持って訓練場へと向かった。

「あなたは、不思議な人ですね」

「え？」

その道すがら、アルがぽつりとこぼす。

「ルビー料理長といえば、大の男も恐れおののく女傑と有名なんですよ。努力家で、怠惰を許さない。あの若さで料理長になり、年上の料理人たちを顎《あご》で使うのですから、よほどですよ」

うーんたしかに、私も最初三十歳くらいの女の人が料理長!?って思ったもんなぁ。

でもその地位にふさわしい料理の腕だったし、なにより芯の通った女性だ。

この人にならついていきたいと思わせるなにかがある。

それはきっと、彼女の思いの強さと努力によるものが大きいのだろう。

「それほどの人が、すぐにあなたには胸の内を見せた。……あの人は、ずっと騎士団の遠征食を変えようと奔走していたんです。少しずつ改善されていったのは、彼女のおかげだ。まあ、それでも現実は厳しくて。せめて王宮にいる間くらいはおいしいもの食べさせてやりたい、って笑っていたのを思い出しました」

うん、想像できる。

ベアトリスさんの過去を語る言葉は温かくて、優しい表情をしていたもの。

「ルリ様、ありがとうございます。あの人に、希望を与えてくれて」

「そんな！　私はちょっと提案しただけだよ。それを実現したのも、活かそうとしてるのも、この国の人たちでしょ？　私こそ、ありがとう。素敵な話を聞かせてもらっちゃった。アルにとって、ベアトリスさんは優しいお姉さんなんだね！」

「優しい……？」

あれ？

「あんな幼い子ども相手に手加減などせず、本気の手合わせしかやらない、痛いことを平気でする、その上『よわ～い』とか言って心までバキボキ折るあの人が？　退団したくせになにかとイチャモンつけてきて、ちゃっかり結婚して『おひとり様は寂しいわねぇ』とかなんとか嫌み言ってくる人がですか？　目、腐ってるんですか、ルリ様は⁉」

「お、落ち着いて、アル……」

どうやらアルが独り身なのは、ベアトリスさんによる女性へのトラウマによるところが大きいらしい。

女性の見た目には騙されませんとキッパリ言っていた。

「あ、ルリさん！　おーい！」

なんとかアルをなだめながら訓練場に着くと、すぐにルイスさんが気づいて手を振ってくれた。

うーん、ルイスさんって犬っぽい。

黙ってるとかっこいいのに、あの笑顔と人懐っこさで親しみやすさの方が勝っている。

……しっぽ振ってるみたいで、かわいい。

「うわ、大荷物ですね。ひょっとして、皆の分も作ってくれたんですか？」

「あ、うん。ルイスさんだけに渡すのもおかしいかなと思って、料理長さんにお願いして作らせてもらったんです」

「はは……そうですよね、俺だけじゃ変ですよね……」

私の言葉に、なぜか幻《まぼろし》の耳としっぽがペタンと元気をなくした。

そしてほかの騎士さんたちに肩や背中をポンと叩かれている。

「……私、余計なことしましたか？」

「ルリ様、そっとしておいてやってください。アメジスト殿ならそのうち復活できますから」

アルには理由がわかったようだったが、私にはサッパリだ。

迷惑だったかな？と聞いてみたが、笑顔で首を振られるのみだった。

＊　＊　＊

「なに？　ルリが？」

「ああ、いらしているようだ。さっきここに来る前、騎士たちが話していた。どうやらお土産付きのようだぞ。大荷物だそうだ」

その頃、団長室ではレオンハルトが副団長のウィルからそう報告を受けていた。

「彼女のことだ。きっと騎士たちへ差し入れでも持ってきたのだろう。私たちも行くか」

「初めてお目にかかるし、俺も挨拶しなくてはな」

そう話しながら、ふたりは訓練場へと足を運んだ。

＊＊＊

先ほどのやり取りの意味はやはりわからなかったが、気にすることでもないかと、みんなに差し入れを渡すために観覧席から下りようとすると、ひとりの騎士さんがアルに声をかけてきた。

「よう、アルフレッド。どうだ？　久しぶりに俺と手合わせしないか？」

「ああ、ギースか。いや、今は職務中だから遠慮する」

おお、アルにも第二騎士団に知り合いがいたのね。

年も同じくらいだし、親しげに話しているところを見ると友達かな？

手合わせかぁ……そういえば私、アルが戦ってるところ、見たことない。元隊長さんって言ってたし、きっと強いんだろうなぁ。

そわっ。……見てみたいかも。

「ねえ、アル。せっかくお友達に会えたのだし、やればいいのに。護衛なら、ここに騎士の皆がいるじゃない。それに、私もアルが戦ってるところ、見てみたい！」

「ルリ様、最後が本音ですよね？」

「ほら、聖女様もそう言ってることだし、いいだろ？　少しだけ。それに、どうせちゃんとあれ、

「ついてるんだろ？」

あれ？　あれとはなんだろう？

「……まあな。はあ、わかりました。ルリ様はこちらに座っていてくださいね」

なにがついているのか気にはなったが、まぁ後から聞けばいいかと気にしないことにした。するとわくわくする私の顔を見て、仕方ないとアルは訓練場に下りた。位置につくと、アルが剣を抜き、ギースさんに向かって構える。

「アルの剣は細剣《さいけん》なのね。イメージぴったり」

がっちりというより細身で、中性的な顔立ちのアルに細剣、いわゆるレイピアはすごく似合っていた。

よく見ると、刀身が青く光っている。

「あいつの剣は特注品でな。炎の魔力が込められているんだ」

「レオンハルトさん」

少し離れた所からレオンハルトさんと、彼より少し年上に見える男性が現れた。

「魔力って……」

「ルリ様っ！」

突然のアルの声に振り返る。

「え……」

飛んできた、剣が見えた。

不敵な笑み

……あれ？　痛みが、ない。

「……結界に、影か」

レオンハルトさんの声に、咄嗟に瞑《つむ》ってしまっていた目をゆっくりと開けると――。

「大丈夫か？　ルリ」

とんでもなく整った美貌が、そこにはあった。

その上、気づけばその逞《たくま》しい腕にしっかりと抱きしめられている。ちょっ、ちょっと待って！

「～～～～っっっ!?」

どうしてこうなったの――――!?

どうやら飛んできた剣に驚いて動けなかった私を、レオンハルトさんがかばってくれたらしい。

……で、その前方には〝影〟と呼ばれる護衛の人が、剣を構えて防ごうとしてくれていたようだ。

ようだというのは、もうその姿はなく、レオンハルトさんに抱き込まれていた私には見えなかったから。

そんな人の存在、知らなかったからびっくりだ。

そしてさらに、これまた驚くことに影さんの前方には結界が張られており、それが剣を弾いたとのことだ。

急いで駆けつけてくれたアルも、ほっとした表情を浮かべた。

「ご無事でよかったです。結界と影があるので大丈夫だと知ってはいても、やはり咄嗟の時は焦るものですね。それに、ラピスラズリ団長にまでお力添えいただけるとは。ありがとうございました」

「……いや、礼には及ばない」

あれ？　レオンハルトさん、なんだか声が硬い？

アルの言葉に浮かない表情のレオンハルトさんが気になったが――。

もっと気になるのは。

「あ、あのっ！　そろそろ放してくださいぃぃ……」

みんな見てますから！　ちょっ、そんな名残惜しそうな顔しないでください！　公衆の面前ですからねぇぇぇっ！

「「すっ、すみませんでしたぁ！」」

ふたりの年若い騎士さんがぶるぶる震えながら謝罪する。

その視線の先には――。

「お前たち……どういうつもりだ？」

こっ、怖い！

レオンハルトさん、冷気出てますよ⁉

いや比喩《ひゆ》じゃなくて、ホントに！　ほら！　辺り一面冬のような寒さですけど⁉

「わっ、わざとじゃないんです！」

「打ち合った時に手がすべって、思いのほか勢いよく飛んでいってしまって……」

「ほう?」

「「もっ、申し訳ありません────!」」

「あの、事故だったんだし、気にしないでください。ホントに、頭を上げて……」

氷の魔王様にお叱りを受けた騎士さんたちが、頭がめり込むのではないかと心配になるくらい、地面に頭を擦りつけて謝ってくれた。

うしろで控えている魔王様のお許しがないとダメなのか、一向に頭を上げてくれない。

困り果てた私は、ちらりと魔王様に目を向ける。

「ん、こほん。……そろそろ頭を上げろ。次はないからな」

「「はいっ! もちろんです! 団長殿!」」

騎士さんたちは驚くほどの速さで立ち上がり敬礼した。第二騎士団って、団長命令は絶対なのね……。

気を取り直して……。そうだ、お菓子!

うん、椅子に置いておいたけど、さっきの騒ぎで落ちなくてよかった。

「ええと、いろいろありましたが、皆さんお疲れさまです。少しですが差し入れを持ってきました」

そう言って作ってきたお菓子を広げると、わっ!と群がろうとする騎士さんたちを、レオンハルトさんが一喝。

「並べ」

ピシッと一瞬で列ができた。

うーん、レオンハルトさん、若いのにすごい統率力だなぁ。

……なんかちょっと陛下に似てる？

氷の魔王様と俺様魔王様……並べたら絵になるよね、きっと。

「ちなみに」

私がアホな想像をしていると、レオンハルトさんがちらりと冷たい双眸《そうぼう》を先ほど剣を飛ばしたふたりに向けた。

「お前たちの分はなしだ」

「「えええええーーー!?」」

「なんだ？」

「「ナンデモアリマセン……」」

なにか文句でもあるのか？と言わんばかりの怒気で目を鋭くするレオンハルトさんに、涙をのむふたり。

ものすごく気の毒だけど、ものすごく口を挟みにくい。後でこっそり渡そうかな……？

「ルリ様、いけません。その考えは逆効果です。ここは私の言う通りに。いいですか？　――と」

なぜか私の考えを読んでいるアルからの言葉に、本気？と聞いたのだが、こくりとうなずかれたのでそのまま試してみることにした。

「えっと、レオンハルトさん。私、騎士の皆さんに食べていただきたくてがんばって作ったんです。

ですから、食べてもらえない方がいるのは寂しいです。……いけませんか？」

「……今日だけだぞ」

嘘でしょ。

アルってば、何者？

「う、うまい！」

「本当だ、うまっ！」

「お、体が軽くなってきた。回復効果があるってのは本当なんだな。こりゃすごい」

差し入れのフルーツケーキやクッキーを頰張って、騎士さんたちがわいわいと騒ぐ。

もちろん、お叱りを受けていた騎士さんたちにも、無事に行き渡った。味もなかなか好評なようで、ひと安心だ。

「ルリさん、相変わらずめちゃくちゃおいしかったです！　これが遠征でも食べられるようになったら、皆のやる気も上がりますよ！」

復活したらしいルイスさんからも、うれしい言葉をいただけた。

それにしても、あんなにたくさんあったお菓子が一瞬でなくなってしまった。

『騎士《あいつら》はいつもお腹を減らしていますからね』

ベアトリスさんが言っていたことは本当だったようだ。訓練後だし、お腹もすいてたんだろうなぁ。

「本日もルリ様の作った菓子は人気ですね」

「あ、アル。アルも食べてくれた？」

「はい、いくつかいただきましたよ」

おいしかったです、とにこやかに返され、そういえばと、気になっていたことを聞いてみる。

「アルの剣、綺麗だね。レオンハルトさんが言ってたんだけど、炎の魔力が込められてるの？」

「ええ、私は火属性魔法が得意なので」

ふうん？　でも火属性って赤いイメージだけど……。

「温度の高い炎は青いですよね？」

ああ、それで！

不思議そうにしていた私に、アルはそう補足してくれた。ついでだ、もうひとつ聞いておこう。

「さっきの……〝影〟さんは隠密行動してる護衛さんのことだってわかったんだけど……結界、ってなに？」

影さんは忍者みたいな、よくドラマとかで偉い人についてるアレだよね？　じゃあ結界って？

「ああ、あれは私の魔法です。私は光属性も持っていますからね。悪意ある者や危険な事象からあなたを守るように、結界を張っていたのです。剣を弾いたのは、危険な事象と判断されたからでしょうね」

はい!?　なにそれ初耳なんですけど!?

「もちろん、それに頼りきりにならず、私自身もお守りするつもりでいますが。あなたはあまり厳重に警護されるのを望まないでしょう？　ある程度自由に行動していただきつつ守るために、このような方法を。今回怖い思いをさせてしまったのは私の落ち度ですが……」

な、なるほど……。そうよね、護衛さんをゾロゾロ引き連れるのはちょっと……。

「たしかに、護衛騎士としては少し迂闊《うかつ》な行動だったな」

「！　レオンハルトさん。いえ、これは私が言いだしたことで……」

無表情にも見えるがわずかに不機嫌そうな面持ちで現れたレオンハルトさんから、咄嗟にアルをかばおうとしたが、その冷たい眼差しに口をつぐんでしまった。

「……ええ。いくら魔術師団長お墨付きの結界だとはいえ、持ち場を離れてしまって、ルリ様には申し訳ないことをしました」

「アル！　だってそれは……」

「ルリ様」

ここはひいてくださいと目で訴えられれば、なにも言えなくなってしまう。

気まずい空気が流れた時、初めて聞く声が、その場を割った。

「まあまあ、レオン。そうカリカリするな。アルフレッドもわかっているさ」

う、わぁぁぁぁぁー！ーーーー！

声のした方を振り返ってみると、そこには同じ騎士服に身を包んでいるが、レオンハルトさんとはまた違った雰囲気の男性がいた。

「ウィル。……口出ししないでくれ」

苦い顔をするレオンハルトさんを気にするでもなく、ウィルさんは私に視線を向けた。

「初めてお目にかかります、青の聖女様。第二騎士団の副団長を拝命しております、ウィル・アクアマリンと申します」

落ち着いた話し方でやわらかい雰囲気。

少しクセのある黒に近い紫の髪と、淡い水色の瞳がアンバランスなのに、なぜか色っぽい。

大人の男性、って感じ。

そしてお決まりのようにイケメン。モ、モテそう……。

はっ！　いかんいかん、顔のよさに見とれていないで挨拶をしないと！

「あ、ご丁寧にありがとうございます。はじめまして、ルリと申します。今日は訓練中にお邪魔してしまいまして、すみません」

よしよし、今度は注意されずに自分で戻ってこられたぞ！

アルがジト目で見ていることとなんて気づいていませんからね！

「レオンからよくお話は伺っていましたが、かわいらしい方ですね。それに、心優しいとの噂も本当のようだ」

……その上、口までうまいときた。

レオンハルトさんなんて、眉間に皺寄せてますよ。お前なに言ってんだって思ってるんだろうなぁ。そんなお世辞には乗りませんから大丈夫です！

しかし、次の言葉で私の表情は固まる。

「ですが、聖女様も自覚をお持ちください。彼は護衛という立場であり、職務がある。そしてあなたは聖女だ。もう少し、自分がどれだけ貴重な存在であるかをわかっていただきたい」

「あ……」

「いえ、今回のことは私の油断のせいです」

ウィルさんの言葉に戸惑う私に、アルが一歩前に出てそう言ってくれた。

「まあ、それももちろんあるがな。しかし、本人もおっしゃるように、聖女様にも非はあるのだろう？　ならば気をつけていただかなければ。守る側の負担が増えるのは困る」

「ウィル、言いすぎだ。やめろ」

「誰も言わないから俺が言っているんだ」

レオンハルトさんがフォローしてくれようとしたが、彼の言っていることは、正しい。

聖女であることを受け入れるのであれば、守られることにも慣れなくてはならない。

「……私の、自覚が足りませんでした。申し訳ありません」

そう言って頭を下げると、それまで穏やかな笑みを崩さなかったウィルさんが、少しだけ驚いたような表情になる。

「……なるほど。純真無垢な聖女様かと思えば、それだけではないようだ。これは、ひょっとすると〝本物〟かもしれないな」

「……なんのことですか？」

おもしろいものを見つけたという目をして笑うウィルさんに、少しだけ怯《ひる》んでしまう。

思わず隣にいたレオンハルトさんのマントを掴んでしまった。

「嫌だな、そんなに警戒しないでくださいよ。ただ、無知な人間やお高くとまった令嬢は勘弁と思っていたのでね。安心しましたよ、あなたみたいな人で」

……お高くはとまってないけど、この世界において無知なところはあるかもしれない。

そんなことありません！と即座に否定できないのが悲しい。

「ふっ！　それに、自分を客観視することもできるようだ。ますます気に入りましたよ」

なぜかその笑みが意地悪なものに変わったような気がして、そろっとレオンハルトさんのうしろに隠れた。

……この人とは、あんまり関わりたくないかも。

「おや、嫌われてしまったかな？　まあ、今日は挨拶するだけの予定でしたし、このあたりで退散しますよ。少し仕事がありますので。ああ、そうだ」

そこで言葉を切ると、おもむろに私の方へ近づいてきて、スッと手を取った。

「お菓子、とてもおいしかったですよ。遠征食も期待しています。青の聖女様に敬意を」

そしてちゅ、と軽い音が、し、た……？

「～っっっ○%△+□＊☆⁉」

「ウィル！」

手の甲に口づけられたと気づいて、声にならない悲鳴をあげる私と激怒するレオンハルトさんを横目に、ウィルさんは笑い声を残して去っていったのだった――。

＊　＊　＊

瑠璃が差し入れを持って訓練場を訪れたところからウィルとの対面の様子までを、遠くから一対の目が見つめていた。

「ふふっ！　思ってた通り、うまくいったわ。ちょぉっとびっくりさせすぎちゃったかなと思わなくもないけど」

女は楽しそうに金髪の髪をくるくるともてあそぶ。

そして自分の魔力ならば、風を操り剣を飛ばすことなど造作ないと不敵に笑った。

「ギースもうまいことやってくれたわ。それにしてもレオンはさすがよね。あれだけ離れた位置から間に合わせるんだもの。風属性魔法を使って速度を上げたみたいね」

普段澄ましたあの男の顔をゆがめただけでも、やったかいはあるというものだ。

「さて、これからどう動いてくれるのかしら？　ルリセンセイ？」

楽しみだわとのつぶやきは、誰の耳にも届くことはなかった——。

謝罪と抱擁

ウィルさんが去った後、しばらく涙目で混乱していた私だが、少しずつ落ち着きを取り戻した。

だ、だって男の人のく……唇に触れるなんて初めてだもの！　ちょっとくらいパニックになったって仕方ないじゃない！

あ、思い出すとまた顔に熱が……。

いかんいかん！　やっと落ち着いてきたのに、これでは逆戻りだ。

「ルリ、悪かったな。あいつは人をからかうのが好きなんだ。……後で言っておく」

そう言うとレオンハルトさんは、口づけられた手の甲をハンカチで拭ってくれる。

……あの、もういいのでは？　長くないですか？

「ラピスラズリ団長、そのあたりで。まあ一応、ただの挨拶ですし、それほど気になさらなくても」

「——に」

ぽつりと何事かをこぼしたようだったが、聞こえなかった。

「え？　なにか言いましたか？」

「いや、なんでもない。ルリ、少しいいか？　話がある」

はいと返事をすると、すぐにそのまま手を引かれた。うしろから、アルが慌ててついてくる。

「え、あ、もう行くんですか？　あの、騎士の皆さんたくさん食べてくださってありがとうございました。これからもがんばってくださいね！」

慌てて騎士たちの方を振り返ってそう挨拶すると、みんな笑顔で手を振ってくれた。

みんないい人だったな。

お世辞も入ってるんだろうけど、おいしいってたくさん言ってくれたし。

うん、遠征食作りもがんばろう！ってやる気湧いてきた。

＊　＊　＊

「……おい、団長のつぶやき、聞こえた奴いたか？」

「聞こえはしなかったが……唇の動きからして『俺だって触れたことがないのに』だったぞ」

「「「…………」」」

自分たちの団長——氷の魔王様の意外な一面が見られて、騎士たちに親近感が湧いた。

「俺、団長のこと応援する」

「俺も。聖女様かわいかったし」

「それな」

騎士たちの心がひとつになった、その脇では。

「はぁ……やっぱり団長にはかなわないかもな……」

「よし、今日は飲みに行こう。奢《おご》ってやる」

「きっとほかにいい出会いがあるさ」

がっくりと肩を落とすルイスを慰める一団もいたのだった――。

＊　＊　＊

「あの、レオンハルトさん、どこへ？」

「私の部屋、団長室だ。ふたりで話したいからな」

手をしっかり握られて早足で歩いていく。

でも、足の長さが違いすぎて私は小走りだ。やっぱり怒ってる？

……私が、勝手なことしたから？

ウィルさんにもいろいろ言われたけど、レオンハルトさんにも注意したいことがあるのかもしれない。

軽率なことをしたのは自分だ、叱責は甘んじて受けよう。

……氷の魔王様モード、怖いけど。

なんとか耐えよう、と決意した時、ちょうど団長室に着いたらしい。扉の前には、警備の騎士さんが立っていた。

「これは、団長。お戻りですか」

「ああ、しばらく部屋には誰も入れるな。急用があれば、外から呼べ」

性急なレオンハルトさんに、騎士さんも少し怪訝な表情をした。

「あ、すみません、お邪魔します」

一応ひと声かけておこうと思ってそう言うと、彼は目を見開いて固まった。

レオンハルトさんに隠れて私が見えなかったから驚いたのかな？

それでも、どうぞと言ってくれたのでお礼を言うと、後から黙ってついてきていたアルが口を開いた。

「私も、扉の前で待たせていただきます」

「……ああ。だが、中には入るな。なにかあれば、俺が守る」

「あ、ごめんねアル。少し待ってて」

「お気になさらず」

そう言って微笑むアルの顔が、パタンと閉まる扉の間から見えた。

しん、と静まる部屋に入ったはいいが、手は握られたままなのに、会話がない。

ここは先手必勝！と思い、謝罪の言葉を口にする。

「あの、レオンハルトさん、先ほどはごめ――」

「無事で、よかった」

手首を返され、ぎゅっと抱きしめられた。

「⁉　ちょ、あの⁉」

思わず胸に手をつこうとしたが、その腕が微かに震えているのに気づくと、拒否することはできなかった。

まるで、大切なものを失うのを恐れるように、ここにあるのだと、確かめるように触れるから。

――ああ、私は、心配をかけてしまったんだ。そう、気づいた。

＊　＊　＊

「あれが、噂の青の聖女様ですか」

「ええ」

団長室の前では、アルフレッドが騎士と静かに話していた。

「あんな団長、初めて見ましたよ。噂なんてと思っていましたが、あながち間違ってはいないようですね」

「……私も、睨まれてしまいました。まあ、自業自得なんですが」

それは災難でしたね、と騎士は苦笑する。

「……とても大切にされているようですね」

「そのようですね」

「団長もですが、サファイア殿、あなたも」

一瞬の間を置いてアルフレッドが答えた言葉に、騎士はそう返して微笑んだ。

＊＊＊

「……レオンハルトさん？　あの、大丈夫ですよ？　私、ちゃんとここにいます」

抱き込まれているので表情は見えなかったが、うん、とうなずくだけの返事をしてくれた。

「ごめんなさい。私、まだちゃんと聖女っていう立場を理解していませんでした。それに、レオンハルトさんの心配してくれている気持ちも。ウィルさんが言ってたみたいに、もっと考えて行動しないといけないいって痛感しました」

そこで少し腕の力を弱めてくれたので、そろりと顔を胸から離し、表情を覗く。

綺麗な、アイスブルーの瞳だ。

「それと、ありがとうございました。助けていただいて。すごくうれしかったです。その、ちょっと恥ずかしかったけど、怖いの吹っ飛んじゃって。レオンハルトさんのおかげです」

お礼はちゃんと目を見て言わなくてはいけない。

子どもたちに何度も言ってきたことだ。

恥ずかしくてすぐに目を逸らしてしまったが、笑顔で伝えれば、気持ちも伝わる。

「……あなたは、笑顔が美しいな」

ようやくレオンハルトさんは表情を緩めると、背中に回っていた手を片方、私の首筋へとゆっくりと移動した。

どうしたんだろうと視線を戻すと、思っていたよりも顔が近くて――。

ちゅっとこめかみのあたりで、音がした。

「え？」

びっくりしすぎてなにが起こったのかわからず、固まってしまった私とは反対に、レオンハルトさんはちゅっともう一度角度を変えて頬に口づけてきた。

二度目はやわらかい感触と温度をしっかりと感じてしまって、一気に体温が上がる。

「ルリ……」

そしてとどめと言わんばかりに、低くて甘い声で私の名前を耳もとで呼ぶという、恋愛初心者にはハードルが高いことを次々とやってのける。

「きゃっ、ちょ、ちょっと……っ！」

抱きしめられているのでわずかにしか抵抗できなかったが、精いっぱいの目力で睨んでみる。

……恐らく顔は真っ赤だろう。

「ふっ、そんな顔で睨んでも逆効果だぞ。かわいさが増すだけだ」

そしてまた逆側の頬に口づけられた。

「やっ、もっ、そんな、キスばっかりしないでくださいっ……！」

「いつか」

頬を押さえてふるふると首を振ると、不意にその声が真剣なものになる。

「俺の気持ちを受け入れてくれたその時は、ここに口づけることを許してくれるか？」

そう言って親指で軽く私の唇をなぞる。

それにまた恥ずかしさが湧き上がってきて、私は涙目で震えることしかできなかった……。

話は一応終わったし、ようやく頬の熱が引いてきたので、そろそろラピスラズリ邸に帰ろう、となった。

しかし、ソファから立ち上がるとレオンハルトさんが思い出したように口を開く。

「ずっと気になっていたんだが。なぜ、あいつのことを愛称で呼んでいるんだ？」

「……あいつ？」

はて？　誰のこと？

しばらく考えて、思いあたる人物の名前を告げてみる。

「ひょっとして、アルのことですか？　私も最初はアルフレッドさん、って呼んでたんですが、アルでいいですよって言われたので……。聞けば同い年だっていうし……その……」

素直に答えていくうちに、レオンハルトさんの顔が厳しくなっていく。

「ならば、俺のこともレオンと呼んでほしい」

「ええっ⁉　いや、それはその……ほらレオンハルトさんは年上だし。すごく威厳もあるし！　私みたいな半人前が、そんな軽々しく愛称で呼んじゃいけないと思います！」

それに、すっかり私の中ではレオンハルトさん呼びが定着してしまっているのだ。

アルみたいに出会ってすぐだったなら、戸惑いなく呼べたかもしれない。

しかし今さら変えるということは、なんだか……親密になったからみたいじゃない⁉

たしかに、以前よりもやわらかい表情で話してくれるようになったし、それに……一応、告白的な言葉もいただいている、けど。

抱きしめられたり、頬にキスされたり、それが嫌なわけじゃなくてむしろドキドキしてたまらなかったりはするけども！

でも！

「なら、せめてふたりの時くらいは、呼んでほしい。敬語も、いらない」

くっ……！　顔がいい…っ！

ちょっとしょげた感じがキュンときたなんて言えない！　がんばれ私、うまいこと言ってかわすんだ！

「ルリ、頼む。……それとも、嫌、か？」

「……わ、わかりまし、た……」

結局断れなかった私はこの後、しばらくレオン呼びの練習をさせられることとなり、また顔の赤みが引くまで部屋を出ることができないのだった……。

＊＊＊

瑠璃を馬車置き場まで送った後、レオンハルトは騎士団寮に戻っていた。

面会を希望した人物が不在だったので、とりあえず夕食をとって待とうと食堂の扉を開く。

すると、普段より遅い誰もいない時間にもかかわらず、そこにはレオンハルトを待っていたかのようなウィルの姿があった。

「ようレオン、戻ったか。一応、怪我の確認と事情を聞くために青の聖女様を団長室に招いたというこにしておいたぞ。しかし、お前に限ってとは思うが、いかがわしいことなどしていないだろうな？　騎士団の風紀に関わるからな」

「……していない」

なんだその間は、とウィルは言いかけたが、この堅物に限ってたいしたことはできないだろうと思い直し、話題を移すことにした。

「お前、変わったな。少し前までは女と聞けばしかめっ面してたのに。まあ、あの聖女様ならいいのではないか？　脳内がお花畑のご令嬢方とも、家の権力を笠《かさ》に着て威張りちらす連中とも違う。清廉で、素直で、――この手で染めてみたくなる」

「やめろ。ルリをそんなふうに語るな」

「やっとこちらを向いたな」

自分に向けられた不快そうな表情に、ウィルは満足そうに笑う。その態度に、この男は……とレオンハルトはため息をつく。

――ウィル・アクアマリン第二騎士団副団長。彼は、いつもそうだった。

どうでもいいと思っている連中に対しては、常に穏やかな笑みを絶やさず、頼りになる副団長としての仮面をかぶってきた。

そんな上辺の優しさに群がる令嬢たちには、丁寧に対応しながらも心の中では冷めた目を向けていた。

しかし、そうでない者には、わざと批判的なことを言う。——今回もそうだ。

ルリを、試したのだ。

聖女という立場などいらない、隠れて暮らしていきたいと言うのであれば、優しく、それこそ真綿でくるむように接するつもりでいた。

自分たちの身勝手な理由で異世界から喚んだのだ、それは当然だ。しかし、彼女たちは聖女であることを受け入れた。

聖女だからといって、向けられるものすべてが好意ではない。これから悪意にさらされることがあるかもしれないのだ。

〝守られる〟ということがどれほど大切なことなのか、知ってもらわなければいけない。

そしてできれば自分でも、身を守る意識を持ってもらいたい。

……権力を盾《たて》にされたら、自分たちでは守れないかもしれないから。

それと同時に、守る側も、彼女たちがどんな人物なのか知る必要がある。

従順なのか、気位が高いのか。無鉄砲なのか、思慮深いのか。

……下の者の意見を聞く耳があるのか。

ルリという聖女は、怒ることもなければ泣くこともなく、彼の予想とは異なった反応をした。

あのレオンハルトが惹かれた理由が、少しだけわかったとウィルは思った——。

「ちょっと、ウィル！　ルリ様をいじめたらしいじゃない！　どういうことよ⁉」

バタン、と大きな音を立てて厨房から現れたのは、ベアトリス・ルビーだった。

「おや、王宮料理長殿。いじめたとは人聞きが悪いですね」

それを歯牙《しが》にもかけず、にこやかにウィルが返す。

同い年で騎士団の同期でもあったこのふたりは、互いの性格を熟知しており、それゆえか、仲はあまりよくなかった。

「アンタ……また試したのね！　いつもいつも！　いくらあの子が……」

「ルビー、あいつの話はやめろ」

ウィルの硬い声に、ベアトリスは言葉を切った。

「……まあそれはいいわ。ルリ様、いい子だったでしょう？　その心配はしてないから。レオンハルト、それで？」

「……私も後で気づいたのだが、あの剣にはわずかだが魔力が残っていた」

剣を飛ばした騎士たちが必死に謝ってきた後、落ちていた剣を拾ったレオンハルトは、その残留魔力に気づいていた。

——そして、その魔力の持ち主にも、心あたりがあった。

「恐らく、シーラの仕業だ」

なぜ？とウィルとベアトリスの声が重なった。

彼女の事情

食堂で話していたレオンハルト、ウィル、ベアトリスの三人は、食後揃ってシーラを訪ねることにした。

――コンコン。

「私だ。あと、ウィルとベアトリスも一緒だ」

わずかな沈黙の後、静かに扉が開いた。

「来ると思ってた。まさか三人で、とは予想外だったけど」

くすくす、と無邪気に笑う彼女の部屋の扉にかかったプレートには、こう書かれていた。

【魔術師団団長室】

ここにいるのは、団長のシーラ・アレキサンドライト――。

今は亡き前国王の弟が残した落胤《らくいん》だ。

前王弟は、出来のいい兄と比べられて生きてきた。

それゆえか女性関係では浮き名を流し、明るみに出ていない非摘出子も多いのではといまだに言われている。

当時子爵《ししゃく》家の侍女《じじょ》をしていたシーラの母親とは、地方に視察に出た際に出会い、一夜限りの関係を持った。

……まさか子を授かるとは思いもせず。

シーラの母親は王弟に名乗り出ることはせず、市井に下りてひっそりとその子を育てた。

周りもなにかと気にかけてくれ、慎ましやかではあったが、娘とふたり、幸せに暮らしていた。

しかし、その穏やかな時間は長くは続かなかった。生まれた子は、魔力が高かった。

母親は必死に隠したが、流行《はや》り病にかかり自分の先が短いと知ると、伝手《つて》を頼って王弟へと便りを出した。

せめて、その日の食べ物に困らない暮らしを与えてあげたい。魔力の高い子は貴重だ、きっと大切に育ててもらえる。――そう、信じて。

母を亡くしたシーラは、王宮へと連れてこられた。

皮肉なことに、父である王弟は、不規則な生活が体に障ったのだろう、母と同時期に亡くなっていた。

――結局、シーラは両親を失った。

それゆえ、その境遇を憐《あわ》れんだ国王は彼女を養子として王籍に入れることとしたのだ。

シーラは、メキメキと頭角を現した。

母親が平民ということでシーラを馬鹿にする輩《やから》もいたが、それでも実力の差で黙らせてきた。

ただ、非摘出子ということで、ある程度の年齢になってからは、王族としての権利はほとんど放棄した。

そんな時に出会ったのが、レオンハルトだ。女嫌いだという彼とは、なぜか気が合った。

男女間の色めいた感情は互いになかったが、なにかと相談し合えるいい関係を築いてきた。

それは、ふたりが騎士団長と魔術師団長という地位を賜《たまわ》っても、変わることはなかった――。


シーラは入室の許可を出すと、レオンハルトたちをソファへと促した。そして近くにある給湯所でお湯の用意を始める。

そんなシーラの様子に、レオンハルトが眉根を寄せる。

「それで？　なぜ、あんな真似をした」

「やだそんな性急に。まずはお茶を淹れるから、座って待っていて」

そう言って微笑むと、シーラは備え付けのティーセットに手をかけた。

私がと声をかけたベアトリスにシーラは首を振る。

仕方がないとレオンハルトは、ウィルとベアトリスのふたりに視線を向け、応接用のソファに腰を下ろした。

手慣れた様子でお茶を淹れる姿を見る限り、シーラには動揺や焦りなど、微塵《みじん》も感じられない。

まるで、こうなることをわかっていたかのように。

「お待たせ。副団長と料理長の口に合うといいんだけど」

綺麗な所作でお茶をセットする姿も、普段の彼女と変わらない。

出されたお茶をひと口飲んで、レオンハルトは静かに口を開いた。

「なぜ、ルリを狙った？」

「怖い顔。……そうね、別に怪我させようなんて思ってなかったわよ？　アルフレッドの結界や影のことも知っていたし、もしもの時も剣を直前で落とすつもりだった。でも、ちょっとやりすぎたかなってあの後反省したの。それに、私、彼女が好きよ」

意味がわからないと三人は思った。

「あのね、私聖女召喚で死にかけてたでしょう？　その時も、あなたたちふたりの様子、見てたの。俯瞰《ふかん》で見てる感じ？　不思議な体験だったわ」

思い出すように、シーラは目を閉じてカップに手をつけた。そしてこくりとひと口飲むと、うつむきがちに語り始めた。

「彼女がレオンを助けてくれたことも、レオンが彼女を見つけてくれたことも、……ふたりが惹かれ合い始めていることも。私ができなかったこと、あなたたちがやってくれた。感謝しているわ」

優しい微笑みで語るその姿は、悪意など微塵も感じられない。

「ならばなぜ、青の聖女様を……？」

そう問うたのは、ウィルだった。

「あなたとそう変わらない理由だけど？　見ていて焦れったいんだもの。あれがきっかけになればって思って。あなただって最後の手の甲へのキス、レオンに発破かけたんでしょ？」

図星を突かれ、ぐっと微かにのけ反るウィルに、ベアトリスはため息をつく。

「アンタ、そんなことまでしたの？　はあ……やりすぎね。魔術師団長様も、初な男女に横槍を入れないでください」

「ふふ、ごめんなさいね。……でも、どうか幸せを見つけてほしかったの。私には、喚んだ責任がある。許されたいと思うことは傲慢だけれど、幸せを願うくらいならいいでしょう？　ただ、皆に迷惑をかけてしまって、本当に反省したの。ギースにもやりすぎだって叱られたわ。レオンなら私の残留魔力に気づいてくれるって信じてたから、護衛騎士や訓練してた騎士の責任は免れるだろうって楽観視してしまって。申し訳ないことをしてしまったわね。……でも、正直言うとちょっと楽しかったのよねぇ」

「シーラ！」

「冗談よ。それに、レオンたらなかなか彼女に会わせてくれないんだもの。仲間はずれは悲しいわ」

「……ルリは、この世界で生きることを覚悟するのに時間がかかった。喚んだ張本人と会わせるのは、酷な気がしたんだ」

「たしかに、ね。でも、今のルリ様なら大丈夫だと思うけど？」

どうして会わせてあげなかったの？と不思議そうにベアトリスが聞く。

「ふっ！」

その横では、その答えを察したのかウィルが口を手で覆って震えていた。

「え？」

「――――だ」

「～～っ、こいつは、美人が好きなんだ！　それこそルリなんて好みのど真ん中だ！　会わせたら即行まとわりつくに決まっている！　それが嫌だったんだ！」

ぼそぼそと話す声が聞こえずベアトリスが聞き返すと、レオンハルトはやけくそになってそう答えた。

意外すぎる答えに、ベアトリスはポカンと口を開けたまま、視線をシーラに向けた。すると、シーラはにっこりと微笑んで無邪気に言った。

「うふふ。ちなみにあなたもなかなか好みよ、ベアトリス料理長？」

その時、こらえきれなかったウィルが笑い声を部屋に響き渡らせたのだった——。

未来の子どもたちのために

騎士団の訓練場を訪れたあの日――。

私が帰る時、レオンハルトさんは馬車置き場までついてきてくれて、馬車に危険がないかも確認してくれた。そしてアルと何事かを話し合うと、互いにうなずいていた。

仕事の話かな?と思っていたのだが、どうやら私のことだったらしい。

ラピスラズリ邸に戻り、いつも通り私がリーナちゃんやレイ君に癒やされてほっとひと息ついていた頃、アルはエドワードさんたちにその日のことを報告していたそうだ。

それを聞いたエドワードさんとエレオノーラさんが、リーナちゃんを寝かしつけ終えた私の部屋に突入。

無事でよかった!とぎゅうぎゅう抱きつぶされた。ちょっと苦しかったけど、……うれしかった。

レオンハルトさんもそうだったけど、心配し、無事でよかったと言ってくれる人がいるのは、とても幸せなことだ。

そしてやっぱり自分の迂闊さを反省。

これからはもうちょっと危機感を持たなくてはと改めて思ったものだ――。

そして今日は聖女たちが揃うお茶会の日。

最初はまだ和やかだった。

騎士さんたちの分と一緒に作ったフルーツケーキとクッキーは、ベアトリスさんから夕食のデザートとしてと、間食用にと小分けに包んだものがふたりに渡されていた。

「とてもおいしかったです」

「もぉ瑠璃さんの料理、大好き！」

うれしそうにお礼を言われたまではよかった。

「でも災難でしたわねぇ、まさか騎士たちの剣が飛んでくるなんて」

その黄華さんのひと言が、部屋の空気を変えた。

「……は？」

ガシャンと紅緒ちゃんのカップが強くソーサーに打ちつけられた。

「紅緒ちゃん、知らなかったんですか？　実はね――」

そして黄華さんの口からあの日の一部始終が話された。

「そんなことがあったなんて……。瑠璃さん！　なんともなくてよかったたぁぁ！」

涙目の紅緒ちゃんから抱きつかれて、キュンときた。

あーかわいい。

美少女に抱きしめてもらえることなんて、なかなかないからね！

しかしその後、黄華さんから「ところでウィル《あの男》さんからなにか言われませんでしたか？」と笑顔で聞かれ、正直に話したところ――。

「――守る側の負担が増えるのは困るって」

「な、な、なんですってぇぇぇーー⁉」

「あらまあ、あの男《ひと》、ずいぶん言ってくれますわねぇ……」

……いつもよりもほんのちょびっと？殺気立っている。

「だいたいねぇ、あっちの都合で喚び出された挙げ句聖女なんかにさせられて、迷惑したのはこっちだってのよ！　なんで瑠璃さんがそんなこと言われなきゃいけないのよ！」

「そうですよねぇ。あの人、私たちにもつっかかってきたんです。まあ言われた時はカチンときましたけど、後で冷静に考えてみればたしかに、と思う部分もあったので直すようにしていますが」

「でも腹立つ」

おおぅ、ふたりもいろいろ言われたのね。

紅緒ちゃんはともかく、黄華さんの表情が見たこともないものになっている。

「最初は、とても優しかったんですけどね？　今思えば、私たちが魔法を学んで討伐にも参加したいって言ったあたりから、態度が変わったような気がします。紅緒ちゃんも初めは彼のことちょっといいなーとか思ってたでしょ？」

「う、うるさいな！　あれは過去！　黒歴史！　私だってあいつにこれ以上好き勝手言われないように気をつけてるわよ！」

なんか話聞いてると、そうそう理不尽なことは言われてないのかも。

「……私も、実は後から考えてちょっとムッとしたんです。それこそ紅緒ちゃんが言ってくれたみたいに、なんでそんなこと言われなきゃいけないの？って。でも、やっぱり彼の言ったことは間違いではないと思いました。いくら守られる側とはいえ、自分でも気をつけるに越したことはないですよね？」

私の言葉に、紅緒ちゃんと黄華さんが苦い顔をする。

「まあ、ね」

「……そうですね」

しん、と三人とも沈黙してしまった。

急に態度が変わったというウィルさん。

まるでわざと嫌われようとしている言い方。……なにか事情でもあるのかな？

「ところで、どうして黄華さんは私が危険な目に遭ったことを知ってたんですか？」

「ああ、ちょっとした情報筋から聞いたんです。うふふ、でもウィルさんとの会話はどうしても教えてくれなくて。瑠璃さんから聞くことができてよかったです」

「「…………」」

いつも思うけど、黄華さんて何者なんだろう……。

「こわ……」

うん、紅緒ちゃん、同感です。

「ちなみに瑠璃さんが魔法騎士団長さんに連れ込まれたことも知ってますよ？」

「なにそれ。詳しく！」

「えっ!?　ちょ、なんでそんなことまで……」

「って言うってことは、事実なのねっ!? さあ吐いてください！」

もぉぉぉぉーーーっ！ さっきまで真面目な話だったのに!?

結局、私は洗いざらい話すこととなってしまった。

――お茶会はここまで。実は今日、もうひとつ別の用事があって王宮に来ていることを伝えると、ふたりはさんざんきゃーきゃー騒いで、それぞれの訓練へと向かった。

ふぅとひと息つくと、私は廊下で待っていてくれたアルと共に貴賓室を後にする。

そう、もうひとつの用とは、保留になっていた幼少教育についての件だ。

今からその分野に精通している人との面会を予定している。相手の名前はオースティン・シトリン伯爵。

どうやらしばらく地方の視察に行っていたらしくて、会談の時期が遅くなってしまったとのこと。

この世界、飛行機や新幹線があるわけじゃないので、移動に時間がかかってしまうのは仕方がないことだ。

それでも私の話を聞いて、飛んで帰ってきてくれたらしい。

彼はこの国の教育事情をよくしようと考えている人で、とても尊敬できる方だとエドワードさんやエレオノーラさんから聞いている。

私の話が通るとは限らないけど、少しでも子どもたちのためになにかできるといいな……。

「ねえ、アルはシトリン伯爵にお会いしたことがある？」

「幼い頃に、一度だけ。穏やかで気のいい方である一方で、なかなかの商人気質とも聞いています。

ですが、教育に関して第一人者であることは間違いないですね。当時まだ子どもだった私にも優しく接してくださいましたし、話しやすい方だと思いますよ」

「へえ……」

そっか商人気質、か……。


「初めてお目にかかります。オースティン・シトリンと申します。これでも伯爵位を拝命しております。このたびは青の聖女様からの面談希望、光栄に思っております。これでも急いで帰ってきたのですが、大変お待たせしてしまって実に申し訳なく思っています。今日は短い時間ですが、どうぞよろしくお願いします」

本当、聞いていた通り穏やかな雰囲気の初老の紳士だわ。

親しみやすさと貫禄とが交ざり合った雰囲気で、頼りになりそうな方だ。

でも優しそうな見た目で判断しちゃいけないよね。気を引き締めないと。

まずは現状の確認から。

貴族は十歳から通うことができる学園があり、それ以前は家庭教師をつける。

一方で平民は、十歳から通える学習所はあるものの、そこに通うかどうかは自由。

それ以前の教育は特になく、それぞれの家庭で必要なことを教えたり、自然と身につけていたりである。

「──で、合ってますか？」

私はこの国の教育について調べてきた内容を確認した。

「はい、おおむねそれで間違いありません」

シトリン伯爵の言葉にほっとする。

わざわざ遠方から駆けつけてくれたのに、前提から説明させるのは申し訳ない。

「それで聖女様が提案したいのは、学園や学習所よりも前、幼少期の教育ということですな。事前にいただいた幼少教育の重要性を記した書類、興味深く読ませていただきましたよ。これらは、聖女様が暮らしていた世界での考え方ですかな？」

「はい」

「ではまず、聖女様の世界での教育の様子を聞かせていただけますか？」

そう言われ、私は知っている限りの日本の教育の仕組みを話した。

七歳になる年から九年間義務教育があり、その後希望する者は三年間の高等教育、そして各人が学びたい専門的な分野に分かれて大学や専門学校といった学校を選ぶこと。

七歳より前は保育・幼児教育と呼ばれ、遊びながら学べる施設に通うこと。

日本でも近年幼少期の経験・遊びの中の学びを重要視し始め、力を入れていること。

「――かいつまんでですが、このような感じです。この国と違って、貴族や平民といった身分の区別はありませんし、魔法もない世界ですので、かなり事情が違うと思います」

「うむ。あなたの言う通りだ。素晴らしい仕組みだとは思うが、同じことをやろうと思うと問題点も多い」

シトリン伯爵も難しい顔をしてそう言った。

「はい。……それで、自分の経験を踏まえて、十歳までの子どもの教育について考えてみたんです。この国は女性の社会進出が進んでいますよね？　そういう働くお母さんのためにも、幼少教育の場はとてもいい施設なんです」

「というと？」

「はい、お母さんは仕事の前にその施設に子どもを預けるんです。専門の保育者が責任を持って日中の遊びを見守り、その中で考え、学ぶ機会も増やします。また、食事やおやつの提供もしていました。もちろん、栄養を考えたメニューを。そして仕事が終われば迎えに来る。そういう場があれば、女性はもっと社会で活躍できますよね？」

「ふむ……なるほど。たしかに女性の活躍がめざましい我が国にはピッタリかもしれん」

「ですが、いきなりこんな話を形にしても、皆さん戸惑いが大きくて受け入れてもらえないと思います」

シトリン伯爵の表情が、わずかだが変わった。

人は、新しいものを望むとともに、変化を恐れる生き物でもある。この国の前王が亡くなった時のように。

「ですから、まずは孤児院を利用してはどうかと。あと、公園もつくるといいかもしれません」

「コウエン？」

そう、この世界には公園的なものがなかった。

じゃあ平民の子どもたちはどこで過ごしているのかというと、家や町中、近所の空き地などだ。

昔の子どもみたいな感じかな？

「公園とは、人々が自由に使える公共の遊び場みたいなものです。遊具が置いてあったり、砂場があったり。あと木々や草花もたくさん植えられていました」

「砂場……あの、最近城下の孤児院につくらせたという、あれのことですかな？　今話題なのですよ、子どもたちが生き生きと遊んでいると」

知っていてくれてるなら、話は早い！

「それです！　そういう設備を普段の遊び場に自由に楽しめるように設置して、そこに専用の保育者も常駐させてはどうかと。赤ちゃんがいるお母さんなんかは、なかなか上のお子さんに満足に関わってあげられませんよね？　そういう人の代わりに、子どもたちと遊んでもらうんです。屋外・屋内両方つくるとさらにいいですね。そうやって、まずは施設や、子どもを人に見てもらうことに慣れてはどうかと」

「ふーむ……今までにない試みだが……」

「でも、やってみる価値はあると思いませんか？」

そう言った時、考えるようにしてうつむいていたシトリン伯爵が、チラリとこちらを見た。

「公園をつくって、損をすることはないと思います。だって市井の子どもたちの普段の遊び場が、ちょっと変わっただけですもの。そこで遊ばなくなる、なんてことはないかと」

「そうですな。ガラリと変われば別ですが、子どもたちが生き生きと遊ぶのを見れば、ためらうことはないでしょうね」

それでと伯爵に続きを促される。

よしよし、興味を持ってくれているみたいだ。

「私もそう思います。公園で遊ぶ様子を見て、保育者をつけることを考え、それがうまくいけば、孤児院で短時間預かる制度の導入を考える。そして、それが広まればそれ専用の施設をつくる。もちろん、保育者の育成は大事ですが。できれば読み書きなども教えられるといいですね。これらがうまくいかなそうであれば、公園という施設だけ残し、人々の暮らしに合う制度を考えればいい。――どうでしょう？」

孤児院に通っていて知ったのだけど、この国では孤児院の存在をよく思っている人が多い。

貴族のクレアさんがボランティアで通っていることからもわかる。

バザー的なものを秋にやっていたりと、市民の人たちとの交流もあるのだとか。

それなら、短時間孤児院で子どもを預かってもらうことに、あまり抵抗はないのではないかと思ったのだ。

「……いや、恐れ入りましたな。いきなり新しい施設をつくると言われたら保留にするつもりだったのですが。まさかこの国の実情を鑑みて提案なさるとは」

商人気質と聞いていたからね、きっと不確定すぎることは嫌うと思ったのだ。

初めから大きな改革を起こさず、無用の長物とならないことを説明し、実用性と先のことを考えていると伝えればなんとかなるのでは？とも。

すぐに結果を求めず、スローステップでこの国の人に合わせた教育施設をつくればいい。

「たしかに、子育てに忙しい母親は多い。需要はありそうだ。それに貴族とは違って、平民はどうしても教育的なことまで手が回らない。専門の教師がついて、遊びながら学べるのならば、子どもたちにとってはプラスでしかありませんね」

一拍置いた後、シトリン伯爵が問いかけてきた。

「ですが、施設の建設は先のことなので置いておくとして、保育者の常駐に育成となると、時間も資金もかかりますね？　それはどうお考えで？」

「たしかにそうですね。ですが、この制度が成功した時の実利を考えると、必要な投資だとは思いませんか？　それに、幼少教育を重要視し、この先長く続くものをつくるのなら、時間がかかるのは当然です」

ここで負けてはいけない。伯爵の目をしっかり見て告げた。

「ふっ、よくお考えでいらっしゃる」

「はい、伯爵はどう思われましたか？」

期待を込めて聞くと、シトリン伯爵は顔の皺を深めて笑った。

「詰めなくてはいけないことも多いですが、私も、未来の子どもたちのために、ぜひやってみたいと思いましたよ」

再会

「瑠璃さんただいま！」

「なんとか怪我なく、戻れましたわ」

「おかえりなさい！　ふたりとも、無事でよかった」

私は今、騎士団の食堂に来ている。魔物討伐に出たみんなに料理を振る舞うためだ。

今日は紅緒ちゃんと黄華さんの初陣……というと仰々しいが、初めて日帰りの魔物討伐に出た日。

私たちが召喚されてから魔物の数も落ち着いたし、それほど強い魔物はいないと聞いていた場所だったが、やはり心配だった。

訓練では魔物の相手なんてしたことがないのだから、なにかがあっても不思議ではない。

それでももしもの時のために、癒やしの力を持つ私が呼ばれたのだ。

もちろんそれだけじゃなくて、ただ心配だったからという理由もある。

「瑠璃さんが作ってくれた缶詰とパックの昼食、すっごくおいしかったわ！　食べると回復まですするし、ホントすごい！」

「騎士さんたちなんて泣きながら食べていましたよ。瑠璃さんのこと、女神様だ……！なんて言ってる人も」

「えぇ……それはちょっと……」

黄華さんの言葉に後ずさりしてたじろぐと、背中が誰かにあたってしまった。

「あ、ごめ……」

「聖女様方お揃いで、仲のよろしいことですね」

振り向くと、ウィルさんだった。

「いいことじゃないか」

レオンハルトさんも一緒だ。ぶつかった際、さりげなく私の両肩に置かれたウィルさんの手を振り払うようにして、間に入ってきた。

「おふたりも、おかえりなさい。ご無事でなによりです」

「おや、私のことまで気遣っていただかなくてよろしいのですよ？」

「またお前は……」

うーんウィルさんと会うのは二度目だけど、やっぱりどことなくトゲがある気がする。

でも苦手だからって避けてても仕方ないしね。

「そんなこと言わないでください。国を守るために戦ってくれている騎士さんたちです、皆にねぎらいの気持ちを持つのは当然のことですよ？」

これは本音。

「まあ、それに私たちのことも守ってくれたしね。ありがとう」

「そうですね、事前にいろいろ注意してくださったので、避けられた危険もありました。ありがとうございました」

てしまった。

私に続いて紅緒ちゃんと黄華さんがそう伝えると、ウィルさんは居心地の悪そうな顔をして黙っ

おや？　照れてる？

「よかったわね、素直じゃないアンタのこと、ちゃんと見ててくれる聖女様たちで。さあ、みんな、今日はお疲れさま！　ご馳走たくさん作ったから、遠慮なく食べて！　聖女様方も遠慮せずどうぞ」

一緒についていてくれていたベアトリスさんがそう告げると、騎士の皆は我先にと料理に群がった。

紅緒ちゃんと黄華さんもポカンとしている。うーん、さすがの食欲。

一応私も何品か作ったのだが、少しでも量を増やせてよかったのだろう。

ちなみにふたりの分は別に用意されていた。

あの集団の中に取りに行け、とはさすがに言えないよね……。

「まったく……聖女様たちも一緒なのだから、もう少し節度というものをだな……」

レオンハルトさんもあきれ顔だが、止める気配がないので、恐らく騎士さんたちをねぎらっているのだろう。

ちなみに陛下も討伐には参加していたのだが、「俺がいない方が気楽に楽しめるだろう」と言ってさっさと自室に戻ってしまったらしい。

「あいつ、変なところで気い使いなのよね」

「まあまあ、後から瑠璃さんのお料理、運んであげてはいかがですか？」

なんで私が！と、紅緒ちゃんと黄華さんが言い合いを始めた。

また……と思いながらなだめていると、ウィルさんが思い出したように口を開いた。

「レオン、そろそろいらっしゃるのではないか？」

「ああ、もうこちらに向かっているはずだ。……ああ、来たぞ」

誰が？と思いながら聞いていると、黒を基調としたローブに身を包んだ人物が現れた。

フードから綺麗な金髪がこぼれており、小柄なこともあって女性なのだろうと察した。

女性は私たちの所まで来ると、一度礼を執ってゆっくりとフードを取った。

「あれ……？」

「お初にお目にかかります、聖女様方。アレキサンドライト国、魔術師団団長のシーラ・アレキサンドライトと申します」

優しく微笑んだ彼女には、見覚えがあった。

「あ。そうだ、王宮の庭園で会った人だ」

ぽろりとこぼした言葉に、その場の全員の視線が私に向いた。

「ルリ……なんだって？」

「あ、いえ、以前王宮でお会いして、少しだけお話ししたんです。貴族のご令嬢かなーと思っていたんですが、まさか魔術師団の団長さんだなんて……」

すると、レオンハルトさんがものすごい勢いでシーラさんの肩を掴んだ。

「やだ、バレちゃった」

すると、てへ、という声が聞こえそうな表情を浮かべた。

……なんだかお茶目な人だ。

レオンハルトさんとシーラさんは距離を取って、ふたりでコソコソとあーでもない、こーでもないと話しだした。

うーん……このふたりも絵になる。

片や騎士服の長身美形、片や金髪の守ってあげたくなる系美人。

……物語に出てくる騎士とお姫様って感じ？

レオンハルトさん、女性は苦手って聞いてたけど、シーラさんとは仲よさそうだし……。

もやっ……ん？

なんだ今の〝もやっ〟は？

「なーんか怪しいわね、あのふたり」

「どういうご関係でしょうか？」

「紅緒ちゃん、黄華さん。うーん……知り合いっぽいですよね」

なんとなく胸が苦しいのに、私はその時気づかないふりをした。

＊　＊　＊

「おい、シーラ。どういうことだ？」

「やだレオン、落ち着いて？　痛い痛い、肩痛いから」

「お前……勝手に会いに行ったのか⁉」

「だってーなかなか会わせてくれないから、素性隠して会いに行っちゃえ！って……。ちょ、痛いわ、さっきより力強くなってるから」

「余計なこと話してないだろうな⁉」

「ちょっと挨拶しただけよ。ねぇ、それよりいいの？　この状況。ルリちゃん怪訝そうに見てるわよ？」

そこでレオンハルトはぱっと手を離し、ルリの方へと足早に向かっていった。

「あー痛かった。でもルリちゃん、私のこと覚えててくれたのね」

うふっとシーラはうれしそうに笑ってレオンハルトの後を追いかけた。

＊＊＊

話がついたらしく、レオンハルトさんとシーラさんが戻ってきたので、改めて挨拶することになった。

「改めまして。……私があなた方をこの世界に召喚しました、魔術師団の団長です」

ドクン……。

あ、そうだ。

魔術師団の団長さんってことは、そうだよね。――私たちを、喚んだ人。

シーラさんに目を向けると、まるでどんな文句や苦情も受けつけますというような穏やかな顔でじっと佇んでいた。

たぶん、少し前だったら心を乱していたかもしれない。でも、今は違う。

「……先日はなにも知らずに失礼しました。これからいろいろと教えていただけたらと思います。よろしくお願いします」

「……まあ、いろいろ思うことはあるけど、これから討伐で魔術師さんに助けられることがあるだろうし、よろしくお願いします」

「よろしくお願いします。私もぜひ、魔法についてご教授いただきたいですわ」

少しの間の後、私がそう挨拶すると、紅緒ちゃんや黄華さんもそれにならった。

そう返されるとは思わなかったのか、少しだけ驚いたような顔をした後、シーラさんも笑顔で「喜んで」と言ってくれた。

小さな瞳に映る意志

「るりせんせい、おはよう！」

「おはようございます。ルリ様、昨日はお疲れさまでした」

「ありがとう、レイ君。リーナちゃんおはよう」

翌日、いつもと変わらないラピスラズリ家の朝のひととき。

「ルリ、よく眠れた？　昨日は疲れたでしょう？」

エレオノーラさんも私をねぎらってくれる。

「はい、ベッドに入ったらすぐ眠ってしまいました。でも、みんな無事に帰ってきてよかったです」

「今日はゆっくりするといい。……ああ、そういえばレオンから今日は泊まりに来ると通信があった。明日は公休日だからと。ルリ、明日はあいつの相手をしてやってくれるか？」

「あ、え、はい……」

エドワードさんの言葉に思わず返事をしてしまったけど、休みだからってどうして私が？

なぜかみんな生温かーい目で見てくる……。

マリアなんて朝食をセットしながら「がんばって☆」なんてささやいてくるし。

……別に嫌なわけじゃないけど、ちょっとだけ、一緒に過ごせるのがうれしいなと思っちゃってるけど！　うぅ……絶対今、顔赤い……。

でも、気になるのは昨日会ったシーラさんのこと。

レオンハルトさんと仲よさそうだったよね。ひょっとして、前に恋人同士だったとかかも。

私のことを好きだって言ってくれているから、今はなんでもないんだろうけど……。

「るりせんせい？　せんせいのばんだよ？」

はっ！

「あ、リーナちゃん、ごめんね」

朝食後、リーナちゃんと、お絵描きしりとりをしていたのだが、ぐるぐる考えてしまっていた。

最近なにかと忙しかったから、こんな穏やかな時間に、気が抜けてしまったようだ。

「るりせんせい、あのね」

「うん？　どうかした？」

そこでリーナちゃんがもじもじとなにか言いたそうにしたので、黙って待つことにした。

「わたし、たくさんおべんきょうして、るりせんせいのおてつだいができるようになるね！」

「え？」

ぐっと顔を上げて力強く言ってくれた言葉に、私は目を見開く。

「みんなに、きいたの。るりせんせいは、ちいさいこたちがたのしくあそんだり、おべんきょうしたりできるばしょをつくる、って。わたし、すごくいいとおもった！」

目を輝かせ、気がはやるのか早口になってリーナちゃんがそう言う。

なんと言えばいいのか考えているのだろう、えっとえっとと一生懸命言葉を探している。

「わたし、おとうさまとおかあさまがいそがしくて、さみしかったの。へんなくろいもやもやがみえて、こわかった。でもね、るりせんせいがきてくれて、こわくなくなったの。たくさんあそんでくれたり、いろんなことおしえてくれたりして、うれしかったの」

そうだったね、子どもながらにいろんなことを感じて、考えてたんだよね。

「だから、おおきくなったら、わたしもせんせいのおてつだいがしたいの！」

「リーナちゃん……」

まだこんなに小さいのに、その目は真剣で。

「……ありがとう。私も、がんばるね」

ちょっと泣きそうになったのをこらえて、私はリーナちゃんをぎゅっと抱きしめた——。


翌日。

「そうか、リリアナがそんなことを」

「はい、とってもうれしかったです」

昨日夜遅くに来たレオンハルトさんと、朝食後に庭園の東屋にいた。まだ夏を感じる太陽の日差しはまぶしいけれど、木陰は気持ちがいい。

レオンハルトさんもずっと討伐の件などで忙しかったので、今日は自宅でゆっくりしたかったのだとか。

「リリアナは賢いからな。きっと、大きくなったら頼りになる」

「そうですね。私も負けないようにがんばらないと」

リーナちゃんが大きくなった時に幻滅されないようにしないとね。

「それで、進捗はどうだ？　伯爵はなかなか手ごわいだろう？」

「はい。さすが、としか言えません。私が考えていなかったところや甘いところを次々と指摘されて、タジタジです。……でも、それだけ真剣に考えてくださっているのがわかります」

まずは公園をつくる、ということには賛成してもらえた。

ただ、その管理をどうするかはしっかり考えるべきだと念を押された。

そして保育園のように子どもを預かる施設の導入も、ほぼほぼ受け入れてもらえるだろうとのことだ。

しかし、幼い頃からマナーなどを教わっている貴族はともかく、平民に幼少教育の重要性をどう伝えるかがポイントになってくる。

ここを怠ると、すべてが水の泡になるだろう、と。

あとは人材育成や経費など、後々必要になってくるものについても、きちんと考えておかなくてはいけない。

日本であたり前のようにあったものだけど、一から考えようとすると、難しい。

本当に伯爵様に協力してもらえてよかった。

「大変そうだが、楽しそうだな？」

「はい！　やっぱり子どもたちのためになにかしたい、って気持ちはもとの世界にいる時から変わっていません。この世界で生きていくって決めはしましたが、私は、私ですから。それに、いろんな人の考えを聞くのは、とても勉強になります。時々、叱られちゃったりしますけど」

ウィルさんや伯爵様の厳しい言葉も、ちゃんと聞いて考えるようにしている。

……時々言い返すこともあるけど。

「ふっ、頼もしいな。それで、話は変わるが、いつになったら敬語はやめてくれるんだ？　あと、呼び方も。練習しただろう？」

「え、えぇっと……」

うぅ……さっきまで優しい表情で話を聞いてくれていたのに、急に意地悪な目になってしまった。

初めて会った時は、不機嫌そうな顔だったり、あまり表情が変わらなかったりとクールなイメージだったのに……。

「れ、レオ、ン……」

「ほら、呼んで？」

「うん、どうした？　ルリ」

わーん！　もうやだ！　なんでそんなとろけた目で見てくるのよこの人！

美形のそんな表情を見せられて、ドキドキしない女子なんていないからね⁉

「ルリ？」

いやぁぁぁーーー！　またこの人耳もとでささやいてきたんですけど⁉　私がそれに弱いって絶対わかっててやってるよね⁉

「もおっ！　なんでもないっ！」

恥ずかしすぎて真っ赤になっているだろう顔をぷいっと背けて、必死に耐えた。

うしろからは小さな笑い声が聞こえる。

そして、かわいい、とそっと頭にキスをされて、私はまた涙目になるのだった——。

エピローグ

「るりせんせー！　こっちきてー！」

「はーい！　どうしたの？」

季節は夏が過ぎて秋の気配が見えた頃。それでも、まだまだお日様の光はまぶしい。

今日は孤児院に来ていた。

シトリン伯爵に、子どもたちが砂場で遊んでいる様子や、絵本や紙芝居を楽しむ姿を見てもらうために。

ちなみに、伯爵からは『いつものように子どもたちと遊んでいてください』と言われている。

子どもたちに関わる様子も見たいんだって。

そして、クレアさんやルイスさんも時間があると言ってくれて、一緒に来ている。

半ば無理やり休みを取ったというレオン……ハルトさんも。

……相変わらず愛称呼びには慣れていない。

「ほらほら！　みて！」

「おれたちがつくったやま！　でっけーだろ⁉」

腕を引かれて来た砂場には、大きな山ができていた。

「ホントだ！　すごい、トンネルも作ってるの？」

「うん！　もうすぐ、つながる」

「あとちょっと……あっ！」

ポコッ！と、あっち側とこっち側から掘っていた穴がつながった音がした。

「「やったーーー！　かいつーう！」」

掘っていた子たちが、穴の中で手をつないで喜んでいる。うーん懐かしい光景だ。

「せんせー、川も作ろうよ」

「ほら、みち作ったから、水ながしてやろうぜ！」

少し大きい子たちも、せっせと掘って作った長い道に水を流したくてたまらない様子だ。

うん、いくつになっても男子は泥遊び大好きだね。

「いいねー！　先生もやりたいなー」

「しかたねーなぁ。じゃあ先生はこっちからな」

「いくよ」

「「せーの！」」

合図で一気に水を流し込み、みるみるうちに砂が水を吸っていく。

「まだたりねーぞ！　もっと水はこべ！」

「いくぞ！」

そうして何往復かして水を入れてできた川に、また大歓声があがる。

「あれ？　せんせい、かお、ついてるよ？」

「え～？　ここ？」

「ちがうよー！　あーあ、もっとよごれちゃった」

「ま、いっか。後でアルが魔法で綺麗にしてくれるし」

ねー？と笑顔でアルに顔を向けると、いつものようにため息をつかれる。

「はぁ、仕方ありませんね。服も泥だらけですし、もうこの際思う存分どうぞ」

あきらめた感のある言葉だが、その表情は、優しい。

「さすがアル。みんなも、後で綺麗にしてくれるから気にせず汚していいからねー？」

「「やったーーー！」」

泥だらけの子どもたちの数を見て、アルが顔を引きつらせたが、見なかったふりをした。

だって泥遊びは汚してこそだから。

「ねぇねぇ、るりせんせい！　あとでフォルテもひいてね」

「えほんもよんでほしい！　あたらしいおはなし、もってきてくれたんでしょ？」

「リリー、いまおひめさまがでてくるはなしにはまってるのよね」

「うん！」

女の子たちも、相変わらず音楽や絵本に夢中のようだ。

「うん、もちろん！　お昼ご飯の後にね」

「「はーーーい！」」

そうそう、院長先生に提案して、お昼のお茶の時間には、軽めだが食事を提供してもらっている。

資金のこともあるので悩んだが、シトリン伯爵に相談すると、今後の参考になるからと、安く食材を提供してくれる商人さんを紹介してくれたのだ。

昼食をとるようになって、子どもたちの気持ちが安定し、体の成長もよくなった気がすると言ってくれた。

そういえばケンカも減ったらしい。お腹すくとイライラしたりするしね。

こうやって、少しずつ子どもたちに喜んでもらえることが増えるといいな、と思っている。

＊　＊　＊

「綺麗な人ですね、青の聖女様は」

「……シトリン伯爵、奥様は……」

「ああ、そういう意味ではありませんよ。安心してください、ラピスラズリ団長。そうではなくて、ああしてなんでもない服を着て泥だらけになっているのに、その輝きが衰えるどころか増して見える。……きっと、子どもたちを想う、心からの笑みを浮かべているからでしょうね」

「……そうですね。私も、美しいと思います」

レオンハルトの瑠璃を見つめる横顔を見て、シトリン伯爵は静かに笑みを浮かべた。

「でも、正直意外でした。あなたがあっさりとルリに協力するのは」

「そうですね、最初に送られてきた書類を見てこれは……と思ったこと。あの方はこの国をちゃんと見ていらした。そして、十年先、五十年先を見すえて話しているのです。ならば賭けてみたいと思った。もとの世界の幻影を追いかけている方や、目の前だけしか見えていない方なら、それとなく失礼のないように断っていましたよ」

ルリの人たらしも相当だなとレオンハルトは思う。

「さあ、これから忙しくなりますよ」

「伯爵も楽しそうですね。あなたのそんな顔、久しぶりに見ました」

ははは、と笑うシトリン伯爵は、まるで青年のような快活さだった。

そうして話しているふたりから少し距離を取った場所で、アメジスト姉弟もまた、瑠璃のことを話していた。

「それで？　あなたはあきらめがついたのかしら？」

「姉上……実の弟に冷たくはないですか!?」

「だってねぇ……ラピスラズリ団長と一緒にいるルリ様を見れば、一目瞭然だもの」

「別にいいんですよ、俺は俺で想うだけですから」

不毛ね……という姉のつぶやきに、弟は無言を貫いたのだった。

＊　＊　＊

——王宮。魔法についての講義を受ける前、窓の外を見つめる紅緒を不思議に思い、黄華はとんとその肩を叩いた。

「紅緒ちゃん、どうかしました？」

「あ、ううん。瑠璃さんってすごいなぁ……って思って。だって、回復魔法に頼るんじゃなくて、保存食や公園、保育園までつくろうとしてる。今日もそれ関係の視察に行ってるんだっけ？」

「……私から言わせれば、紅緒ちゃんも十分すごいですよ。まだ未成年のあなたが、きちんと前を見て、国のためになにかをしたいと思っているんですから」

「……ん。ありがと」

さぁっと吹いた心地よい風が、ふたりの髪を揺らした。

＊　＊　＊

「皆さん、昼食の時間ですよー！」

「あ。みんな、先生が呼んでるよ？　お片づけしていこうか！」

「「はーい！　おなかへったーー！」」

今日も、子どもたちは元気だ。

それからしばらくして、アレキサンドドライト王国では、公園・保育施設などの設置が進み、幼少教育に力を入れるようになる。

その教育方法は、初めのうちは平民の間でのみ話題となっていたが、それに興味を持つ貴族も徐々に増え、次第に国中に広まることとなる。

それらの事業に深く関わり、また時には教師のひとりとして現場で子どもたちと関わり続けた〝青の聖女〟。

その癒やしの力だけに頼らず、自分で道を切り拓いた女性。彼女には、聖女とはまた別の呼び名があった。

それは、〝るりせんせい〟。

多くの人は、彼女を親しみを込めてそう呼んでいたという。これは、そんな青の聖女のはじまりのお話。

Fin

あとがき

はじめまして、沙夜です。

この度は本作をお手に取っていただき、ありがとうございます。

もともと小説を読むのが好きで、小説投稿サイトで様々な作品を読みあさっていた私ですが、ある日なにげなく「自分でも書いてみようかな？」と思って投稿したのがきっかけでした。

軽い気持ちで書き始めましたが、意外とキャラが次々と思い浮かび、時には予想外の方向に勝手に動きだす始末……（笑）

アルと一緒にため息をつきたくなる時もありました。

ですが、今ではどのキャラもすごく思い入れがあって、大切な子たちです。

ちなみに男の子ふたりの母親でもある私は、女の子への憧れがまだ捨てきれず、願望をすべてリーナちゃんに詰め込みました。

いや、男の子もかわいいいんですけどね？

そんなキャラたちを絵に起こしてくださったれんた先生には、本当に感謝の気持ちでいっぱいです。

カバーイラストのラフをいただいた時、「リーナちゃんが天使すぎる！」とニヤニヤしたり、イケメンすぎるレオンハルトさんが控えめでちょっぴりもったいなく思ったりと、イラストの力にただただ感激したことを覚えています。

お忙しい中、拙作のためにお時間をいただいてキャラたちに彩りを与えてくださり、ありがとうございました。

そしてパソコンに疎い私にいろいろとご指導くださった担当様をはじめ、編集部の皆様や校正様、この作品を刊行するにあたって心を砕いてくださった多くの方々、見守ってくれた家族にもまた、感謝のひと言です。

最後に、この本を読んでくださった皆様へ。

瑠璃たちのお話はいかがだったでしょうか？

『等身大の女性』をイメージした瑠璃は、完璧でもなければヒロインらしくない言動もあったかと思いますが、そのがんばる姿に私自身も元気をもらっていました。

仕事や家事・育児、勉強などで忙しい方々。日々の生活やコロナ禍の中で心が疲れている方々。読み終えた時に、少しでも「明日もがんばろう」と思っていただけるような物語だったらいいなと思っております。

そして、この先の彼女たちの幸せを願っていただけたら、幸いです。

沙夜《さよ》

規格外スキルの持ち主ですが、聖女になんてなりませんっ!
～チート聖女はちびっこと平穏に暮らしたいので実力をひた隠す～

2021年6月5日　初版第1刷発行

著　者　沙夜

© Sayo 2021

発行人　菊地修一

発行所　スターツ出版株式会社

〒104-0031　東京都中央区京橋1-3-1　八重洲口大栄ビル7F
☎出版マーケティンググループ　03-6202-0386
（ご注文等に関するお問い合わせ）

https://starts-pub.jp/

印刷所　大日本印刷株式会社

ISBN　978-4-8137-9085-3　C0093　Printed in Japan

この物語はフィクションです。
実在の人物、団体等とは一切関係がありません。
※乱丁・落丁などの不良品はお取替えいたします。
　上記出版マーケティンググループまでお問い合わせください。
※本書を無断で複写することは、著作権法により禁じられています。
※定価はカバーに記載されています。

[沙夜先生へのファンレター宛先]
〒104-0031　東京都中央区京橋1-3-1　八重洲口大栄ビル7F
スターツ出版(株)　書籍編集部気付　沙夜先生

BF ベリーズファンタジー
大人気シリーズ好評発売中！

悪役令嬢は二度目の人生で返り咲く
～破滅エンドを回避して、恋も帝位もいただきます～

1～2巻

雨宮れん・著
仁藤あかね・イラスト

あらぬ罪で処刑された皇妃・レオンティーナ。しかし、死を実感した次の瞬間…8歳の誕生日の朝に戻っていて⁉「未来を知っている私なら、誰よりもこの国を上手に治めることができる！」――国を守るため、雑魚を蹴散らし自ら帝位争いに乗り出すことを決めたレオンティーナ。最悪な運命を覆す、逆転人生が今始まる…！

BF
毎月5日発売
Twitter
@berrysfantasy

男性向け異世界コミック誌 創刊!

COMIC グラスト

人気タイトル配信中!

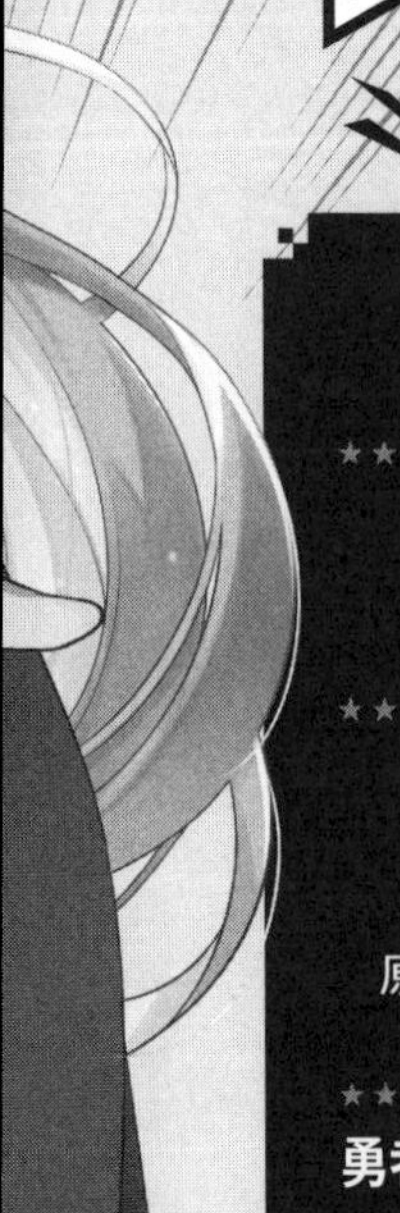

転生先は回復の泉の中
～苦しくても死ねない地獄を乗り越えた俺は世界最強～
漫画：柊木蓮　原作：蒼葉ゆう

★★★★★★★★★★★★★★★★★★★★★★★★★★★★★★★★★★★★★

腹ペコ魔王と捕虜勇者!
～魔王が俺の部屋に飯を食いに来るんだが～
漫画：梅原うめ　原作：ちょきんぎょ。

★★★★★★★★★★★★★★★★★★★★★★★★★★★★★★★★★★★★★

不死の軍勢を率いるぼっち死霊術師、
転職してSSSランク冒険者になる。
漫画：ブラッディ棚蚊
原作：榊原モンショー（ブレイブ文庫／一二三書房 刊）
キャラクター原案：.suke

★★★★★★★★★★★★★★★★★★★★★★★★★★★★★★★★★★★★★

勇者パーティーをクビになった忍者、忍ばずに生きます
漫画：ゼロハチネット　原作：いちまる

最新情報は公式twitterをチェック　@comicgrast

ベリーズ文庫

ベリーズ文庫の異世界ファンタジー人気作

Berry's fantasy ベリーズファンタジー にて

コ×ミ×カ×ラ×イ×ズ×好×評×連×載×中×！

転生王女のまったりのんびり!? 異世界レシピ ①〜③

雨宮れん

イラスト　サカノ景子

定価 693 円
（本体 630 円＋税 10%）

転生幼女の餌付け大作戦
おいしい料理で心の距離も近づけます！

料理人を目指す咲綾は、目覚めると金髪碧眼の美少女・ヴィオラ姫に転生していた！　敵国の人質として暮らしていたが、ヴィオラの味覚を見込んだ皇太子の頼みで、皇妃に料理を振舞うことに…⁉「こんなにおいしい料理初めて食べたわ」——ヴィオラの作る日本の料理は皇妃の心を動かし、次第に城の空気は変わっていき…⁉

ISBN：978-4-8137-0644-1　※価格、ISBN は 1 巻のものです